Bragelonne
35, rue de la Bienfaisance - 75008 Paris

E-mail : info@bragelonne.fr
Site Internet : http://www.bragelonne.fr

Michael Gerber
(Eh oui, encore lui)

Barry Trotter
et la Suite Inutile

Traduit de l'anglais (États-Unis) par Ange,
contre sa volonté.

Bragelonne

Collection dirigée par Stéphane Marsan et Alain Névant

Titre original : *Barry Trotter and the Unnecessary Sequel.*

ISBN : 2-915549-45-1

Hé, vous, là !

Ce livre est une parodie. Toute ressemblance sans intention satirique avec des personnes existant ou ayant existé, des personnages et tout autre élément sous copyright serait purement fortuit.
Ce livre n'a pas été approuvé par J.K. Rowling, Bloomsbury Books, Warner Brothers ou toute autre entité détenant des copyrights ou des licences des livres ou des films Harry Potter. Ils ne sauraient être tenus pour responsables de cet ouvrage.

À Kate, qui sait reconnaître un texte drôle
quand elle en lit un…

Et à tous les Trotteriens qui ont exigé un deuxième tome…

.. et bien sûr, à VOUS[1], lecteur !

1. Mais uniquement si vous avez payé pour ce livre.

Avertissement aux lecteurs sensibles

Ce livre contient des descriptions détaillées de scènes sexuelles, dont certaines sans aucune tendresse préliminaire. L'auteur utilise un langage inutilement cru et détaillé, tournant parfois à l'obsession. Et je ne vous parle même pas des dessins. Bref, ce livre est à DÉCONSEILLER ARDEMMENT aux lecteurs sensibles.

Bref, seuls les pervers polymorphes prêts à prendre leur pied en imaginant le héros adoré de leur enfance se faire prendre par tous les trous et dans toutes les positions sans aucune vraie raison scénaristique devraient acheter ce livre. Vous vous reconnaîtrez.

Table des matières

Chapitre Un
Un anniversaire et un livre

Les anniversaires de Barry Trotter avaient toujours été catastrophiques. À l'âge de trente-huit ans, ces ratages annuels étaient d'ailleurs devenus un point d'honneur chez lui… comme l'avaient été à l'adolescence son look pourri, et après vingt ans, ses réparties sarcastiques. « Tu veux un *cadeau*, gamin ? » grommelait Oncle Vermine, la haine dans la voix, quand Barry était petit. « Et si je ne te tuais pas ? Ça te va, comme cadeau ? » Des années plus tard, Barry avait eu le dernier mot contre son oncle. Mais si on peut humilier, conduire à la folie et crucifier un homme, il est impossible de faire de même avec ses souvenirs.

Et cette année, l'anniversaire de Barry était de nouveau mal parti. Comme à chaque fois, Lonald Muesly, son ami au cerveau de chien, lui offrirait un réverbère en peluche. Un facteur vêtu d'une combinaison antibactériologique lui livrerait un petit paquet de friandises rigolotes et mortelles – présent de Ferd. Jorge donnerait, lui aussi, un objet amusant et extrêmement dangereux. Le parrain de Barry, Siroz Emplack, lui enverrait une carte d'anniversaire accompagnée d'une demande d'aide financière. Quant à la femme de Barry, Ermine, elle lui trouverait un cadeau vraiment utile et profondément ennuyeux…

Ce sera quoi cette année ? se demanda Barry. Tous les indices tendaient vers un wok autonettoyant. Même un Trivial-Pour-Strip serait trop demander… Barry et Ermine avaient des enfants, maintenant.

— Trente-huit de passées, encore des centaines à venir, grommela Barry, éteignant son ordinateur.

Barry travaillait au ministère de la Magicité comme « assistant du vice-secrétaire pour les relations auprès des Glandus ». Un peu plus tôt, pour passer le temps, Barry avait tapé « trente-huit » dans le moteur de recherche sorcier, abracadabra.org. « Selon Nostradamus, ce nombre symbolise le moins connus des Chevaux de l'Apocalypse, l'Ennui », avait-il lu.

Si ça se trouve, même la famille de Barry avait oublié son anniversaire. Ermine était, selon sa propre expression, « *enfin* en train de vivre sa vie ». En ce moment, elle écrivait un article par jour – « Les Conseils Pratiques d'Ermine » – pour *La Causette du sorcier*. Ermine y suggérait des utilisations magiques pour de banals objets glandus. « Dans vos potions, n'hésitez pas à remplacer le sabot de licorne par de la gélatine industrielle ! »

Le mardi et le jeudi, Ermine allait à Oxford où elle enseignait à une femelle gorille dénommée Audrey à lancer des sorts… elle préparait un doctorat en cryptozoologie[2],

2. Dans le monde magique, enseigner la sorcellerie à un gorille était illégal… mais *vraiment* illégal, presque autant que partager le temps en dix-sept dimensions différentes pour commettre des crimes simultanés dans chacune. Barry pensait avec orgueil que c'était grâce à lui que la « parfaite » Ermine Cringer était maintenant une rebelle, mais en vérité, c'était plutôt la curiosité éternelle de

et cette expérience faisait partie du travail requis. Et dans ses moments libres – les week-ends, le soir, dans son bain – Ermine traduisait *Le Grand Livre des sorts usuels* en plus de cent trente-trois langages. Ajoutez à cela la surveillance et l'éducation de leurs enfants, Nigel, onze ans, et Fiona, trois ans, et n'importe quel mari aurait pardonné à Ermine l'innocent oubli d'une fête d'anniversaire…

Mais Barry n'était pas n'importe quel mari, et Ermine en était consciente. Trop de souvenirs étaient liés à cette célébration, et Barry n'hésiterait pas à faire la grève du sexe s'il n'était pas satisfait. Tous les trente et un juillet, Ermine dosait la tasse matinale de son mari avec un peu de valériane, pour le calmer ; elle ne voulait même pas imaginer quelle boule de nerfs il aurait été dans son état normal. Administrer une potion à son époux n'était pas considéré comme éthique – une obscure histoire de « liberté individuelle » à ne pas entraver – mais être mariée à Barry Trotter nécessitait parfois des mesures exceptionnelles. Chaque couple vit selon ses propres règles, et Ermine considérait qu'elle avait droit à quelques tromperies occasionnelles… pour le bien de sa famille, évidemment.

Il était seize heures quand Ermine réalisa que c'était le jour de l'anniversaire de son mari. Il lui restait une heure et demie avant que Barry rentre du bureau. Elle ordonna aux enfants de préparer les cartes d'invitation (n'hésitant pas à leur lancer un sort de « Maladresse Touchante » pour

---

celle-ci qui la poussait à expérimenter. Barry avait constaté que le gorille faisait des progrès à une vitesse inquiétante. Audrey avait mis moins de six mois pour connaître à la perfection toute une série de sorts puissants et mortels. Du coup, personne ne se moquait du chat d'Audrey, Zizou. (Du moins en face d'Audrey. Derrière son dos, tout le monde trouvait le nom du chat ridicule.)

que les textes soient plus crédibles) tandis qu'elle s'occupait d'envoyer les chouettes aux invités.

En attendant les réponses, Ermine termina son article du jour. Il lui manquait quinze mots. « Un vieux collant non enchanté peut aussi vous être vraiment, vraiment, vraiment, vraiment, vraiment utile », conclut-elle, puis, d'un coup de baguette sur le moniteur, elle envoya le texte au chef de rubrique, un vieux sorcier dénommé Klaxcon qui sentait l'encre d'imprimerie et la pommade de sang de chauve-souris.

Ermine passa l'heure suivante en conjurations, préparant des cadeaux, un gâteau, des chapeaux en papier et des décorations festives. Comme rien ne se perd et rien ne se crée, ces objets disparurent de divers magasins (… un Magiprix, une boulangerie glandue[3]), ainsi que de la maison joyeusement décorée d'un pauvre petit Chinois qui venait d'avoir sept ans.

La première réponse arriva, portée sans enthousiasme par Vérole, le vieux hibou des Muesly, qui serrait dans ses griffes une carte d'anniversaire. L'oiseau, sans doute ivre, entra par la fenêtre d'un vol maladroit. Il mit au défi Ermine de lui donner une friandise, puis plongea vers sa jugulaire dès qu'elle le fit. Ermine et Vérole étaient des ennemis de toujours… et Ermine avait une raquette de tennis à portée.

— Dis à Ferd d'envoyer Herpès la prochaine fois, dit-elle, renvoyant Vérole dehors par un smash impeccable[4].

---

3. La boulangerie allait être fermée le lendemain par les services sanitaires. Le sort de conjuration s'en fichait – il faisait apparaître ce qu'on lui demandait, sans prendre en compte la qualité. Aussi, en conjurant quelque chose, fallait-il toujours être très spécifique… « Un *joli* manteau. » « Un gâteau *sans* chiures de rats. »

4. Les Muesly n'avaient pas de chance avec leurs chouettes. Lon avait eu un certain temps comme familier un petit hibou maniaque

À cinq heures tapantes, les invités hâtivement assemblés étaient réunis dans la petite maison des Trotter. Lon était présent, chaperonné par sa sœur Genny. Ferd et Jorge avaient fait porter leur refus navré par Vérole : les jumeaux étaient occupés, sur ordre de l'Otan, à raser un petit pays un peu trop énergique. Par bonheur, Lord Valdemarne avait réussi à se libérer.

— Merci d'être venu, Terry, dit Ermine en accueillant le Seigneur du côté obscur de la Farce. Barry sera heureux que vous soyez là. Nous savons que vous vous déplacez rarement…

— De toute manière, j'étais dans la région – quelques orphelinats déficitaires à fermer, expliqua Valdemarne. Un moment de détente, si rare dans mon travail…

Ermine se força à sourire. Chaque jour qui passait rendait Valdemarne plus riche et plus étrange, tandis que les livres, les dollars, les drachmes, les euros et les zlotys s'accumulaient sur son compte. Valdemarne vivait dans un immense duplex au Paradis de Néron, un hôtel/casino luxueux à Piliédbar, le Chicago du monde des sorciers. Valdemarne était le maire officieux de Piliédbar, et son souverain de fait[5].

et nerveux nommé Toc, diminutif de Tocxcigu. Hélas, peu après sa transplantation de cerveau, Lon avait dévoré la pauvre bête.

5. Piliédbar était un trou perdu, devenu une mine d'or grâce à l'immense attrait du vice. Les sorciers adorent le jeu, et les casinos de Piliédbar assuraient la fortune du lieu – les propriétaires interdisaient l'accès de leurs établissements aux voyants, bien entendu. (Par exemple, Mme Tralala, le professeur de Déviation de Coudbar, était *Médéa non grata* aux tables de jeu.) Quant aux plaisirs de la chair… eh bien, les prostituées de Piliédbar connaissaient de tels trucs qu'un client normal risquait d'en avaler sa langue (ou celle de sa partenaire). Les prostituées magiques, incubes ou succubes,

Valdemarne s'était habillé pendant des années d'une tunique noire très classe ornée de fausses médailles… aujourd'hui il se promenait avec des boîtes de Kleenex aux pieds. Honnêtement, s'il refusait de se couper les ongles des pieds ou s'il voulait porter un masque de chirurgien, personne n'allait l'en empêcher. Valdemarne était propriétaire d'une bonne partie de la ville, et avant de se faire virer du poste de conseiller régional, il s'était débrouillé pour faire reconnaître Piliédbar comme zone autonome. Ainsi, nul ne pouvait l'extrader. Mais tout cet argent glandu lui avait valu une malédiction… celle de ne plus jamais entendre le mot « non ». Valdemarne ne prenait même plus la peine de prendre un faux accent allemand.

Surpris de voir « sa majesté des mouches qui puent » à l'anniversaire de Barry Trotter ? Voyez-vous, essayer d'assassiner quelqu'un pendant des années, c'est un peu comme partager une histoire d'amour. Barry considérait maintenant Valdemarne comme une sorte de hors-la-loi fascinant… un de ces vendeurs d'huile de serpent qui vous refile des fausses larmes de Phénix à la place. (Les jingles publicitaires des produits de Valdemarne irradiaient la magie obscure de la Farce, il était impossible de s'en débarrasser quand on les avait en tête. « *Vous avez mal ? Vite, achetez Flamme… Contre les maux… Flamme fait le boulot !* »)

Valdemarne apportait toujours un petit cadeau pour les enfants. Cette fois, c'était une machine à sous magiquement

---

étaient sous le contrôle d'un département spécial du ministère, dirigé par Albert Foufoune. Les « professionnels du sexe » avaient un syndicat extrêmement puissant, qui n'hésitait pas à employer l'option Lysistrata si nécessaire. En 1612, la grève des croupiers de black-jack faillit réduire Piliédbar à la faillite quand les professionnels du sexe décidèrent de se joindre à leur lutte. Les dirigeants, frappés à leur endroit le plus sensible, furent obligés de négocier.

reliée aux réserves de la Banque d'Angleterre. « Rendez-les accros très jeunes ; ils resteront vos clients pour la vie ! », c'était sa devise.

Les invités attendaient dans l'entrée, guettant les pas de Barry. Qui portait des Nike de sept lieues, il leur fallait donc être très attentifs.

Essayant d'ignorer l'étrange odeur corporelle de son voisin, Ermine se tourna vers Valdemarne pour faire la conversation.

— Vous avez fait bon voyage ? demanda-t-elle.

— Sans problème, sans problème, répondit celui-ci.

Il prenait un certain risque en quittant Piliédbar. Valdemarne était recherché par le fisc, des condamnations pour cavalerie financière magique lui pendaient au-dessus de la tête comme des épées de Damoclès, et les Glandus voulaient le mettre au trou pour une histoire d'escroquerie Internet liée à des faux fonds financiers prétendument coincés au Niger. Évidemment, si les ennuis le rattrapaient, il pourrait toujours s'évaporer et glisser – littéralement – entre les doigts de ses ennemis.

Soudain, Valdemarne éclata de rire, désignant quelque chose dans le jardin. La petite Fiona, très « magique » pour son âge, lévitait ses Sortilegos et les envoyait pleuvoir sur son frère, Nigel, qui essayait de démonter la machine à sous.

— Aïe ! gémit Nigel. (Un Sortilego atteignit le garçon dans l'œil, puis un autre lui frappa l'oreille.) Arrête, Fiona !

Dans la salle de bains, Lon commença à aboyer, sentant le conflit. Il célébrait l'anniversaire de Barry à sa manière en buvant l'eau des toilettes.

— Couché, Lon ! Du calme ! dit Genny[6] Muesly à son frère.

6. Genny était le diminutif de « Génitale », le nom de famille (un brin difficile à porter) de sa mère.

Genny n'était toujours pas mariée, et Barry soupçonnait que sa rencontre avec le basiluc y était pour quelque chose. Du coup elle s'occupait de Lon, le nourrissait et lui faisait faire une promenade par jour.

Riant aux éclats, la petite Fiona envoya de nouveaux Sortilegos sur son frère, accélérant la cadence. Nigel décida de s'adresser directement à l'autorité suprême.

— Maman ! Dis-lui d'arrêter !

— Ne vous battez pas, les enfants.

D'un geste, Ermine, fit léviter un plateau de potions et le posa sur la table basse. Une partie des cadeaux s'étaient cachés dans le placard à alcool et se défaisaient mutuellement leurs papiers en rigolant.

— *On* ne se bat pas, c'est *elle* qui me lance des Legos. La différence peut paraître subtile, mais elle est d'importance, protesta Nigel.

Aussi doué à l'oral que sa sœur l'était en sorcellerie, Nigel allait entrer à l'école Coudbar de sorcellerie dans un mois. Nigel était le portait de son père, sauf qu'il n'avait pas d'interrobang. Il n'avait donc aucun moyen de se prévenir du danger, et la Vie lui mettait tout le temps des coups.

Mais Valdemarne était décidé à pervertir l'esprit de Nigel.

— Petit, viens ici, dit-il, fouillant dans sa poche. Je vais te donner une… (Valdemarne regarda dans sa main pour voir ce qu'il avait à offrir) … une pièce de vingt centimes (Valdemarne fit une pause, cherchant un argument commercial :) … magique et charmeuse…

— Non merci, « Oncle » Terry, dit Nigel, gardant ses distances. J'ai assez de trucs magiques comme ça.

Il regarda le couteau suisse de Valdemarne, un souvenir de l'époque teutonne du sorcier. Les lames étaient aiguisées de manière inquiétante, et une petite tête de mort était gravée au bout. Parfois, nul besoin d'un interrobang pour sentir le danger.

Mais le Seigneur de la Farce ne s'avoua pas vaincu. Il fouilla de nouveau dans sa poche.

— Non, non, sérieux, j'ai un truc qui va te plaire, petit. Un billet de cinéma ? Ou un Post-it déclarant (Valdemarne le déplia) « Ne pas oublier : devenir maître du monde » ?

Trop poli pour dire à un adulte d'aller au diable, Nigel essaya de changer le sujet.

— Hé, maman, je peux avoir des lentilles rouges ?

Lon choisit ce moment pour sortir des toilettes en hurlant.

— Lonald, chut ! dit Genny.

Lon courut à la porte, un petit drapeau écrit « Bon anniversaire, Barry » coincé dans le trou de sa tête. Des pas retentirent sur le perron, puis une baguette frappa la serrure, et Barry apparut.

— SURPRISE !

... crièrent les invités, et Barry le fut.

Surpris.

Il sourit.

La fête était modeste – comme il convient à un adulte – mais pleine d'émotion. Comme cadeau, Lon et Genny avaient abonné Barry à *Du balai !!*, l'hebdomadaire professionnel des joueurs de Quichecuite. Valdemarne lui offrit un peigne épaississeur de cheveux.

— Et ça marche, promis ! dit Valdemarne, secouant sa longue chevelure bouclée.

Les cheveux de Barry étaient aussi mal coiffés que d'habitude, mais ou ils étaient moins drus, ou sa tête avait grandi... la deuxième option étant la plus improbable. D'ailleurs, sa casquette de base-ball lui allait toujours.

Fiona, trois ans, offrit à son papa – Ermine était de beaucoup dans ce choix – un pyjama en flanelle jaune décoré de lunes et d'étoiles violettes. *Charmant*, pensa Barry. *Avec ça, j'aurais l'air ou homo, ou mongolien*[7]. Ce qui ne l'empêcha pas d'arborer un sourire ravi. De Nigel, Barry reçut un Saligoscope, une petite machine à reconnaître les salauds. Nigel l'avait acheté lui-même, ou plutôt, il avait dit à sa mère quoi commander au catalogue des Trois Magos Helvètes.

— Tu ferais mieux de ne pas l'apporter au travail, dit Ermine en regardant le Saligoscope. Il passerait son temps à se déclencher. Alors, que penses-tu de ton Multilingus ?

Avec Ermine, il n'y avait qu'une seule réponse possible :

— J'adore !! s'écria Barry. Heu… c'est quoi ?

— Je me suis dit que ça te serait utile lors de tes conversations téléphoniques, expliqua Ermine. Regarde… tu vois, c'est un petit ruban, à mettre autour de la langue, (l'enroulant autour de ses doigts, elle commença à l'approcher de sa bouche :) comme *fa*…

— Berk, dit Genny. C'est dégueulasse.

— Je n'allais pas le mettre pour de vrai, protesta Ermine (mais c'était faux : Ermine mettait souvent sa langue dans des endroits étranges). Le Multilingus permet de répondre dans le langage de ton interlocuteur, quel qu'il soit. Mais ton vrai cadeau t'attend ce soir, mon chéri, dit-elle en embrassant Barry sur la joue.

— Berk ! dit Nigel d'un air dégoûté.

— *Birk* ! répéta sa sœur.

7. Ou, pour traduire la pensée de Barry en langage politiquement correct : « Avec ces vêtements originaux, on m'imaginera pratiquant une sexualité différente, à moins qu'on ne craigne chez moi un léger handicap mental. »

— On parle la langue de son interlocuteur, d'accord… mais on la comprend comment ? demanda Genny.

— Je n'y ai jamais réfléchi, dit Ermine, sourcils froncés. Peut-être qu'ils vendent des oreillettes ?

Genny en voulait-elle à Ermine de lui avoir « volé » Barry ? Ermine l'avait toujours soupçonné. Eh oui… à une époque, Barry valait gros sur le marché de l'amour. Bien sûr, cette époque paraissait lointaine aujourd'hui…

— Pas devant les invités, souffla Ermine à son mari en le voyant se gratter à un endroit à la fois sensible et vulgaire.

— C'est mon anniversaire, je fais ce que je veux, grogna Barry. (Il agita un des chapeaux en papier de la fête.) Je peux savoir pourquoi il y a la tête de Mao dessus ?

Après le gâteau (sur lequel était écrit, en pâte d'amande, « Vive la retraite !! ») Ermine proposa de passer au jardin.

— La soirée est si belle, profitons-en !

La chance était de leur côté : Lon n'avait pas encore fait pipi sur le tapis.

Barry s'éclipsa un moment dans la cuisine – la proximité de Valdemarne irritait sa cicatrice. Le seul médicament efficace était l'aspirine « spécial menstrues » que prenait sa femme. Elle avait aussi l'avantage de protéger Barry contre la rétention d'eau.

Barry était en train d'avaler ses cachets, debout près de l'évier, quand un mouvement derrière la fenêtre attira son attention.

— Ermine ! Cette fichue gamine est de retour !

— Laisse la tranquille, Barry, dit Ermine. Elle se balade souvent autour de l'université. On l'a surnommée « P'tite Glisse »[8].

8. NdT : Parce que « Alice, ça glisse, au Pays des Merveilles ». C'est une citation. De chanson. Juré.

Il fallait avoir le cœur bien accroché pour travailler à l'université, où se côtoyaient des étudiants en première année à la perpétuelle gueule de bois, des touristes américains un peu toqués, et des préadolescentes sensuelles vivant des aventures insondables dans des cosmologies multidimensionnelles à la Milton.

Mais Barry était implacable.

— Hé, toi ! Petite garce ! Casse-toi tout de suite ! (La gamine était blonde, habillée correctement, mais plutôt sauvage.) Et emmène ton lapin avec toi !

— Ce n'est pas un lapin, pauvre naze ! cria-t-elle. C'est mon totem animal !

— Eh ben empêche ton totem de faire des crottes dans mon jardin ! répliqua Barry.

La fille lui tira la langue, escalada le mur du jardin et disparut.

— Foutu quartier, grommela Barry. D'abord, cette sorcière, à deux rues de là…

La sorcière en question avait été cuite et dévorée par des enfants. Par bonheur, son assurance vie couvrait la « consommation anthropophagique par mineurs mal intentionnés ».

— Ils ont retrouvé les gamins responsables, expliqua Ermine aux invités. Des Allemands, dit-elle en hochant la tête, comme si ça expliquait tout.

Ses hôtes sortirent des chaises et les installèrent sur la pelouse. Barry s'approcha de l'ancienne Ford Ganglion, qui, appartenant à la famille Muesly, avait fini par échoir à Genny[9]. Passant la main par la vitre cassée (Genny l'avait

9. Après que les garçons eurent accidenté gravement la pauvre bagnole, le véhicule enchanté avait passé dix ans à arpenter de ses roues féroces la Forêt Inédite. Quelques années plus tard, la Ford avait rencontré une Twing' abandonnée, et ensemble ils

brisée elle-même pour attirer les voleurs, un stratagème qui n'avait pour l'instant eu aucun succès), Barry donna un coup au Booster d'Implausibilité. Toujours cassé.

— Lon, tu te souviens de la fois où nous sommes allés voir l'If Bourrepif dans cette carcasse volante ? dit Barry, les yeux humides. (Il était du genre nostalgique.) Je n'ai pas pu m'asseoir pendant une semaine.

— Ouais, dit Lon distraitement.

Il était à quatre pattes et reniflait un tronc d'arbre.

— On dit que les Dragonettes Renaud sont des véhicules extrêmement fiables, déclara Ermine d'un air innocent.

Barry ne répondit pas. Sa femme voulait toujours acheter la voiture magique dernier cri. « Si j'insiste, c'est pour des raisons de sécurité », disait-elle, mais Barry soupçonnait Ermine de vouloir simplement frimer devant Pénélope Saggs. Pénélope était agent immobilier à succès dans plusieurs dimensions parallèles, et elle gagnait beaucoup d'argent.

— Lon, ne fais pas pipi sur le gazon, dit Genny à son frère. Ça abîme l'herbe.

— Et les Glandus d'à côté en profiteront pour appeler les flics, ajouta Barry.

Les magiciens vivaient maintenant ouvertement parmi les Glandus, et les choses se passaient plutôt bien. Mais il y avait des limites, et Lon sortant son instrument pour pisser sur les arbres les dépasserait sûrement.

Les invités arrangèrent leurs chaises.

— Va t'asseoir à côté d'oncle Terry, dit Ermine à Nigel.

— Il va me faire des cicatrices sur le front avec son couteau !! chuchota Nigel.

— Chut ! Pas du tout. Oncle Terry t'aime beaucoup.

avaient donné naissance à quelques ravissantes petites Smartes. La Ford Ganglion devant verser une pension alimentaire, elle était retournée travailler chez les Muesly.

— Ben voyons ! D'ailleurs, regarde ! Il a apporté un kit de gravure sur bois !

Et en effet, une légère fumée s'élevait dans l'atmosphère tandis que Valdemarne s'amusait à graver « La Farce est passée par là » dans le bras de la chaise longue.

Ermine fit un geste de la main.

— Il essaye sans doute d'être drôle. Son sens de l'humour est bizarre, tu le sais bien…

— Mais maman…

— Pas de « mais ». Tu vas le vexer.

Nigel soupira, s'assit à la place indiquée et avala une gorgée de potion bio à la mandragore et au tofu (un breuvage supposé accroître ses pouvoirs magiques). Lon fit trois fois le tour de sa chaise puis s'allongea près du garçon. Fiona examinait avec attention une vieille sucette tombée dans l'herbe.

— C'est sale ! protesta Ermine. Ne touche pas à ça, Fiona.

— Ch'uis pas sale ! protesta Fiona, outragée.

Fronçant les sourcils, elle regarda sa mère, et l'ourlet de la jupe de celle-ci commença à flamber.

— J'en connais qui vont aller au lit tout de suite ! menaça Ermine, et sa jupe s'éteignit aussitôt.

Rentrant dans la maison, Barry en ressortit avec une ardoise Veleda. Il écrivit quelques mots dessus, puis posa l'ardoise par terre, le message tourné vers le ciel.

— « Accepte d'être enlevé, même sans indemnité », lut Valdemarne.

— Papa voudrait être enlevé par des extraterrestres, expliqua Nigel.

— Veillez m'excuser, dit le Seigneur de la Farce, mais comme l'ardoise est entre nous deux… Pour qu'il n'y ait aucune confusion…

Il dessina une flèche pointant vers Barry.

— Je déteste ces petits cons, ajouta Valdemarne. Ils ne m'achètent jamais rien.

— Quand as-tu décidé de te faire enlever, Barry ? demanda Genny.

— Quand ils m'ont viré de Coudbar, expliqua ce dernier.

Son livre, *Barry Trotter et la parodie éhontée*, écrit alors qu'il travaillait au service des relations publiques de Coudbar, avait apporté à l'école beaucoup de notoriété… entièrement négative.

— Tu te souviens de ce que Nigel a dit quand tu lui as parlé de ton désir d'être enlevé ? dit Ermine. « Est-ce que la famille touchera une compensation ? »

Tout le monde rit, sauf Nigel. Il s'était vraiment posé la question.

Ermine continua.

— Je me réjouissais déjà à l'idée que Barry quitte la maison quelque temps, expliqua Ermine. En deux semaines, il a réussi à mettre la maison dans un tel désordre…

— Oui, Ermine m'avait même proposé de me préparer un pique-nique. Malheureusement, je n'en ai pas eu besoin, dit Barry d'un ton maussade. Ils ne m'ont pas pris.

Il s'était installé sur le gazon pendant une semaine, prêt pour son voyage intersidéral… avec pour tout bagage un sac de couchage, de la bière et du chocolat.

— Ils n'enlèvent pas les magiciens, expliqua Ermine. Nous ne sommes pas assez bons pour eux…

— C'est du racisme, voilà ce que c'est !! grogna Barry, prenant rageusement une gorgée de Jeniquekken. (Il leva le poing.) Nous vaincrons !!

— As-tu essayé la psychologie inversée ? proposa Genny.

La suggestion semblant bonne, Barry effaça le tableau et écrivit :

« Ne m'enlevez PAS ».

— Subtil, dit Valdemarne.

Parfois, il était difficile de savoir s'il plaisantait ou non. Voilà pourquoi il n'avait pas beaucoup d'amis.

— S'ils ne me prennent pas, grommela Barry, je vais me torcher la gueule, trouver une soucoupe volante et lui vomir dessus...

— Ça leur apprendra, dit Valdemarne.

— Je suis heureuse que Barry ait un vrai travail, dit Ermine. Se faire enlever est un hobby, pas une carrière.

— Béni soit le ministère, dit Genny, avant de se tourner vers Valdemarne : sans vouloir vous offenser.

— Ne vous inquiétez pas, dit Valdemarne. Le ministère de la Magicité est un bien nécessaire.

— Vous n'étiez pas au boulot avec moi aujourd'hui, soupira Barry.

— Quoi ? Qu'est-ce qu'ils t'ont obligé à faire ? demanda Valdemarne, alors que le crépuscule tombait.

— J'ai dû rédiger des mises en garde publiques, expliqua Barry. Il n'y a rien de plus chiant que ça.

Quand Barry Trotter parlait, les Glandus l'écoutaient. Et aujourd'hui, il avait un message à faire passer : « n'achetez pas de sorts piratés ». Les sorciers avaient mis en circulation des sorts sur le marché noir, des *charmz*, comme ils les appelaient. Basés sur les besoins des Glandus, ces sorts étaient censés tout arranger, des problèmes automobiles aux histoires d'amour. Le problème est qu'ils avaient été copiés tant de fois depuis les originaux (souvent des parchemins incompréhensibles et bourrés de mots archaïques) qu'ils étaient pleins d'erreurs. Vous lanciez un sort de séduction sur votre jolie voisine et c'était votre grand frère qui se le prenait en pleine tête. Une incantation pour faire grandir, et le monde entier rapetissait un peu…

— Alors ? Qu'as-tu déclaré au public aujourd'hui ? demanda Genny, l'admiration perçant dans sa voix. Tu t'en souviens ?

— Je ne risque pas de l'oublier, dit Barry. On a recommencé le tournage trois cents fois. « Lisez-les, échangez-les, collectionnez-les… mais ne les lancez pas !! La magie n'est pas un jeu, et les *charmz* peuvent se révéler mortels… ! » Derrière moi, ils passaient en boucle les images d'un pauvre gamin en train de se faire arracher l'œil par un lutin sauvage…

— Quelle horreur, commenta Genny avant de se lever. (Elle s'étira.) Jeunes gens, je vais vous abandonner… Lon me réveille à l'aube.

— Merci d'être venue, Genny, dit Barry. Et merci de laisser Lon nous accompagner à la réunion des anciens élèves de Coudbar, le mois prochain…

— Pas de problème, dit Genny. À dire vrai, je serai ravie de me retrouver un peu seule. S'occuper d'un homme-chien vingt-quatre heures sur vingt-quatre, c'est épuisant…

— Je comprends mieux que tu le crois, dit Ermine, et Barry lui donna un coup de coude.

Genny et Lon partis, Barry demanda à Valdemarne :

— Tu viens à la réunion ?

Le Seigneur de la Farce se mit à rire.

— Bien sûr que non. Je n'étais pas dans votre classe…

— Mais tu as passé tant de temps à essayer de nous tuer… Si quelqu'un mérite d'être membre d'honneur, c'est bien toi, dit Ermine.

— J'ai eu mon diplôme avec quatre ans de retard, et je fais quand même partie du groupe, dit Barry.

— Mais je ne suis pas le grand Barry Trotter…

— Moi non plus, expliqua Barry. Les bouquins racontent n'importe quoi, tu le sais bien.

— Tu avais toujours une étape d'avance sur moi, soupira Valdemarne. (Pour un génie du mal, il était plutôt fair-play.) J'ai une proposition pour toi, ajouta-t-il. Écris-en un nouveau.

— Un nouveau livre ? Vraiment ? demanda Barry. Mon dernier relevé de droits d'auteur dit que nous n'avons pas encore atteint les vingt ventes…

Le dernier relevé l'avait vraiment *dit*, tout haut… N'oubliez pas que nous sommes dans un monde magique, et tout ça.

— Nous ne les atteindrons jamais, dit Valdemarne. C'est pour ça que je te fais cette proposition. Vala Éditions a besoin de perdre de l'argent, et beaucoup, avant la fin de l'année fiscale… ou les impôts me feront la peau. Hélas pour moi, les ventes de *La Lévitation pour les Nuls* s'envolent…

— Le problème, c'est que les bouquins aussi, confirma Ermine. La dernière fois que j'étais à la Niac, j'en ai pris un dans le front.

Elle montra son bleu.

— C'est vrai ! Un de mes camarades de classe s'est fait casser le nez chez Dark Virgin, confirma Nigel.

Valdemarne ricana.

— Les blessures des autres m'ont toujours amusé, expliqua-t-il. Bref, j'ai besoin de perdre de l'argent, et j'ai aussitôt pensé à toi, Barry…

— Je suis flatté, répondit celui-ci. Quel genre de livre ? Une nouvelle parodie ?

— Mon Dieu non, dit Valdemarne. Je n'ai pas besoin de perdre tant d'argent… Un petit ouvrage suffira, je ne sais pas, moi… Une biographie, peut-être ?

Valdemarne tapota son paquet de cigarettes sur le bras de la chaise, et en sortit une. Puis il tendit le paquet à Nigel, qui refusa poliment.

— Vous fumez ? demanda Ermine. Vous savez que vous vous tuez à petit feu ?

— L'alternative est de vivre au milieu des Glandus pendant quatre cents ans… et je préfère garder espoir, dit le Seigneur de la Farce. (Il leva son masque chirurgical et fit jouer son briquet.) Pourquoi pas une sorte de livre-vérité ? *Ce qui s'est vraiment passé*, par Barry Trotter…

— Toute la vérité ? dit Ermine, un peu inquiète.

— Sans entrer dans les détails, précisa Valdemarne en souriant.

Ses espions avaient un jour fait la liste des aventures amoureuses d'Ermine à Coudbar… ses coups de cœur, ses flirts, ses coucheries d'une nuit et ses liaisons. Le dossier pesait six kilos.

— Mais personne ne s'intéressera à ce que j'ai à raconter… commença Barry.

— Précisément, coupa Valdemarne, éteignant son allumette et la lançant dans l'herbe.

L'allumette était magique et elle refusa de s'éteindre. Seul Nigel la remarqua, et il passa le reste de la soirée à essayer de noyer la flamme en crachant dessus.

— Très bien, dit Barry. Je vais essayer de trouver quelque chose.

— Parfait, dit Valdemarne. Je veux sortir le pire-seller de l'année.

Ermine aperçut quelque chose :

— Hé, attention !

Un morceau de métal tomba du ciel et frappa Barry sur le front.

— Aïe ! dit Barry, protégeant sa canette.

Attrapant Fiona, Nigel se réfugia sous une chaise.

— Barry ? Tout va bien ? demanda Ermine.

— Ce sont ces fichus extraterrestres, dit Valdemarne. Je crois qu'ils t'en veulent.

Frottant son front – où le bleu se transformait déjà en une énorme bosse – Barry retourna le morceau de métal.

— Donne-moi l'allumette, Nigel, dit Barry.

Éclairant l'inscription, il lut, gravée en cursive parfaite :

« On aimerait tant vous avoir parmi nous. »

Un nouveau sifflement, et un nouveau morceau de métal le frappa sur la tête, cette fois derrière la nuque, avec une précision humaine.

— Aïe ! Pludbus ! jura Barry.

Pour le bien des enfants, Barry et Ermine avaient décidé de remplacer le mot de Cambronne par le prénom de leur ancien directeur, Pludbus Céldèlbore. Immédiatement, Barry leva sa baguette, pointa dans la direction de laquelle était venu le morceau de métal, et cria :

— *Aveda Neutrogena !!*

Le sort de destruction par hydratation des couches supérieures de l'épiderme fila dans l'obscurité. Les extraterrestres étaient hors de portée, hélas. Et les rémanences du sort allaient retomber par grosses flaques blanchâtres dans le jardin tout le reste de la nuit.

Un peu calmé, Barry regarda le missile, sur lequel étaient gravés deux simples mots :

« Psychologie inversée ! »

CHAPITRE II

« Branche Spéciale »

Le lendemain, la bosse sur le front de Barry était toujours là. Il avait essayé de la recouvrir de ses cheveux, mais il n'y en avait pas assez.

— On dirait une baleine portant un gros grain de caviar, dit Ermine.

— Merci beaucoup ! dit Barry sur un ton exaspéré, alors que Nigel et lui sortaient de la maison.

Ils allaient visiter les locaux d'une « branche spéciale » des services secrets de l'administration glandue, dont le rôle était de minimiser les effets que les magiciens avaient sur le monde non magique. C'était l'équivalent du travail de Barry, mais de l'autre côté du miroir. Un peu après avoir intégré son nouveau poste, Barry avait reçu un coup de fil d'un certain Nicholas Henratty, l'invitant à venir visiter ses bureaux pour découvrir comment les Glandus géraient les problèmes liés à la magie.

Barry avait mis un moment à trouver ses marques dans son nouveau travail – remplir des rapports n'était pas un talent Quichecuite – mais quelques semaines plus tard, il avait enfin trouvé le temps de rappeler Henratty pour accepter sa proposition.

— Puis-je emmener mon fils ? avait demandé Barry. Je sais que vos services sont top-secret, mais il adore les Glandus.

— Comment s'appelle-t-il ? avait demandé Henratty.

Il paraissait dynamique, le genre de cadre moderne capable de taper ses lettres lui-même si nécessaire. Barry ne savait toujours pas comment fonctionnait la touche « Caps Lock » de son clavier.

— Nigel.

— Seulement si Nigel promet de tout raconter à ses copains, avait expliqué Henratty. Nous cherchons à toucher le plus de magiciens possible, pour qu'ils comprennent les problèmes qu'ils nous créent. Il est important que les jeunes, ceux qui ne savent pas encore lancer de sorts, se sentent concernés... Nous devons leur démontrer que tout sort a des conséquences.

— Très vrai, très vrai, absolument, répondit Barry, sentant un pincement de remords à l'idée du chaos que sa vie avait dû causer.

Ce sentiment fut suivi d'un brûlant désir de rédemption, puis d'un aussi brûlant désir de savoir ce que servirait la cantine du bureau pour déjeuner. (Les problèmes de concentration de Barry avaient parfois des avantages.)

— À mercredi matin, conclut-il. Nous attendons la visite avec impatience.

Un mélange de précautions permanentes, de mensonges constants et d'inattention glandue avait permis au monde magique de rester secret pendant des siècles. Puis une journaliste glandue nommée J.-G. Rollins avait pris un jeune magicien colérique, ravagé d'acné, torturé par ses hormones et en avait fait un héros international, l'idole absolue de millions de fans. Du jour au lendemain, Barry Trotter était devenu une célébrité internationale et une menace permanente pour les chambres d'hôtel du monde entier. Et du jour au lendemain, tous les aspects du monde magique avaient été révélés au public.

Quand le phénomène « Trotter » donnait des signes d'essoufflement, et que des gens comme Rato Malaufoie pouvaient enfin recommencer à manger au restaurant sans risque de se faire lyncher par des hordes d'adolescentes hystériques, un nouveau roman sortait et une vague de Trottermania envahissait encore le monde. Suivirent inévitablement les films, et la cote de Barry monta tellement que durant un même mois glorieux, il s'était vu offrir un Oscar, la Palme d'Or à Cannes, et une place d'avant centre au Paris-Saint-Germain (et si vous ne savez pas ce que c'est exactement qu'un avant-centre, eh bien moi non plus).

Le succès restait constant... et le monde avait changé pour toujours. J.-G. passa du statut de groupie du monde magique qui se faisait virer de la convention de la Magie de la Farce de Sierre, en Suisse, à celle d'auteur dont les soldes des multiples comptes en banque affichaient un nombre hallucinant de zéros. Barry devint plus célèbre que riche, mais J.-G. était généreuse, et elle s'arrangea pour que Barry et sa femme ne manquent jamais de nettoyant à chaudron.

Si la révélation au public du monde magique était en partie la faute de Barry, son pote Lord Valdemarne portait aussi sa part de responsabilité. « Sa Majesté des mouches qui puent » avait essayé de tuer Barry pendant la majeure partie du séjour de celui-ci à l'école (un séjour un peu prolongé, d'ailleurs). Ses tentatives de meurtre avaient été si incessantes que Céldèlbore avait fini par ne plus les accepter comme excuses quand Barry rendait un devoir en retard. Valdemarne n'avait aucune raison valable d'assassiner Barry, à part un désir quasi anal de « finir le boulot »... Il avait en effet tué les parents Trotter, par accident, en décembre 1980. Valdemarne s'était senti un peu coupable quand son Concorde personnel s'était écrasé sur le minivan enchanté des Trotter au-dessus de la forêt de Brosse-tes-Glandes. Mais ce n'était pas vraiment sa faute... la peinture psychédélique de la carrosserie du van l'avait rendue invisible à son radar, ce que l'enquête avait d'ailleurs confirmé. Pourtant, une fois Priape et Lunumestra Trotter[10] morts, et sur le conseil de ses avocats, Valdemarne s'était dit que mieux valait achever aussi leur fils. Pas d'héritiers, pas de procès.

Mais Barry s'était révélé plein de ressources, et lui et le sorcier avaient joué à chat (version mortelle) pendant un bon bout de temps. Jusqu'à ce que Valdemarne réalise qu'il y avait des avantages à garder le garçon en vie... Après le succès mamoutesque[11] du film *Barry Trotter et la pompe à fric*, Lord Valdemarne et ses Mangeurs de Terre changèrent de tactique : ils venaient de réaliser qu'on pouvait se faire un

10. Ironie du sort, Lily et James Trotter avaient adopté ces prénoms ridicules – qu'ils trouvaient « tellement branchés » – pour prouver à leurs familles, qui désapprouvaient leur union, qu'ils étaient des adultes mûrs et responsables, prêts à assumer un mariage. Hélas, leurs nouveaux prénoms ne leur servirent qu'à les mettre sur la liste noire de la police des narcotiques. (En 1977, le père de Barry fut arrêté pour possession de myrrhe, eh oui, il y en avait trop pour que ce soit « pour son usage personnel ».) Les parents de Barry restèrent jusqu'à leur mort des hippies adeptes de patchouli, fans de fromage de chèvre et boycotteurs de déodorants. Ils s'étaient rencontrés à un concert de Joan Baise en 1974, où Priape essayait de trouver un 33-tours collector des Beatles.

11. NdT : Si, si, c'est un mot.

max de blé en vendant des « trucs » magiques aux Glandus. Ainsi commença un satané trafic transculturel.

Avant, Valdemarne restait discret. Ses participations dans les sociétés de musique d'ascenseur, ses escroqueries à la carte de crédit, et même son rôle dans le succès du groupe Neuf Quatre étaient restés longtemps des secrets bien gardés. Cette époque était révolue. Valdemarne pompait maintenant (financièrement parlant) le succès de la magie par tous les orifices. Le *Financial Times* l'avait appelé le « roi du placebo » : Valdemarne fournissait aux Glandus des cocktails d'ingrédients complètement inactifs, et ceux-ci en réclamaient toujours plus. Quand douze Glandus moururent après avoir ingéré une trop grosse dose de sa potion d'Omega Tertiarus, Valdemarne ne s'excusa même pas : « Les produits magiques, expliqua-t-il, ne font de mal qu'à ceux qui le méritent. Ils sont, par nature, incompréhensibles pour la science glandue. Il est impossible de les tester *scientifiquement*, autant qu'il est impossible pour un technicien aérospatial de faire fonctionner un tapis volant… »

Pendant ce temps, les magiciens étaient incités à se révéler à leurs voisins et amis glandus… et la plupart obéirent. Les sorciers et les sorcières firent des efforts, devinrent plus conventionnels. Peut-être l'ennui faisait-il partie d'une conspiration antiGlandus… toujours est-il qu'une bonne partie du plaisir qu'on a à s'habiller et à agir bizarrement disparaît dès que tout le monde fait la même chose.

L'idée que les autorités des deux camps essayaient de faire passer était celle-ci : les magiciens sont des êtres comme vous et moi, si on oublie, bien sûr, qu'ils lancent des sorts, conjurent des objets, lévitent, parlent aux animaux, voient le futur, se téléportent, et ont des rayons laser qui leurs sortent par les yeux… après avoir marmonné quelques mots en latin ou en yiddish, bien sûr.

Ainsi les deux mondes ne firent plus qu'un. Le vieux ministère de la Magicité était devenu obsolète : depuis la trottermania, essayer d'empêcher les Glandus de découvrir le monde des sorciers était comme essayer de vider l'Atlantique avec un gobelet en plastique. Ses employés se dispersèrent sans histoires, et ceux qui restèrent orientèrent leurs talents vers la seule branche de magie glandue : les relations publiques. L'intégration, tel était le mot d'ordre, et même si tous les sorciers n'étaient pas convaincus, aucun n'avait d'alternative à proposer.

Parmi la poignée de professionnels engagés pour faire appliquer cette idée se trouvait mon ami et le vôtre, le magicien le plus célèbre du monde, Barry Trotter. Évidemment, tous ceux qui connaissent le véritable Barry, et qui savent combien sa personnalité est différente de celle de la création de J.-G. Rollins ont le droit d'être effarés. Même à l'âge de trente-huit ans, les erreurs de jugement de Barry étaient si fréquentes que ses moments de rationalité étaient l'exception, et non la règle. Son avidité, sa goinfrerie, sa tendance à la torpeur et son manque d'hygiène corporelle s'étaient modérés avec les années… hélas, à cause d'une baisse générale d'énergie, pas d'un changement positif. Non que Barry soit un mauvais gars… il était toujours prêt à raconter une histoire, à donner un mauvais conseil ou un coup de main aux résultats apocalyptiques. Non, le pauvre Barry n'était tout simplement… pas fiable. Un manque de fiabilité allant jusqu'à causer, involontairement, des catastrophes de type nucléaire. Dans des zones denses et habitées. À l'heure du dîner. Bref, Barry ne paraissait pas, à première vue, l'homme idéal pour s'occuper des relations diplomatiques délicates entre les Glandus et les sorciers…

Parce que, malgré leurs bonnes intentions mutuelles, les deux groupes n'étaient pas égaux et ne le seraient jamais.

La peur les séparait. Les dirigeants glandus craignaient les pouvoirs des magiciens, les magiciens craignaient la colère de la populace. Des individus comme Barry et Henratty faisaient de leur mieux pour maintenir le fragile équilibre du système, parce que si celui-ci rompait, eh bien… eh bien, personne n'avait vraiment envie d'imaginer la suite.

Le matin de leur visite à la « Branche Spéciale », Nigel était surexcité. Barry ne l'avait jamais vu comme ça. Son fils ne se plaignit même pas quand Fiona, comme tous les jours, lui renversa son bol de céréales dessus, et pourtant son cartable était imbibé de lait.

Nigel accepta même de prendre le bus magique, ce qui était rare. Le fils de Barry n'aimait pas les moyens de transport magiques. Ils le rendaient nerveux.

— Je ne comprends pas, dit Barry tandis que le bus survolait la banlieue de Londres. Une Ford Ganglion est bien plus dangereuse…

— Oui, quand c'est toi qui la conduis, dit Nigel, le nez plongé dans sa BD.

— Un de ces jours, il va falloir que tu apprennes à surmonter tes phobies, dit Barry.

— Je sais, dit Nigel en grattant les céréales séchées avec son ongle.

— Tout ça, c'est dans ta tête, fiston, ajouta Barry.

À côté de lui, le fantôme de Keith Moon crachait du champagne sur les voitures qui passaient.

— Vraiment ? Et ces études qui disent que la magie rend stérile ? dit Nigel.

— J'ai l'air stérile ? demanda Barry.

— Je ne sais pas, je n'ai jamais regardé, grommela Nigel.

— Je ne fais pas confiance à ces fichues statistiques

glandues, grommela Barry. Si un sorcier me disait : « Barry, tu ferais mieux de ne pas trop approcher ta baguette de ton pénis », là, je l'écouterais peut-être...

— Si la magie ne rend pas stérile, elle rend fou, protesta Nigel. Tu ne peux pas le nier. Regarde Pludbus[12]...

— Un cas n'est pas une preuve, rétorqua Barry.

— Un cas ? Toi. Maman. Oncle Siroz, les Muesly... Tous les branleurs de baguette sont tarés.

— « Les branleurs de baguette »... Quelle expression vulgaire. Tu réagirais comment si je traitais tes amis glandus de culs-terreux ?

— M'en fiche. Vous êtes tous tarés.

Argumenter contre un préadolescent convaincu de détenir la vérité étant impossible, Barry changea de sujet.

— Un jour ou l'autre, tu devras faire de la magie, déclara-t-il.

---

12. Après avoir perdu sa place de directeur, Pludbus Céldèlbore avait commencé une deuxième carrière sur la nouvelle chaîne « magie » de Valdemarne. Hélas, son jeu télévisé, *L'Alchimillionaire*, ne dura que trois émissions (il était compliqué et profondément ennuyeux). « *L'Alchilmillionaire* est à chier ! » avait titré *Franche-Poire*. Après cet échec, Céldèlbore fut invité régulièrement dans des débats, mais même cette période eut une fin prématurée. Dans un débat titré : « Les sorciers, des nouveaux moines ? », Céldèlbore, complètement saoul, avait accusé le magicien Gandbaffe de « vendre son âme » parce qu'il faisait une tournée avec Led Zeppelin. Gandbaffe répondit en accusant Céldèlbore de lui avoir piqué son look, et les deux hommes se battirent en direct, tandis que le public en profitait pour faire une émeute. Céldèlbore se fit massacrer, et humilié, il disparut. Nul ne sait où il est aujourd'hui. Sur la liste du ministère, il est considéré comme : « Disparu, présumé ennuyeux ».

Nigel ne répondit pas, il était fasciné par une publicité pour cinq mille soldats de plomb qui hurlaient et se chiaient dessus « comme dans la vraie guerre ».

Quand ils arrivèrent à l'adresse qu'Henratty leur avait donnée, Barry et Nigel découvrirent une zone de gazon surplombée d'un très grand arbre. Barry enjamba la petite clôture en métal et s'approcha du tronc.

— Papa, il y a une pancarte, dit Nigel, surveillant un policier qui s'approchait. Regarde : « Ne pas marcher sur le gazon ».

— Ne t'inquiète pas, c'est pour les chiens, dit Barry.

Après avoir payé mille livres de contravention[13], Barry réussit enfin à déplacer la « branche spéciale » de l'arbre de la bonne manière, et une porte secrète coulissa dans le tronc.

— Viens, dit-il à son fils, et quelques marches plus bas ils se retrouvèrent à l'accueil. Nous avons rendez-vous avec monsieur Henratty, expliqua Barry.

— Je vous en prie, asseyez-vous, dit la réceptionniste. Je vais le prévenir de votre arrivée.

Henratty était un homme grassouillet, aux habits froissés et à l'air épuisé. Le genre de cadre dont le travail était si prenant que le look passait au dernier rang de ses

13. Voici un résumé de la scène. Barry mit le pied sur l'herbe, et les policiers lui ordonnèrent de reculer. Barry attendit que ceux-ci se soient éloignés, puis il recommença à marcher sur le gazon. Malheureusement, les policiers le surveillaient, et ils le prirent sur le fait. Barry demanda à Nigel de créer une diversion. Les policiers le prirent sur le fait quand même. Barry avança, caché dans les buissons. Ils l'attrapèrent de nouveau… Bon, je vous le fais bref. Après de nombreuses tentatives infructueuses, Barry, qui en avait marre, lança un sort et changea la date de paiement des contraventions en l'an 3017.

priorités. Henratty se rasait la tête pour ne pas perdre de temps chez le coiffeur, il avait sept costumes identiques, un pour chaque jour de la semaine, il utilisait le moins de mots possibles dans ses phrases. Tant de magiciens, tant de sorts, si peu de temps libre... Mais malgré la fatigue, il restait en lui une étincelle.

Son visage gardait une certaine gaieté, et sa bouche avait un sourire perpétuellement amusé. Henratty n'était pas beaucoup plus grand que Nigel, qui du coup, se sentit à son aise. Quant à Barry, la vue du toupet ridicule avec lequel le Glandu tentait de cacher son crâne rasé lui rendit l'homme aussitôt sympathique. Barry s'entendait bien avec les gens aussi fous que lui – et puis, il avait encore des cheveux, ce qui lui donnait une certaine supériorité.

— Je suis ravi de vous rencontrer tous les deux, dit Henratty, tendant sa main maculée d'encre d'imprimerie. La photocopieuse vient de rendre l'âme, annonça-t-il, avant de demander à Nigel s'il voulait un Coca-cola.

— Avec plaisir ! dit Nigel, ravi qu'on lui propose une boisson sans additif magique.

Tout ce que lui faisait boire sa mère avait un goût d'encens.

Le bureau d'Henratty était rempli de documents : il y en avait partout, des mémos, des lettres, des photocopies, des ordres, des statistiques, des rapports et quelques cartes de restaurants livrant à domicile. Les piles de papiers posées sur le bureau glissaient peu à peu par terre, se mêlant à leurs camarades sur le sol. Des tas de dossiers, plus hauts que Barry, étaient entassés dans un coin de la pièce. Un chemin avait été tracé pour pouvoir aller de la porte au bureau, mais il menaçait de disparaître. Des feuilles pendaient des tableaux où elles étaient punaisées, s'échappaient des boîtes à archives, sortaient telle des explosions de cellulose des placards où on avait essayé de les contenir. Parfois, portées par les courants de l'air conditionné, des feuilles s'échappaient des sommets des piles pour aller se poser ailleurs, tels des grands oiseaux. La pièce donnait l'impression d'être une zone en territoire ennemi… une zone où le papier avait vaincu. Le papier permettait aux humains de séjourner un moment chez lui, mais il pouvait les chasser ou les écraser n'importe quand, s'il en décidait ainsi.

— Navré du désordre, dit Henratty. J'ai beaucoup de travail. Tenez, il y a deux chaises, par là… (Il désigna un coin de la pièce.) Déterrez-les.

Des mémos ! Des factures ! Des notes interservices ! Nigel avait entendu parler de ces objets légendaires glandus, mais il n'en avait jamais vu pour de vrai. Il regarda autour de lui, enchanté. Barry, lui, s'ennuyait déjà. Sur le bureau de Henratty, les photos ne bougeaient pas, les Post-it n'insultaient pas les arrivants, l'agrafeuse ne liait pas les documents dans six dimensions à la fois… Comment Henratty supportait-il cette situation ?

Ils s'assirent, puis Henratty demanda :

— Que connaissez-vous du monde des Glandus ?

— Pas mal de choses, dit Barry. J'y ai vécu jusqu'à l'âge de Nigel.

— Puis vous êtes devenu magicien, je présume ?

— Exact.

— Quel âge avez-vous aujourd'hui, Barry ?

— J'ai eu trente-huit ans hier.

Nigel buvait son Coca à la paille. Du bon vieux sirop de maïs superconcentré en fructose, du caramel pour la couleur et des bulles : le bonheur absolu.

— Bon anniversaire alors ! dit Henratty. D'après nos statistiques, en vingt-sept ans de pratique de la magie, vous avez été responsable à vous seul de cinquante-quatre mille appels dénonçant un vol de marchandise, de six milliards de livres de destruction de biens mobiliers ou immobiliers, et d'au moins deux internements volontaires en hôpital psychiatrique.

— Moi ? J'ai fait ça tout seul ? demanda Barry, en souriant.

— … En fait, vous avez fait pire. Car ces statistiques sont celles d'un magicien moyen. Or tout démontre que vous êtes bien au-dessus de la moyenne…

— Je ne suis pas sûr de vous suivre, dit Barry.

— Peu de sorciers y parviennent, dit Henratty. On ne peut pas vous reprocher votre ignorance, d'ailleurs. Tout est de la faute de vos méthodes d'éducation archaïques. Coudbar s'était un peu améliorée, mais les choses ont de nouveau dégénéré dans ce fichu bâtiment…[14]

Le visage de Barry s'éclaira.

— Comme au bon vieux temps, dit-il. L'école est redevenue celle que nous avons toujours appréciée. (Il fit

14. Après avoir été détruite par l'équipe « effets spéciaux » trop enthousiaste de Wagner Bros, Coudbar avait été reconstruite. Le nouvel immeuble était moderne, super équipé et épouvantablement rectiligne. Mais dès que les élèves revinrent, le bâtiment commença à changer… au fil des mois, l'école se transforma, redevenant, comme avant, une espèce de tas de ruines aux couloirs de granit parcourus par des courants glacials. L'événement fit scandale. Barry, bien sûr, soupçonna Gogue. Les sorciers de bâtiment envoyés pour enquêter sur l'affaire découvrirent vite l'explication : lors de la construction de Coudbar, mille ans auparavant, ses quatre fondateurs Godnic Frittondpor, Putresca Salepouffe, Rotunda Serretête et Saint-Lazare Frèrepétar avaient maudit le site. Aucun bâtiment s'élevant

une pause.) La nouvelle structure était si… glaciale…

— Avouez qu'il est plus facile d'allumer le chauffage central que de passer son temps à conjurer des flammes !

— Par « glaciale », je voulais dire « impersonnelle »… Monsieur Henratty, si nous autres magiciens sommes un peu vieux jeu, c'est notre droit. Après tout, nous ne gênons personne…

— Hélas, si, dit Henratty. C'est tout le problème. Les magiciens n'aiment guère la logique – sans vouloir vous offenser – mais je vais pourtant vous demander de l'être un moment. Rien ne se perd, rien ne se crée. Les objets que vous conjurez viennent donc tous de quelque part. Bref, quand vous faites apparaître un hamburger, il disparaît de l'assiette d'un Glandu…

Barry regarda Henratty, abasourdi. Il n'avait jamais réfléchi à la question.

— Dans le cas du hamburger, ce n'est pas très grave… en cas de problème, la plupart des restaurants offrent un nouveau plat à leurs clients. Mais imaginons que

---

sur les lieux ne pourrait jamais être en bon état – la malédiction exigeait même qu'il y ait des fissures dans les murs, ce qui n'est pas facile avec le granit. « Nous ignorons la raison de cette malédiction, disait le rapport. Peut-être était-ce pour qu'aucune des quatre Maisons ne prenne l'ascendant sur les autres. En tous cas, elle est irréversible. » Les ordinateurs et les fibres optiques disparurent peu à peu. Les épaisses fenêtres à double vitrage se transformèrent en meurtrières recouvertes de vitraux. Même l'épaisse moquette antitaches s'évanouit, et les élèves marchèrent de nouveau sur la pierre froide. Bien sûr, comme dans tout processus de copie d'un original, des erreurs se glissèrent. Coudbar est maintenant devant derrière, et la tour de Frittondpor refuse toujours de régénérer son toit.

vous conjuriez une voiture… les conséquences seront tout de suite plus sérieuses.

— À chaque fois que je conjure une voiture, celle d'un Glandu disparaît ? balbutia Barry.

— Oui. La plupart du temps, le propriétaire la déclare volée, et l'assurance le rembourse. Maintenant, imaginez que le pauvre homme croie l'avoir égarée… « Tu ne sais plus où tu as garé ta voiture ? Mais tu es vraiment un crétin ! », va dire son épouse. Ce genre d'incident peut détruire un mariage. Même si le Glandu est un homme philosophe – une de perdue, dix de retrouvées – il se trouve soudain projeté dans une réalité où les choses peuvent tout simplement disparaître. On a vu des gens devenir fous pour moins que ça.

Nigel lâcha sa paille.

— Et si la voiture s'évanouit alors que le Glandu était au volant ? demanda-t-il.

— Chaos circulatoire, répondit Henratty.

Nigel se mit à rire, et un peu de Coca lui sortit par le nez.

— Le coût humain de votre magie est incroyablement élevé, conclut Henratty. Si le public réalisait que les magiciens sont responsables de tout ce chaos – de leurs clés perdues à la Seconde Guerre mondiale –, ils vous élimineraient sans regret…

Barry écarquilla les yeux.

— La Seconde Guerre mondiale ? Comment avons-nous…

— C'est une longue histoire – mais je peux vous prêter un livre si ça vous intéresse.

Henratty ouvrit un tiroir plein à craquer, en sortit un ouvrage nommé *Comment la magie tue* et le donna à Barry.

— Mais… Nous ne faisons pas exprès, protesta Barry. Nous ignorons que…

— Et c'est à ça que sert notre service, expliqua Henratty. À faire en sorte que le monde glandu continue à tout ignorer. Nous dissimulons la vérité, pour que vous et les vôtres ne soient pas massacrés…

Henratty laissa ses paroles flotter dans l'air, puis ajouta :

— Voulez-vous faire le tour de nos installations ?

— Avec plaisir, dit Barry, très mal à l'aise.

— Je peux l'emporter ? dit Nigel en levant son Coca.

— Bien sûr, dit Henratty. Hé, dis-moi, c'est un badge du Docteur Who, sur ton sac ?

— Ouaip.

— J'adorais, moi aussi, quand j'étais plus jeune. Avec ses toilettes portables multidimensionnelles. Trop cool.

— J'ai une maquette du WC du docteur sur mon bureau, dit Barry, mais Nigel lui jeta un coup d'œil agacé.

Le Glandu était son ami, pas celui de Barry. Son père essayait toujours de faire ça, de lui piquer ses copains.

Henratty escorta Barry et Nigel dans un bureau paysager où travaillaient une vingtaine d'employés. Les téléphones n'arrêtaient pas de sonner. Sur le mur du fond se trouvait une carte du monde où clignotaient de petits voyants rouges en forme de sorcière.

— La salle de contrôle media, expliqua Henratty. Nous suivons les réseaux d'information glandus du monde entier pour y trouver des indices de manifestations magiques. Puis nous disséminons les contre-informations appropriées. Prenez les cercles mystérieux dans les champs de maïs, par exemple…

— Je sais qui est responsable de…

Barry s'interrompit. Il avait failli dire qu'il connaissait Ferd et Jorge Muesly, qui avaient initié le phénomène.

— Les extraterrestres, hein ? C'est ce que vous pensez ? dit Henratty. C'est ce que tout le monde pense… grâce à nous. Comme si les extraterrestres avaient du temps à perdre à ce genre de bêtises… Mais c'est une excuse que nous utilisons beaucoup. Quand un sorcier décide qu'il est trop compliqué de prendre le métro et s'amuse à se téléporter au centre de Londres, nous téléphonons aussitôt à la police en déclarant avoir vu un extraterrestre. Parfois, il nous arrive même de fabriquer une vidéo…

— Mais nous savons gérer ces problèmes, protesta Barry. Les équipes du ministère de la Magicité interviennent avec leurs sorts de Mémoire…

Henratty eut un petit rire sec.

— Barry, vous avez une idée du nombre de Glandus qui ont vu vos « experts » du ministère se balader dans leurs costumes bizarres et agiter leurs baguettes ? Il nous a fallu créer tout le mythe des « Men in Black » pour compenser. Vous zappez un témoin avec votre fichu sort… Il oublie tout, d'accord, sauf que vingt autres vous ont vu approcher, vous comporter de manière étrange et parler aux patates…

— Oh, dit Barry, déçu.

— Je ne sais pas comment nous nous débrouillerions sans les petits hommes verts, soupira Henratty.

— Les extraterrestres existent pour de vrai, protesta Nigel. Mon papa en a vu.

— Vraiment ? demanda Henratty. Il n'y avait rien de bizarre dans ton Coca, j'espère ?

— Rien, dit Nigel, offensé.

Il détestait les questions rhétoriques.

— Nigel a raison, confirma Barry. Dans mon quartier, les gens se font enlever tout le temps par des soucoupes volantes…

— C'est ça, dit Henratty. Si j'étais vous, je n'y croirais pas trop.

— Mais pourquoi les gens préfèrent les extraterrestres aux magiciens ? intervint Nigel. Je veux dire, pourquoi est-ce que c'est *mieux* qu'ils y croient ?

— Eh bien, personne n'a encore brûlé un extraterrestre sur un bûcher, à ce que je sache…

— Non, dit Nigel avant que son Coca ne laisse enfin échapper son fantôme. (Les Cocas rendent leur dernier soupir par un rot.) Je peux en avoir un autre ?

— Bien sûr, dit Henratty. Au bout du couloir, prends-en un dans le frigo communautaire…

Nigel partit à toute vitesse, faisant la course avec un adversaire imaginaire, sautant et s'encourageant à mi-voix.

Barry se tourna vers Henratty et ajouta :

— Les bûchers ne font rien aux magiciens, vous savez. On nous l'a appris à Coudbar.

— Ah oui ? Vous avez rencontré quelqu'un qui a survécu aux flammes ? Vous me donnez son numéro de téléphone ? Je suis désolé, Barry. C'est ce qu'ils vous racontent à l'école, forcément… Ils ne vont pas vous parler de foules hystériques, des problèmes de stérilité et de démence, ajouta Henratty tandis que les deux hommes suivaient lentement Nigel dans le couloir.

— Mais si votre travail est si essentiel, pourquoi ce bâtiment est-il si… banal, demanda Barry, pour qui une façade n'avait aucun charme si elle n'était pas agrémentée d'une gargouille ou de contreforts volants.

— Banal ? Vous êtes trop aimable. Ce truc est un vrai taudis, dit Henratty, et de la main, il toucha une des dalles rongées d'humidité du plafond, provoquant une pluie de poussière de plâtre. C'est le défaut du monde des Glandus… Nous ne vivons pas dans des châteaux, et les grandes décisions sont prises dans des cubes en béton. Parfois, j'aimerais être un magicien… et je ne suis pas le seul. Il n'y a qu'à voir le succès de vos romans.

— Je dois avouer que la magie me semble moins glorieuse depuis quelques minutes, soupira Barry.

Nigel réapparut avec un nouveau Coca. Le sucre et la caféine du premier avaient fait leur office, et il suait et tremblait comme un junkie. Le petit groupe passa devant une nouvelle porte, où se trouvait une pancarte marquée : « Silence – Thérapie en cours ».

— Parfois la situation exige une intervention personnalisée, expliqua Henratty. Nous avons une cinquantaine de salles de thérapie rien que dans ce bâtiment.

— Je peux écouter à la porte ? demanda Barry, toujours aussi curieux.

— Je vous en prie, dit Henratty.

— Ainsi votre gâteau de départ en retraite a disparu, disait une voix patiente et professionnelle. Comment avez-vous réagi ?

Non, ce n'est pas possible, pensa Barry.

— C'est une sorte de malédiction… la malédiction du 31 juillet, dit une autre voix, dont le propriétaire paraissait prêt à pleurer. Tous les 31 juillet, je perds des trucs.

Si, réalisa Barry. *C'est bien ça*.

— Et si j'entrais et que je dédommageais ce Glandu ? demanda-t-il à Henratty. Je suis sûr que ma femme…

— Ne faites pas ça, dit Henratty avec fermeté. Rencontrer un magicien, après le traumatisme subi… Les résultats pourraient être catastrophiques. Le pauvre homme pourrait sombrer dans la folie.

Un peu plus loin, ils découvrirent une salle de réunion remplie de banquiers essayant de contrer les effets des découvertes de trésors sur le marché financier glandu.

— Quand un dragon meurt, des tonnes d'argent et d'or sont soudain déversés sur les marchés, expliqua Henratty. C'est ce qui est arrivé en 1929, quand Georges l'Inscrupuleux a tué le féroce Dracompte, en Suisse. *Paf*, un millénaire de trésor lentement amassé soudain rendu à la lumière. Résultat : la crise économique du siècle. Les actionnaires ont commencé à sauter par les fenêtres, enfin, tout un bordel…

— Moi qui ai toujours pris Georges pour un héros…

Suivit une autre salle, remplie d'enfants portant des robes et des chapeaux pointus.

— Des magiciens ? demanda Nigel.

— Ils sont trop jeunes, protesta Barry.

— Ton père a raison, Nigel, dit Henratty. Ces enfants sont des Glandus passionnés de J.-G. Rollins. Leurs parents les ont amenés ici pour que nous les aidions à les convaincre qu'ils ne sont pas *vraiment* Barry ou Ermine… D'ailleurs, je vais vous demander de ne pas vous attarder. Voir le véritable Barry Trotter pourrait déclencher chez eux une rage psychotique …

— Bizarre, souffla Nigel.

— Triste, surtout. Heureusement, J.-G. Rollins nous soutient financièrement, et notre taux de réussite est de 99 %…

Ils tournèrent à droite et se retrouvèrent devant une porte marquée : « Opérations Spéciales ».

— Oups, désolé, dit Henratty. Je me suis trompé de chemin…

— C'est là que vous gardez les armes ? plaisanta Nigel.

Henratty fit une courte pause, puis :

— Heu… Oui.

Barry le regarda, abasourdi.

— Des armes ? Vous avez besoin d'armes ? Pourquoi ?

— Venez par ici, dit Henratty en les éloignant de la porte. Parce que tous les magiciens ne sont pas aussi raisonnables que vous, Barry, ajouta-t-il en faisant un signe aimable à une jolie collègue. La pauvre. C'est une parapluie-garou, vous imaginez ? chuchota-t-il quand elle fut passée. Une malédiction familiale. Elle est un peu dépressive, mais très, euh… très utile. (Henratty suivit la jeune femme d'un regard plein d'amour.) Pardon… J'étais en train de vous dire quelque chose…

— Vous disiez que les magiciens n'étaient pas tous raisonnables, dit Barry, se demandant si Nigel avait écouté, et compris, la réflexion d'Henratty sur sa collègue.

Il n'aurait pas dû s'inquiéter. Le garçon était à deux pas, en train de répéter des mouvements de karaté.

— Oui, c'est ça, reprit Henratty. Vous comprenez, la plupart des magiciens sont fous. Nos études affirment que…

— HA !! cria Nigel d'un ton victorieux.

Henratty le regarda, étonné, et Barry expliqua :

— Mon fils et moi parlions justement de cette théorie en arrivant. Je lui ai dit que je n'y croyais pas.

— Vous devriez. La plupart des magiciens avec qui nous travaillons sont des fous dangereux. Le ministère de la Magicité ne l'apprécie guère, bien sûr, mais parfois un vieux prestidigitateur refuse de nous écouter et nous devons l'abattre…

— Avec des balles ? ricana Barry. Ça m'étonnerait.

— Nous utilisons l'artillerie lourde, dit Henratty. Ou des explosifs. Quand vous entendrez parler de « destruction d'un immeuble insalubre », dressez l'oreille… Ces méthodes, bien sûr, sont employées en dernier ressort. Notre travail ici, à la Branche Spéciale, est d'aider les magiciens et les

Glandus à vivre en harmonie, pas de réduire des individus comme Céldèlbore en chair à pâté…

— Céldèlbore ? Vous ne l'avez pas…

L'ancien directeur de Coudbar avait disparu depuis un moment.

— Oh… Navré, je ne peux rien vous dire sur cet individu, expliqua Henratty. Programme de Protection des Magiciens. Désolé de l'avoir mentionné… J'aurais dû utiliser un autre exemple…

Ils retournèrent s'asseoir dans le bureau d'Henratty, et celui-ci demanda :

— Alors ? Des questions ?

Nigel leva la main.

— Je peux ?

— Bien entendu, va chercher un autre Coca, dit Henratty, heureux de ne pas avoir à payer la facture du dentiste.

— Non, je veux dire… J'en reprendrais bien un, mais je voulais demander si je pouvais parler de tout ça à mes potes, à l'école ?

— Nigel va entrer à Coudbar, expliqua Barry.

Henratty sourit.

— Coudbar ! Tu dois être tout excité.

— Pas vraiment, grogna Nigel.

— Il est un peu nerveux, expliqua Barry, passant sa main dans les cheveux de Nigel, qui détestait ça.

— Pourtant, je connais nombre de Glandus, à commencer par tous les employés de ce service, qui seraient ravis d'être à ta place, Nigel. Nous travaillons ici parce que nous adorons la magie, et les magiciens, alors que nous n'avons rien de magique. Je n'arrive même pas à faire de faux tours de cartes.

— Alors, je peux ? Leur raconter ?

— Je n'attends que ça, dit Henratty en souriant. C'est ta génération que nous tentons d'atteindre. Plus nous changerons le comportement magique des jeunes magiciens, moins nous aurons d'ennuis. Garde ta baguette dans ton pantalon, jeune Nigel.

Ils rirent tous les trois. Après un dernier Coca et un badge disant : « Protégez-vous, protégez les autres », Barry et Nigel quittèrent les lieux.

— Mets ton faux nez et tes lunettes, dit Barry, tendant à son fils un masque ridicule. Autant éviter les paparazzi.

Dehors, personne ne les attendait.

— Papa, prenons le métro, implora Nigel.

— Tu es sûr ?

Barry détestait le métro. La version magique était connectée magiquement à tous les systèmes de métro souterrain du monde… ce qui était très pratique, sauf que si on manquait un arrêt, on risquait de se retrouver à Sao Paulo.

— Oh, très saugrenu, très amusant, avait râlé Barry, furieux, la dernière fois que ça lui était arrivé.

« Le monde magique a besoin d'un peu moins de saugrenu et d'un peu plus de rigueur », répétait souvent Barry. D'ailleurs, ses engueulades avec le département des Actions Saugrenues étaient légion.

— D'accord, mais seulement le métro glandu, dit Barry.

On accédait à la version magique à travers un compteur électrique au bout du quai. Ainsi, les magiciens pouvaient se matérialiser sans attirer l'attention. De toute manière, ils étaient toujours habillés comme des SDF.

Une fois dans le métro, Barry regarda autour de lui et dit à son fils :

— Je suis sûr qu'Henratty était un *animagus.*

— N'importe quoi, protesta son fils.

— Mais si, réfléchis : « Henratty »... En anglais, « Hen » veut dire poule. Une poule plus un rat. Ça donne quoi ?

— Un très mauvais Mac Chicken, dit Nigel en souriant.

— C'est ça, rigole, grogna Barry. Les *animagi* sont des vrais cons, c'est connu. Le pluriel d'*anus*, c'est *ani*. Donc, *ani* plus *magi* égale... des vrais trous du cul. C'est du latin, tu apprendras tout ça à l'école...

— Je l'ai trouvé très gentil, dit Nigel.

— Bien sûr, il t'a acheté à coup de caféine, dit Barry. Viens, on descend là.

CHAPITRE III

L'indispensable chapitre du quai de gare

Un beau matin ensoleillé de septembre, à peu près trois semaines plus tard, deux bras flottant dans l'air poussaient un chariot à bagages sur le fameux quai 3,14[15] de la gare King's Corse.

Des ordures – des parchemins d'ivresse instantanée à un coup, des paquets de chips, des tickets perdants de loterie elfique – étaient empilées sur le quai. Parfois, le chariot s'arrêtait, et les bras disparaissaient. Une basket apparaissait à la place, ouvrant un chemin à coups de pied parmi les ordures. Un rat famélique passa en trottant entre les rails.

— Comment est-ce qu'on peut abandonner son familier comme ça ? protesta Nigel à mi-voix.

À moitié caché par la cape d'invisibilité de son père, il caressa la pieuvre accrochée à sa taille dans un petit sac rempli d'eau salée. Le familier, nommé Chesterfield, ondula en signe d'approbation.

Un préservatif multisenteurs usagé (offert par Lurex, « pour utilisation récréative uniquement ») entourait la

15. …15926535…

roue avant du chariot. Nigel n'avait pas l'intention de le toucher, même du bout du pied. Il poussa le chariot et le préservatif se déchira. Décidément, ce truc n'était pas très solide… heureusement, pour le même usage, il y avait aussi des sorts. Que Nigel ne connaissait pas, d'ailleurs. À chaque fois qu'Ermine insistait auprès de Barry pour que celui-ci explique à son fils « les choses de la vie », son père revenait horrifié par ce que Nigel avait appris sur la chaîne câblée Magie de Valdemarne.

— Et alors ? Sa curiosité est naturelle pour un garçon de cet âge, disait Ermine.

— Il doit tenir de toi, avait répliqué Barry, un jour. Je suis surpris qu'il n'ait pas des poils qui lui poussent sur les yeux.

Ermine s'était lancée dans une contre-attaque passionnée, centrée sur la vie sexuelle passée, mais pleine de rebondissements, de son mari. Après dix minutes de descriptions sordides, sa mère n'en était encore qu'à la première partie de son discours. Nigel, exaspéré, avait levé les yeux de son livre pour dire :

— Je suis là, vous savez ?

— Désolé, Nigel, avait dit Ermine.

— Désolé, avait répété Barry.

— Vous savez que les pieuvres sont aussi intelligentes que les chats ?

Nigel détestait que ses parents parlent de leur vie d'avant leur mariage. Ça le rendait nerveux. Après cette discussion, il avait demandé à sa mère de lui faire un petit sort d'oubli pour que les images de la vie sexuelle de son père ne viennent pas le hanter.

Sur le quai, le poster d'une naïade à la poitrine improbable roulait dans les courants d'air. Malgré sa célébrité, le quai 3,14 était d'une saleté répugnante depuis que le ministère de la Magicité avait privatisé le Coudbar Express, maintenant surnommé le Coudbar Dépressif. Depuis la privatisation, le voyage vers Coudbar – qui n'avait jamais été passionnant – était devenu une épreuve dantesque de problèmes techniques, de retards, de prix décuplés et de toilettes puant l'urine à la myrrhe. Le train partait toujours en retard, mais les Trotter ne s'en plaignaient pas... Barry faisait pareil.

Coudbar était l'école magique la plus célèbre du monde, et Nigel Trotter un des étudiants les plus attendus. Il était, après tout, le fils aîné d'Ermine Cringer et de Barry Trotter. La notoriété de ses parents était pesante – en onze ans d'éducation secondaire, quelqu'un à la magie d'aussi exubérante que Barry avait eu le temps de laisser un sacré tas de cadavres derrière lui. Nigel connaissait toutes les histoires, toutes les anecdotes, et il n'avait pas l'intention de rivaliser avec le passé de ses parents. En vérité, s'il avait pu choisir, il serait entré dans une école glandue et serait devenu un dentiste *new-age*, comme ses grands-parents maternels. Mais son père avait tant insisté... Et voilà pourquoi Nigel était là, poussant son chariot entre les cadavres de préservatifs, longeant la carcasse rouillée et moribonde du Coudbar Dépressif.

Le chariot tressauta en écrasant un gnome mort. Le familier de son père, Vieilletige la chouette, poussait des petits cris à chaque cahot.

— SKWARK, dit la chouette.

Son plumage était taché de nicotine et sa voix était artificielle. Après des années à fumer, elle avait subi une trachéotomie, et parlait maintenant à travers une boîte vocale.

Ce n'était pas de son plein gré que Nigel transportait le familier de Barry. La rentrée scolaire avait lieu en même temps que la réunion des anciens élèves, ce qui voulait dire que le père et la mère de Nigel venaient avec lui. (Par bonheur, sa sœur Fiona la Tornade avait été confiée aux grands-parents Cringer.) Nigel était si gêné par la présence de ses parents à la gare qu'il avait insisté pour marcher devant, et pour porter la cape d'invisibilité. Le voyage ne l'enthousiasmait guère. Le trajet, déjà long et ennuyeux, le serait encore plus sous la surveillance de sa mère. Des rumeurs couraient… On disait qu'il y aurait du flirt multidimensionnel dans certains compartiments, des fois même avec la langue, et l'idée qu'il allait manquer tout ça rendait Nigel plutôt amer. Enfin, il réussirait à s'échapper. Ou non.

À quelques pas derrière, sur le quai, les parents de Nigel se disputaient sans conviction. Ils n'avaient pas à s'occuper de Fiona, et donc beaucoup d'énergie à dépenser.

— Quoi ? demanda Barry. Que le Grand Crique me Croque !!

— J'ai dit : « Tu es complètement fou, Barry », soupira Ermine.

— Je ne vous entends pas, matelot, ma perruque s'envole… (Remontant le bandeau de son déguisement de pirate, Barry regarda les horaires.) *Elargissantus*, hurla-t-il[16], et le prospectus s'agrandit.

— Je ne suis pas chiante, protesta Ermine. Allez, dépêche-toi !

— Du calme, marin d'eau douce, dit Barry en plissant des yeux pour mieux voir. Nous avons encore… *moins* deux minutes.

— Papa, Maman, dépêchez-vous ! crièrent les bras.

16. Les sorts sont comme les chiens. Plus la voix est forte et ferme quand on les lance, plus on a une chance qu'ils fassent ce qu'on veut.

Ils vont partir sans nous ! ajouta Nigel d'un ton un peu hystérique.

— Je fais de mon mieux, mille millions de mille sabords, grogna Barry. Tu as déjà essayé de marcher avec une seule jambe ?

Son chapeau tomba.

— Oh, laisse-le donc, soupira Ermine, s'arrêtant pour que son mari la rattrape.

— Mais Erm... J'ai payé une caution pour ce déguisement... Il faut...

— Laisse-le ![17] ordonna Ermine.

Une valise magique à roulettes la suivait toute seule. Son mari, en sueur, accéléra le pas.

— J'en ai marre, dit-il enfin, à bout de souffle, avant d'enlever la jambe de bois. J'aurais dû me déguiser en clown.

— Tu devrais surtout faire un peu de sport, dit Ermine. Regarde ! Tu sues comme un porc !

— Ces perroquets gonflables sont plus lourds qu'il y paraît, grommela Barry.

— Je ne comprends pas pourquoi tu insistes pour porter ce costume stupide.

— Que le grand cric me croque ! Ce n'est pas un costume, c'est un *déguisement*, protesta Barry, avec une grimace de pirate. Je ne comprends pas pourquoi tu ne veux pas porter le tien !!

— Je refuse de mettre un costume de soubrette ! protesta Ermine.

— Si nous nous faisons agresser par les paparazzis, ce sera de ta faute, matelot.

Le quai était presque désert. Nigel toucha la paroi du wagon avec sa baguette. Magique ou pas, ce train était

17. Les maris fonctionnent comme les sorts.

sacrément rouillé. Le garçon examina sa baguette, amer : à part toucher les choses, il ne savait pas trop ce qu'il pouvait faire avec.

La baguette était d'ailleurs loin d'être une œuvre d'art… Barry et Nigel s'étaient contentés d'un modèle pas cher en contreplaqué, qu'ils avaient acheté la semaine précédente chez Eclerc. Pourquoi dépenser une fortune pour une baguette quand le garçon qui la tient n'a rien de très magique ?

Ils n'avaient pas plutôt posé le pied sur le sol du Eclerc et respiré l'air superconditionné que son père avait commencé à évoquer ses souvenirs.

— Quand j'étais petit, avait-il commencé (une phrase qui, dans toutes les langues, prévient les auditeurs qu'il est temps d'arrêter d'écouter), on achetait les baguettes chez Canichander. La boutique était dirigée par des chiens, et comme les chiens ne connaissent pas l'alphabet, rien n'était classé et la boutique était un vrai bordel…qui avait son charme, soupira Barry.

— Un charme ? Un charme magique ? avait demandé Nigel, en finissant sa barre Slimcadabrast.

La combinaison du chocolat et des produits magiques amaigrissants l'avait rendu accro.

— Je ne pense pas… mais vu comment les vendeurs se frottaient sur les jambes des clients, va savoir, avait dit Barry, se souvenant qu'on ne pouvait pas faire un pas dans la boutique sans marcher dans le caca. En y réfléchissant, tu dois avoir raison. Ils nous vendaient des vieilles baguettes pourries à un prix exorbitant et mordaient ceux qui osaient protester. Et puis, l'endroit était infesté de puces, avait ajouté Barry tandis qu'ils arpentaient les gigantesques allées grisâtres du Eclerc.

Nigel avait regardé autour de lui… l'entrepôt, les

murs en tôle, les néons, les vendeurs dépressifs dans leurs abominables tabliers.

— J'aurais préféré aller chez Canichander, dit-il, mélancolique.

— Moi pas, dit Barry, mentant pour se remonter le moral. (Il prenait de l'âge, les choses changeaient autour de lui, et toujours en pire. Se mentir était la seule technique efficace.) Cet endroit est bien plus pratique, dit-il sans conviction.

Le magasin était froid et impersonnel, et Nigel et Barry n'avaient qu'une envie, sortir de là le plus vite possible. Si bien qu'en dix minutes, ils s'étaient décidés pour une gigantesque baguette contenant un poil de basset artésien.

— Le basset n'était pas vraiment un chien magique, avait dit le vendeur, mais il était très doué en, euh, bassetage. Essayez-la, pour voir…

Nigel avait donné un petit coup dans l'air et avait renversé tout une vitrine de baguettes super-légères en fibre de carbone importées du Danemark.

— Elle est lourde, avait-il commenté.

— Mais solide, avait répliqué Barry. Tu vas t'y habituer.

Ils devaient acheter toutes les fournitures de Nigel dans la journée et Barry n'avait aucune envie de s'attarder.

— Mais… avait protesté Nigel.

Il voulait une de ces baguettes en forme de *L* que les héros des films de gangsters *magic-fu* utilisaient toujours. Grâce à la forme, on pouvait lancer des sorts derrière les coins sans se faire repérer.

— Ta mère me tuerait si j'en ramenais une, avait soupiré Barry. Tu sais quoi ? On va prendre un superholster, d'accord ?

Nigel en avait acheté un avec de jolies flammes rouges.

— Vous voulez des roulettes d'entraînement pour la baguette ? avait demandé le caissier quand ils s'approchèrent pour payer.

Le pauvre avait sûrement choisi le pire job d'été de son existence, et Barry s'était senti obligé d'accepter.

— Papa, je n'en ai pas besoin…

— Si si, nous les prenons, avait interrompu Barry. Tu pourras toujours les enlever, souffla-t-il ensuite à son fils.

— Papa ! avait protesté le garçon. Les roulettes, c'est pour les bébés ! Tout le monde va se moquer de moi !!

— Je préfère qu'ils se moquent de toi plutôt que tu vires pendant un sort et que tu te retrouves en Chine alors que tu voulais aller à Chartres.

— Et alors ? Je snifferai un peu de poudre de transport.

— Certainement pas. Ce truc fait pourrir les cloisons nasales.

Barry avait sorti sa carte Fissa et payé. Et voilà comment Nigel s'était retrouvé avec une baguette plus efficace pour mener les mulets que pour faire de la magie. Ô joie, elle pouvait aussi servir à taper les wagons des trains autrefois magiques. Youpi, youpi.

Ses parents le rejoignirent. Nigel avait enlevé la cape et l'avait attachée autour de son cou, comme un superhéros. Du coup, on aurait dit que sa tête flottait dans les airs. L'effet aurait fait hurler, vomir et s'évanouir n'importe quel Glandu… mais les magiciens étaient blasés.

Barry sortit sa baguette et l'agita, marmonnant quelque chose. Le coffre de Nigel ne bougea pas.

— Ne te fais pas mal au dos en lançant un sort, Barry, dit Ermine. Prends appui sur tes genoux.

Au deuxième essai, Barry réussit à faire monter le coffre. Rangeant la baguette et essuyant la sueur sur son visage, il se tourna vers son fils qui combattait des ennemis invisibles à quelques pas de là, perdu dans un scénario imaginaire complexe.

— Ha ! « Efface ! » Prends ça dans le cul, maudit Gasman ! dit-il, faisant disparaître son ennemi imaginaire d'un coup de doigt sur un clavier inexistant.

— Ne dis pas de gros mots, Nigel, protesta Ermine.

— Bon Dieu, il est lourd, ce coffre, protesta Barry. Qu'est-ce qu'il y a là-dedans ?

— Seulement des vêtements, et tout ça, dit son fils.

Ce qui n'était pas tout à fait vrai. La moitié des vêtements préparés par sa mère étaient restés sur le sol de la chambre de Nigel, remplacés par les livres de règles, les feuilles de personnages, les écrans du maître de jeu et les dés d'« Assurances & Acquisitions », un jeu de rôle basé sur la vie des Glandus, dont Nigel et ses copains étaient très fans. Dans ses fantasmes – Nigel rêvait souvent éveillé – Nigel se voyait dans la peau de son personnage préféré, un analyste de systèmes informatiques niveau seize, dénommé Gérard. Nigel avait passé l'année entière à le faire monter de niveau – au début, Gérard n'était qu'un étudiant niveau un, sortant tout juste de l'université. Dans le jeu, Gérard venait de battre un expert-comptable féroce en pénétrant dans le système informatique et les fichiers clients d'une entreprise de gaz. Nigel espérait qu'il trouverait d'autres joueurs à Coudbar.

Le Coudbar Express laissa échapper un grand jet de fumée. La fumée se concentra, prenant la forme d'un conducteur qui cria :

— En voiture ! Puis il ajouta, dans l'oreille de Barry : Grouille, capitaine Crochet.

— Va te faire foutre, dit Barry, furieux. (Puis, terrifié à l'idée qu'on ait pu le reconnaître, il leva son sabre en plastique et grogna :) Je vais te massacrer, marin d'eau douce !

Un homme s'approcha de lui avec un appareil photo.

— Tu vois ? dit Barry d'un ton triomphal à Ermine.

Dans le conflit éternel entre les époux pour savoir qui était le plus intelligent, Barry venait de marquer un point…

Sauf que non.

— Barry, Ermine, bonjour ! dit l'homme. J'espérais bien vous voir ici !

C'était Colon Crevé, un des magiciens de la génération de Barry dont la carrière avait été la plus décevante. À Coudbar, Colon était devenu une légende après avoir introduit des filles nues en page trois du journal de l'école, le *Voici Coudbar* ! Colon n'était pas encore en cinquième année qu'il avait déjà amassé une fortune conséquente. Il se préparait à ouvrir un site Web quand Céldèlbore avait appris ce qui se passait et avait tout arrêté. Colon utilisait un sort pour convaincre les filles de se déshabiller. Après avoir confisqué les photos, le directeur lui avait fait la leçon, sur un ton plus paternaliste que furieux.

— Colon, si tu continues à ce train, tu n'auras plus rien à attendre de l'existence, avait-il expliqué. Crois-en un homme de cent quarante ans, on a besoin de toutes les surprises possibles…

Hélas pour Colon, sa première surprise d'adulte fut de se faire refuser par *Le Merlin*, dont l'équipe rédactionnelle était déjà pleine de jeunes diplômés de Coudbar. La carrière de Colon prit alors un mauvais tournant. Il travailla pour *Entrenous*, et la situation ne fit qu'empirer ensuite. Colon passa les vingt dernières années à descendre les échelons du bon goût. Il faisait maintenant du porno-magique, inventant de nouvelles et baroques perversions pour les journaux érotiques de Valdemarne. Il était pour l'instant directeur de publication de *Gros Seins Enchantés*, *Poils de Sorcières*, *Les Furies du Sexe* et *La Succube Perverse.*

Une aura de vulgarité l'entourait comme une fine brume. Ermine ne voulait pas qu'un type pareil s'approche de Nigel... mais bien sûr, Barry, lui, le trouvait amusant.

Le petit groupe monta dans le train.

— C'est votre fils ? demanda Colon à Ermine. Comment est-ce possible ? (Des décades à étudier toutes les facettes du sexe récréatif lui en avaient fait oublier les conséquences primaires.) Je peux m'asseoir avec vous ?

Ermine réagit avec la rapidité d'une épouse confirmée.

— Non, Colon, je suis désolée... Lon Muesly nous a demandé de lui réserver un siège.

— Oh, dit Colon, déçu. (Déjà, à l'école, il avait toujours rêvé d'être accepté dans le groupe de Barry... sans succès. L'histoire se répétait.) Ce n'est pas grave, je vais trouver une place ailleurs.

Il prit une photo, ce qu'il faisait par réflexe dès qu'il était mal à l'aise. Ermine lui jeta un regard noir, et Colon s'empressa d'ajouter :

— C'est une photo habillée, je te promets. (Il se tourna vers Barry.) Nous bavarderons à Coudbar. J'ai des images spectaculaires de l'Orifice de Delphes.

— Super, dit Barry, qui avait toujours voulu y plonger.

— Et j'ai retrouvé de vieilles vidéos que nous avions tournées, à l'époque – tu te souviens ? demanda Colon.

— Euh, j'ai peur que non, répondit Barry en rougissant.

Ermine surveillait la conversation comme une maman faucon ne voulant pas que certains sujets soient abordés devant bébé faucon.

— Mais si ! protesta Colon. Tu te souviens forcément ! Imogène Blagg, Priscilla Tinsly Thompson, toi et moi, nous nous sommes introduits dans le bureau de Céldèlbore et…

— *Ma femme est là*, murmura Barry, dissimulant l'avertissement en toussant.

— Oh, oui, très bien, très bien, dit Colon. Nous en parlerons plus tard, ajouta-t-il avec un clin d'œil.

Maintenant, sa présence mettait même Barry mal à l'aise.

— On se reverra à l'école, Colon, d'accord ?

— D'accord, dit Colon, qui se dirigea vers la locomotive tandis qu'Ermine conduisait sa famille dans la direction opposée.

Trouvant un compartiment vide, ils s'installèrent.

Nigel ouvrit son sac à dos, qu'il avait rempli à ras bord pour survivre au voyage. S'y trouvaient ses cinq BD favorites, de la série d'« Histoires on ne peut plus ordinaires ».

Nigel n'aimait pas la magie. Pas du tout. La sorcellerie le rendait nerveux, les bâtons y finissaient toujours par se transformer en serpents. On ne savait jamais si on allait rentrer dans un brouillard normal ou dans une nappe de Brume Chamanique Agrandisseuse de Membres. Vous regardiez une serveuse de trop près, et votre assiette de tomates-mozzarella se transformait en plat de vers de terre gluant. Le monde magique ne faisait pas peur aux super-magiciens, comme maman et papa, que personne n'osait embêter… mais Nigel lui, trouvait la magie stressante et extrêmement désagréable.

— Ce n'est pas parce que tu vas étudier à Coudbar que tu deviendras forcément magicien, avait dit Barry à son fils, la veille au soir, pour lui remonter le moral. Ce que tu apprendras là-bas pourra te servir dans des carrières très variées…

— Cite-moi un exemple, avait rétorqué Nigel. Un seul.

— Je ne supporte pas l'insolence, avait répondu Barry, énervé. Tu vas aller à Coudbar et tu vas être très heureux là-bas, un point c'est tout.

En finissant ses bagages, Nigel avait commencé à siffler l'air du pont de la rivière Kwai pour bien montrer sa désapprobation.

— Nous n'aurions pas dû le laisser regarder ce film sur Vala Vision, soupira Barry.

Et douze heures plus tard ils étaient dans un train prêt à les emmener en sifflant vers le futur de Nigel. Ermine ouvrit un magazine, Barry sortit une plume et un carnet. Il allait commencer ses mémoires dans le train, avait-il déclaré plusieurs fois avant le voyage.

Porté par l'enthousiasme de la première page, Barry écrivit : « Chapitre Un ».

Un bon début, pensa-t-il, *et après ?* Il souligna le titre deux fois pour se donner le temps de réfléchir. Puis, à sa plus profonde surprise, il trouva quelque chose à écrire – c'était comme si les dieux de la création lui soufflaient à l'oreille.

« Je suis né », écrivit-il.

Et après ?

Le courant créatif qui l'avait porté s'assécha soudain, et se gratter le nez ne lui fut d'aucune utilité. Les lignes du parchemin semblaient sévères, elles voulaient le mettre au défi, et juste pour leur montrer qui était le chef, Barry barra « Je suis né » et écrivit « Je m'ennuie ».

Puis, dégoûté, il prit une des BD de son fils.

— Ça parle de quoi ? demanda-t-il en feuilletant le magazine, espérant lire du bon occultisme des familles.

— Eh bien, dit Nigel d'un ton enthousiaste, ça raconte l'histoire d'un Glandu de quarante-sept ans appelé Norman Normal... un actuaire.

— Un « actuaire » ? Qu'est-ce que c'est ? demanda Barry.

— Il prédit quand les gens vont mourir, dit Nigel.

— Oh, c'est un Ban-Chie[18] ?

— Non… Il utilise des tables de probabilités… Il vit avec sa mère en banlieue, et il a plein de pouvoirs cool, genre contrôler les probabilités et les statistiques…

— Superstition, grogna Barry.

— Non, c'est génial… C'est un autre univers, où tout le monde à sa place, pas seulement les supersorciers… ce qui me change de d'habitude, dit Nigel en jetant un regard appuyé à son père. Norman a tendance à grossir, c'est sa faiblesse. Regarde, dit-il en montrant un épisode à son père. Dans celui-là, il va au supermarché.

Barry jeta un coup d'œil à la couverture multicolore.

— Le mien parle du tribunal des délits mineurs, dit Barry avec dégoût.

Il regarda les pages comme si elles étaient recouvertes de mucus, puis reposa le magazine. Nigel savait ce que son père allait dire : il l'avait entendu des centaines de fois.

— Un de ces jours, Nigel, il faudra que tu arrêtes de lire ces conneries glandues.

— Chut, Barry, dit Ermine, qui feuilletait son magazine de mode, *Cosmagicienne.* Laisse Nigel s'amuser ; il a assez de soucis comme ça. (Du bruit résonna dans le couloir et Lon Muesly passa à quatre pattes, courant derrière une balle de tennis.) Va plutôt récupérer Lon.

Barry se leva, puis, à la porte du compartiment, il se tourna vers Ermine.

18. Un esprit terrifiant, doté d'un cri à glacer les sangs, qui apparaît quand quelqu'un souhaite voir mourir un membre de sa famille (ou souhaite simplement très fort qu'il lui fiche la paix).

— Nous n'aidons pas Nigel en le surprotégeant, Ermine, déclara-t-il. Un jour, il va lui falloir grandir et devenir magicien. Rêvasser, c'est bien quand on est petit, mais à onze ans il est temps de prendre ses responsabilités et d'accepter que le monde *est* magique.

Lon repassa, galopant dans la direction opposée.

— Hé, Lon, attends…

Un « crash » retentit, accompagné de jurons et d'aboiements, puis de cris de joie : Lon avait fait tomber le chariot de friandises.

Nigel détestait quand son père parlait de lui comme s'il était absent. Et puis, les paroles ne faisaient que renforcer son inquiétude. Normalement, Nigel contrôlait plus ou moins le brasier de ses peurs : maintenant les flammes ravageaient son cœur, réduisant tout sentiment positif en cendres.

Nigel et sa mère restèrent seuls dans le compartiment. Le train démarra, et Barry repassa plusieurs fois devant la porte, à la poursuite de Lon. Nigel sentit sa gorge se serrer. Il se mit à tousser.

— Je crois que j'ai la paste noire, dit-il à sa mère. Si j'ai la paste noire, est-ce que je suis quand même obligé d'aller à Coudbar ?

— C'est la « peste noire », mon chéri, dit Ermine, et tu ne l'as pas attrapée.

Nigel regarda par la fenêtre, désespéré.

— Pourquoi je dois être magicien ? protesta-t-il. Pourquoi je ne peux pas aller à une école normale, avec des élèves normaux dedans ? Je ne suis pas comme toi et papa, je ne serai jamais un grand sorcier…

— Nigel, ne t'inquiète pas comme ça, dit Ermine avec douceur. Les gens considérés comme « grands » le sont par chance, ou parce qu'il se sont découvert un talent ignoré. Tout le monde ne peut pas être « grand »… mais tout le monde peut être bon, et c'est ça qui compte. Tu vas très bien t'en tirer, je le sais, conclut Ermine, mais au fond de son cœur, elle était inquiète elle aussi.

Coudbar n'était pas une école facile, et les enfants pouvaient être cruels. Qu'allait-il arriver à son fils… si gentil, si intelligent et sans aucun talent magique ?

CHAPITRE IV
Dur dur d'être un crachol

Nigel n'avait jamais été magique. Il n'avait jamais su conjurer, maudire, faire de la prestidigitation ou léviter. Nigel n'était pas clairvoyant, il n'avait même aucun sens de l'orientation. Il n'avait jamais su converser avec les animaux, et ses visites au zoo, en compagnie de son père, ne lui avaient toujours inspiré qu'un ennui profond. Il était, pour résumer, un cracbol.

Nigel était persuadé d'avoir déçu tout le monde... d'autant plus qu'à part la cicatrice, il était le portrait craché de son père. Ses parents étaient inquiets. Son père blâmait les gênes glandus d'Ermine, Ermine accusait Barry d'avoir lancé trop de sorts sans protéger ses parties intimes par des sous-vêtements en plomb. Mais Nigel était en parfaite santé. Alors, pourquoi ? Une malédiction ? Un problème psychosomatique ? Après dix ans de consultations chez les meilleurs docteurs (et parfois chez les pires), après d'innombrables tests douloureux, après des thérapies et des médicaments aussi variés qu'inutiles, nul ne savait pourquoi Nigel n'était pas magique. Sa sœur l'était, de manière évidente. Pas un matin ne passait sans que Fiona conjure un cochon de combat, ou une autre créature encombrante. Mais ses parents ne la grondaient jamais.

— Maman, Fi a ordonné aux couleuvres de faire caca dans mon lit, avait protesté Nigel quelques jours auparavant.

— Même pas vrai ! disait Fiona avec une moue méprisante, et discrètement, elle avait commencé à faire brûler la chemise de Nigel.

— Fiona, arrête, avait ordonné Ermine, faisant passer une tranche de bacon dans un globe flottant dans l'air, rempli de flammes bleutées.

— Je préférerais que tu ne cuisines pas au méthane, maman, soupira Nigel. Le bacon sent le pet de vache.

Ermine cuisinait comme si elle se vengeait (contre la nourriture, sans aucun doute). Les sorts les plus simples de « La cuisine facile » donnaient, lancés par elle, un résultat organique mou et gluant. Barry disait que se faire livrer à domicile était « un sauvetage », et utilisait souvent la phrase : « chérie, je crois qu'il est temps de sauver le repas ».

Ce jour-là, Fiona faisait voleter les sets de table comme de grands oiseaux blancs. Pourquoi ses parents ne disaient pas à sa sœur d'arrêter ? s'était demandé Nigel. S'il se permettait un dixième des bêtises que commettait sa sœur, ses parents l'auraient pendu haut et court.

Une des charnières du placard croassa.

— Tu as entendu ? demanda Ermine à son mari. Nous l'avons acheté à Magikea, non ? Voilà ce qui arrive quand on veut faire des économies…

Fiona fit léviter le journal de Barry, et le beurrier, que Nigel utilisait pour beurrer son toast, tomba par terre et se cassa.

— Nigel, comment peux-tu être si maladroit ? demanda Ermine, réunissant les morceaux de porcelaine d'un coup de baguette.

— Mais je…

— Tu sais que ta sœur aime jouer avec la table, dit Barry.

— Alors c'est ma faute ? Nous vivons avec l'héroïne de *L'Exorciste* et c'est moi qui me fais gronder ?

— Le docteur dit que c'est une phase normale de la croissance, Nigel. Les deux années terribles, dit Ermine.

Elle s'assit, essayant de retenir le set de table le plus proche.

— Sauf qu'elle a trois ans, fit remarquer Nigel.

— Tu faisais la même chose à son âge, dit Barry en appuyant ses coudes sur la table pour l'empêcher de s'envoler. Sans la magie, bien sûr.

— Nigel a pas de magie, chantonna Fiona. (C'était un de ses thèmes favoris). Pas de magie !! Beleb beleb, ajouta-t-elle.

— Beleb toi-même, dit Nigel en l'imitant.

Il regrettait d'avoir appris à sa sœur à tirer la langue : ses tentatives d'éducation se retournaient toujours contre lui, comme la fois où Fiona avait dit à sa mère que Nigel l'avait laissée lécher un ver. Alors que c'était Fiona qui voulait le lécher, et que lui n'avait fait que lui faciliter les choses.

— Nigel, arrête de torturer ta sœur, dit Barry, qui parcourait le journal pour voir si son nom y était mentionné – ce qui n'arrivait que rarement maintenant.

— Je ne la torture pas ! C'est elle qui m'embête ! protesta Nigel sur un ton aigu d'indignation.

— Ça me paraît difficile à croire, Nigel, dit Barry. Que peut faire une petite fille comme ça contre un grand gars comme toi ?

— Des tas de trucs ! La nuit dernière, quand je me suis réveillé, elle avait changé ma tête en noix de coco !

Barry jeta à son fils un coup d'œil par-dessus ces lunettes, ce qui, en langage Trotter, voulait dire : « Je ne te crois pas ».

— J'ai dû mettre de la pommade antimagique dessus, dit Nigel.

Sa mère bondit.

— Eh, combien en as-tu mis ? Tu te rends compte du prix que ça coûte ?

— J'en ai mis… pas mal, grogna son fils.

— Nigel !

— Tu ne dois pas toucher à l'armoire à pharmacie de ta mère, insista Barry.

La règle avait été établie quand Nigel avait été surpris en train d'utiliser des préservatifs et des spermicides pour « décorer » sa chambre. Ce n'était pas de la faute de Nigel, comment pouvait-il deviner ?

— Pourquoi est-ce que tu es couvert de poils ? demanda Nigel, tentant de changer la conversation.

De grandes touffes de poils poussaient sur son père aux endroits les plus imprévus.

Barry avait récemment acheté un tube de « la fantastique lotion de repousse des cheveux de Sir Cedric », dans l'espoir de ralentir la fuite inexorable de sa chevelure autrefois foisonnante vers sa nuque. (« C'est le produit le plus puissant que j'ai », avait dit le pharmacien. Regardez : « Avec vingt-cinq pour cent de yéti en plus ! ».) Barry avait posé la bouteille sur le bord de la baignoire ce matin-là, et bien sûr, il l'avait renversée dans son bain. Seule la moitié du produit avait coulé dans l'eau, mais cela avait suffi à recouvrir Barry d'une fine toison qui, à certains endroits, s'affirmait de manière spontanée et plus créative.

— C'est rien, grogna Barry. Mange, Nigel.

Il se replongea dans son journal. C'était le moment de passer au stade deux de sa lecture du matin : dessiner des bulles sur toutes les photos et les remplir de commentaires vulgaires. Comme le journal était magique, les photos prononçaient aussitôt les mots que Barry avait écrits. Le Premier ministre glandu déclara donc à un groupe de femmes du MLF :

À la Bastille on l'aime bien Nini Peau de Chien
Elle est si belle et si gentille
On l'aime bien qui ça ?
Nini Peau de Chien
Où ça ?
À la Bastille…

Barry rit de sa petite mise en scène tandis qu'une assiette flottante d'œufs et de bacon s'arrêtait devant lui.

— Où est ton sac à eau, Nigel ? demanda Ermine.

— Là-haut.

— Ce n'est pas ta chambre qu'il est censé aider, dit sa mère. Va le mettre tout de suite. Il ne risque pas de te rendre plus magique si tu ne le portes pas.

— Je n'en veux pas ! protesta Nigel. On dirait un sac de colostomie !

C'était le dernier essai en date pour « guérir » Nigel. Barry avait appelé Tchô Tchang, une vieille amie d'école qui tenait maintenant un complexe de Feng Shui appelé « Au Joyeux Hexagramme ». Tchô avait suggéré à Nigel d'avoir toujours de l'eau sur lui, et tout l'été, le pauvre Nigel s'était baladé avec un petit sac en plastique rempli d'eau à sa ceinture. Ce qui n'était vraiment, vraiment pas classe, particulièrement quand le sac éclatait, donnant l'impression que Nigel contrôlait mal sa vessie. Le seul effet positif était qu'avant son départ pour Coudbar, Nigel avait pu choisir une pieuvre comme familier, et les pieuvres, c'était cool. En plus Fiona en avait peur, ce qui était encore plus cool.

— Allez, va le chercher, insista Barry.

Nigel fit la grimace.

— Je vous hais tous les deux, si vous voulez savoir ! cria-t-il avant de partir en claquant la porte.

Comme d'habitude, il se sentait sans valeur, déprécié par ses parents. Pourtant c'étaient eux qui étaient bizarres, pas lui. *Je ne vois pas ce qu'il y a de si génial dans la magie*, fulmina-t-il. À quoi servait-elle, finalement, hein ? Nigel pouvait très bien ouvrir les portes en tournant la poignée, au lieu d'utiliser l'incantation stupide que sa mère avait passé un samedi entier à essayer de lui apprendre. Un jour, il fuguerait, il irait se réfugier dans le monde des Glandus, et ses parents regretteraient leur attitude méprisante...

Mais avant ce jour, il lui fallait aller à Coudbar. Nigel était contre, mais son père ne lui avait pas laissé le choix.

— Cette école a fait de moi l'homme que je suis aujourd'hui, disait Barry.

— Ne leur mets pas tout sur le dos, avait répondu Ermine.

— Très drôle, avait rétorqué Barry. De toute manière, nous ne parlons pas de moi, mais de Nigel. Et puis, ce n'est pas seulement pour avoir le sweat-shirt de l'école... Tu imagines ce que les gens diraient si mon fils...

— *Notre* fils, avait corrigé Ermine.

— ... si notre fils n'allait pas à Coudbar ? Les gens raconteraient que je n'aime pas Rato Malaufoie...

Rato était le directeur de l'école[19].

19. Rato était mort dans un accident d'une stupidité tragique (en rapport avec le basiluc). Ou plutôt, il avait été considéré comme

— Tu le détestes, fit remarquer Ermine.

— Ce n'est pas le problème, grommelait Barry, avant de s'embrouiller et de se taire enfin.

Quel était vraiment le problème ne fut jamais déterminé, dans cette conversation ou dans une autre… le seul résultat tangible fut que Nigel irait à Coudbar, et qu'il n'aurait qu'à s'y faire.

Le trajet menant à Coudbar fut aussi long et ennuyeux que d'habitude. Lon était si nerveux qu'il aboyait dès que quelqu'un passait devant le compartiment. Nigel fut même content de voir la silhouette sinistre du bâtiment apparaître devant la fenêtre du compartiment.

Le train s'arrêta.

— Alleluia, dit Barry, s'étirant.

Lon, qui s'était enfin endormi d'un sommeil agité, se redressa et aboya furieusement.

— Il devient de plus en plus canin au fil des années, non ? dit Ermine avec un peu trop d'affection au goût de Barry.

Nigel était de l'avis de sa mère – surtout que Lon venait d'arracher la tête d'une de ses figurines. La tête finirait bien par ressortir, de l'autre côté… l'humiliation absolue pour un héros.

Les parents de Nigel l'embrassèrent pour lui dire au revoir, puis montèrent dans un minibus luxueux (que J.-G. aurait appelé, de manière attendrissante, un carrosse sans chevaux). Le bus, qui allait les conduire à Coudbar, avait été payé par Lee Jardin, devenu le présentateur de sport le plus connu du monde des magiciens, malgré son

---

mort, et on avait utilisé son corps pétrifié comme statue. Puis, un jour, un étudiant lui avait renversé une boisson mandrake-malt dessus, et Rato s'était réveillé.

toupet ridicule et sa manie célèbre de porter des sous-vêtements féminins.

Nigel rejoignit les autres élèves de première année, qui se rassemblaient autour de Grobid, un géant pas très propre qui disait quatre insanités pour une parole rationnelle… ce qui le rendait très populaire, sauf quand il vous piquait votre déjeuner.

— Put'n de prem'ère an', dit Grobid. V'nez avmoi.

Grobid avait été à de nombreuses réceptions chez Barry quand Nigel était bébé, mais ce n'est pas pour ça que Nigel le connaissait. C'était parce que le géant avait été la star de *Colontha*, une émission dont la durée de vie avait été très courte – vu les innombrables amendes[20] à payer, le budget était constamment dépassé. Nigel et ses copains avaient adoré l'émission. Voir comment Grobid trouvait, chaque semaine, un moyen de se blesser gravement était hilarant. Le cerveau embrumé par l'alcool, le géant se mettait dans les pires situations. Un jour, un bataillon de l'armée glandue avait été décimé en essayant de sortir ce pauvre Grobid du repaire d'un puissant Souffleur de Guinness, et le dragon avait quand même fini par l'avaler.

— Mon'ez !

20. Grobid disait le mot « putain » si souvent – dans toutes ses phrases, et de toutes les manières grammaticales possibles – que même malgré la censure attentive des ingénieurs du son, il restait quand même des gros mots quand l'émission passait. Amende après amende, le total commença vite à chiffrer. (Note de l'auteur : dans ce livre, vu que le papier coûte cher, je vais omettre la majorité des insanités de Grobid… Mais je laisse votre imagination travailler. Considérez que dans chaque phrase du géant, vous devriez avoir au minimum deux mots vulgaires intensificateurs suivis d'une vraie obscénité, en général : « Couille de Glandu ».)

Le géant désignait une série de barques pourries et malodorantes, certaines tellement incapables de flotter qu'elles étaient déjà à moitié submergées. Lon tournait en tous sens, lançant des aboiements surexcités. Ce trimestre, Lon remplaçait le chien de Grobid, Crokosel. Crockosel avait été dévoré par des élèves magiciens étrangers venus à l'école pour un séjour linguistique.

Les bruits de mâchoire des poissons carnivores résonnaient dans le crépuscule. Les gamins regardèrent l'eau, puis les bateaux… et ne bougèrent pas d'un pouce.

— Je ne crois pas que mes parents voudraient que je monte dans une de ces barques… commença un gamin maigre et sec appelé Bertie Pillock.

— Je kon'naissais ton paternel, et j'peux dire que si t'es un pauvus nullus com' lui, autant te noyer tout de suite ! dit Grobid. Grimpe là-dedans, pauvre naze !

Bizarrement, ces paroles ne rassurèrent personne.

— Vous attendez quoi, band' de touch' uls ? grogna Grobid. Une invitatus postus ? (Il sortit son parapluie à fleurs roses et tira plusieurs fois en l'air.) Puis il dévissa la poignée et prit une gorgée d'alcool.

— BOUGEZ VOS F'ESSES !!! beugla-t-il avant d'essuyer sa bouche sur sa manche.

Il n'était pas d'humeur à rire… il avait passé ses dernières heures au *Pub de la Tête de Pute* à Piliédbar, à boire et à perdre des fortunes au solitaire.

Quelques écoliers avancèrent prudemment et se firent aussitôt dévorer, les poissons appréciant les menus Enfant, même sans frites.

— Qui vin' de mourir ? grogna le géant. Qu'un a noté les noms ?

Grobid les écrivit sur un papier, pour pouvoir prévenir les parents. Le bateau de Nigel connut un meilleur sort.

Quand une bande de sirpunkettes essaya de le couler, Grobid rama sur les créatures et menaça de leur « fer' un n'veau trou de la qu'eue avec ses doigts ».

Une fois sur terre, les nouveaux élèves furent amenés dans la Grande Salle. Ils faisaient peur à voir, dans leurs robes trempées, traversant d'un pas hésitant la pièce. En plus, ils sentaient mauvais : l'odeur de la laine mouillée se mêlait à celle de la terreur, et aux émanations mortifères des familiers terrifiés.

La Grande Salle ressemblait à la description qu'en avaient faite les parents de Nigel : les bougies flottantes, le faux plafond, les longues tables entourées d'élèves qui se donnaient des coups de coudes et se disputaient. Au bout des tables, les étudiants méprisés par les autres étaient assis tristement, ignorant les insultes et la cire brûlante lancées par leurs camarades. *Est-ce que je serai bientôt avec eux ?* se demanda Nigel. Et il prit une décision : *si je dois faire partie des exclus, j'en emporterai quelques-uns avec moi d'abord...*

Les élèves tapaient sur les tables et hurlaient des noms d'oiseaux tandis que les pauvres gamins de première année restaient plantés là, immobiles, attendant qu'on leur assigne la Maison dont ils allaient faire partie. Les étudiants de deuxième année, qui avaient un souvenir encore cuisant des humiliations subies, étaient particulièrement vicieux, et leur lançaient des fruits pourris. Le groupe d'anciens élèves, qui allaient commencer leur week-end de commémoration en assistant à la cérémonie du choix, étaient assis à leur table, de l'autre côté de la pièce. Cela faisait bien vingt minutes qu'ils étaient là. La traversée du lac était plus un bizutage qu'un mode efficace de transport.

Voyant les fruits voler, Ermine prépara un sort de blocage, mais Barry l'arrêta.

— Nous ne devrions pas interférer, souffla-t-il. Nigel nous en empêcherait.

— Mais ils ne faisaient pas ça à notre époque, protesta Ermine. C'est barbare ! Tout ça, c'est de la faute des Malaufoie…

— Nigel doit apprendre à se défendre seul, dit Barry.

Ermine grommela quelque chose d'incompréhensible et de peu aimable.

— Quoi ? dit Barry.

— Je me demandais où était le directeur, mentit Ermine.

Les professeurs étaient réunis à la Haute Table, mais la plus grande chaise, au milieu, était vide – Rato n'était pas encore là. La plupart des professeurs n'avaient pas changé depuis l'époque de Barry. Gogue était toujours là, paraissant aussi maléfique que d'habitude. Il était revenu enseigner à Coudbar après avoir réalisé qu'il ne trouverait nulle part ailleurs un travail lui permettant de frapper ses inférieurs. Il y avait aussi Grobid, bien sûr… endormi ou assommé par l'alcool, difficile à savoir. Il y avait Mme Ponce, le ou la bibliothécaire (son sexe était indéterminé), le professeur Burnnes, qui faisait des trous dans ses robes pour que ses fesses spectrales soient tout le temps en vue, Mme Bipine, l'instructrice de Quichecuite qui avait tendance à sniffer les culottes sales des élèves mâles, et, discutant avec Bipine, Zed Malbouffe, l'armurier de l'école[21]. Dans les

21. D'accord, la plupart des écoles n'ont pas d'armurier. Mais Coudbar était une école dangereuse, surtout pour les élèves. Dans la salle des profs se trouvait un tableau marqué « _ jours passés sans élève mort ! » Le « _ » ne se transformait que rarement en nombre à deux chiffres. Mais un diplôme de Coudbar ouvrait de nombreuses portes dans le monde sorcier, aussi les parents continuaient-ils à envoyer leurs enfants là-bas, tels des agneaux sacrificiels.

deux autres sièges, se balançant sur leurs chaises et faisant tomber les verres, se trouvaient Ridicule Malaufoie, l'administrateur en chef, et le professeur Arthur Muesly. Le père de Lon avait quitté son poste au ministère et enseignait maintenant un cours de « Compréhension des Glandus » aux étudiants[22].

Avoir changé de travail était loin d'être le pire bouleversement de la vie du professeur Muesly. Une fois leur dernier enfant, Genny, envolé hors du nid, le fragile lien matrimonial qui unissait Molle Muesly à son époux chauve et distrait s'était brisé. Sans même une incantation de divorce, Molle avait quitté le père de Lon pour se mettre en ménage avec Gauledebois Lockarre. À la surprise de tous, le professeur Muesly avait pris la nouvelle avec joie. Apparemment, il s'était toujours senti mal dans son corps et dans sa sexualité. Sa femme n'avait pas encore quitté le code postal que le professeur Muesly s'était transformé en un superbe homme noir – mince, grand, élégant, coiffé d'une afro d'un blanc étincelant – et totalement homosexuel. Ses amis furent très surpris, mais il paraissait tellement plus heureux maintenant…

Le seul nouveau visage à la table était, comme d'habitude, le professeur de Travaux Pratiques Magiques. Un professeur étranger dont personne n'avait jamais entendu parler. L'homme avait un look bizarre – même pour le monde des magiciens, un monde où se parsemer des Choco Pops sur la tête était considéré comme le dernier

22. La directrice précédente, Mrs McGoogle, était morte. Sa fin avait été tragique. Alors qu'elle arpentait les couloirs de l'école, sous sa forme de chat, elle avait attrapé une souris immortelle et s'était étranglée avec. Elle avait été empaillée sous son apparence féline et dormait pour toujours sur le manteau de la cheminée de la salle commune de Frittondpor.

cri de la mode. Le visage du professeur était recouvert d'un passe-montagne en laine verte, une barbe blanche luxuriante descendait sur sa poitrine et ses lunettes étaient scotchées par les branches sur ses oreilles grâce à du chatterton métallisé.

— Il me rappelle quelqu'un, souffla Ermine.

— Il paraît que tous les magiciens se ressemblent, répliqua Barry.

Barry n'avait pas tort. Les années de magie avaient tendance à assécher les cheveux, rider la peau et tordre les traits dans une sorte de grimace caractéristique. Les sorciers appelaient cette expression : « se préparer à l'explosion ».

Assis au bout de chacune des tables des élèves se trouvaient les fantômes de Coudbar : Dick Presque Sans Cervelle, accompagné de la Dame qui me les Brise. Celle-ci se disputait avec l'Imbécile Cramoisi, la mascotte spectrale de Frèrepétar, qui s'était couvert de sang frais argenté après s'être scié la cuisse à la tronçonneuse.

— Imbécile ! dit la Dame. Tu aurais dû laisser Grobid scier cet arbre.

— Ferme-la, salope verbeuse ! cria l'Imbécile. Regarde ! On a pété !

La Veuve se retourna.

— Où ?

— Tu as regardé, ricana l'Imbécile.

— Va t'asseoir sur mon harpon, grommela le spectre.

Dans le groupe des parents, Ermine souffla à Barry :

— Tu vois le Poëlle Gras ?

— Je ne vois rien du tout, dit Barry, renforçant d'une pichenette sur ses verres la correction de ses lunettes.

— Peut-être que Rasoir l'a enfin attrapé, dit Ermine.

Angus Rasoir était l'intendant de l'école ; il n'appréciait

guère la traînée gluante que le Poëlle Gras laissait derrière lui à chaque pas.

— Il y aura beaucoup de monde à la réunion des anciens élèves, dit Barry.

— Si Rato est là, Millicent Bulletordue ne peut pas être loin…

— Millicent qui ? Tous ces noms se mélangent, soupira Barry.

— Tu te souviens de Bulletordue, dit Ermine. Amphibie, venant de l'ouest des États-Unis, avec un organe copulatoire en forme de queue. Elle était à Frèrepétar…

— Oh, elle, dit Barry. J'espère qu'elle ne viendra pas. Elle battait tous les garçons de Frittondpor qui n'avaient pas encore atteint la puberté. Eh, regarde, Lara Madly…

— Je m'en souviens ! C'était la plus grande uniconne[23] de Salepouffe. Oh !

— Quoi ? demanda Barry.

— Pénélope Féssauclair est là, dit Ermine, désignant une femme aux cheveux coupés en bol. La poupée gonflante de Prissy…

— Tu te souviens quand Pénélope s'est fait pétrifier par le basiluc ? demanda Barry en souriant.

— Oui, dit Ermine. Pour une fois que ses seins tenaient tous seuls…

— Miaou, dit Barry.

Ermine avait toujours eu un petit faible pour Prissy Muesly.

— Qu'est-ce qui vous fait rire, vous autres ? demanda Lapina Rabbot.

Lapina était un *animagus* : son petit nez rose et ses grandes oreilles grises étaient difficile à dissimuler.

— Rien, Lapina, dit Barry.

23. Une « uniconne » est une femme obsédée par les licornes.

Il aimait bien Lapina, mais dès qu'il la voyait, il ne pouvait s'empêcher d'avoir des fantasmes de civet de lapin à la moutarde.

— Salut, Catie, dit-il en reconnaissant Catie Bell et ses choristes (Komlejour et Komlamour).

Catie et les deux grands noirs qui l'accompagnaient, habillés à l'identique, sourirent et lui rendirent son salut.

Même quelques fantômes étaient venus pour la réunion.

— Regardez ! dit Lapina. C'est cette fille, là… celle qui s'est fait dévorer par les Mangeurs de Terre.

— Comme au bon vieux temps, soupira Barry avec une certaine nostalgie.

La Grande Salle était vraiment pleine à craquer… il y avait même un groupe de Glandus dans une des galeries, au dessus. La galerie était protégée par une vitre, et chaque septembre, des hôtels glandus organisaient des voyages à prix cassés pour venir voir Barry participer à la cérémonie du choix. Quand la rumeur avait couru qu'Ermine, Barry et Nigel seraient tous trois présents, le succès avait dépassé toutes les attentes. Si la structure n'avait pas été renforcée par magie, la galerie se serait écroulée, écrabouillant un tiers de Salepouffe.

Bien que Nigel fasse de son mieux pour passer inaperçu, les étudiants de deuxième année glorifiaient sa célébrité en le prenant pour cible. Nigel se baissa pour éviter un navet pourri. Le légume, magique, s'évapora, laissant seulement une traînée malodorante. Chesterfield changea de couleur et serra ses huit petits poings à l'intérieur de son sac en plastique. Parfois, un des missiles improvisés touchait une bougie qui partait en vrille, tournant sur elle-même sans s'arrêter. Un mouvement perpétuel ? se demanda Nigel.

Tandis qu'il réfléchissait, une tomate bien pourrie, bien rouge et absolument non magique (une tomate cerise, facilement dissimulable et donc dissimulée tout l'été dans ce but précis) s'écrasa sur sa joue, l'aspergeant de jus écarlate.

Le garçon à côté de lui éclata de rire. C'était un gamin pâle, au visage maigre et aux yeux gris. Son visage était familier à Nigel… il avait vu un garçon similaire sur les photos de classe de son père. Nigel observait les photos où il apparaissait très attentivement, car sur l'image, il y avait toujours quelque chose de rigolo en cours.

— Regarde… ça, c'est nous, juste après que j'ai fait sortir un porc-épic de l'urètre de Rato, disait Barry en ricanant. Regarde, là, c'est après que Lon a badigeonné le balai de Rato d'une potion de superglu militaire. Quand Rato s'est assis, la glu a traversé son pantalon et a attaqué ses fesses comme de l'acide…

— Arrête, Barry, disait Ermine. Tu vas donner des idées à Nigel.

— Jamais Nigel n'aurait l'idée de faire des choses pareilles, avait répondu Barry d'un air sentencieux. Jamais jamais, avait-il ajouté en faisant un clin d'œil à son fils, souligné d'un signe de tête approbateur.

Nigel savait que ses parents auraient été soulagés de le voir utiliser de la magie, même pour des blagues cruelles. Mais Rato dirigeait l'école maintenant. Qui était ce garçon qui lui ressemblait tant ?

— Belle réception, Trotter, dit le garçon, tandis que Nigel s'essuyait le front de la manche. Alors, tu es le fils de Tête de Flan, hein ?

— Tu travailles ici ? demanda Nigel. Je ne t'ai pas vu dans les bateaux.

— Je vis ici, baguette molle. Le directeur, c'est mon père. (Le garçon avait réussi à mettre tant d'arrogance dans sa phrase que Nigel en fut soufflé.) Tu vas entrer à Frittondpor, j'imagine…

— Oui, je… Nigel s'interrompit, se souvenant des instructions de sa mère. Je veux dire, la décision de la Choixquette me conviendra, quelle qu'elle soit.

— Tu seras un Frittondpor, c'est sûr, dit le fils Malaufoie. C'est là qu'échouent tous les gros nuls – mon père s'est arrangé pour ça.

Quand Malaufoie avait été nommé directeur, la Choixquette avait reçu pour ordre de mettre les étudiants les plus insignifiants, ceux qui n'avaient pas de magie, qui étaient stupides, ou les deux, à Frittondpor. (Par bonheur, une vie imbibée d'alcool avait rendu la Choixquette de plus en plus imprécise, et au fur et à mesure de la soirée, elle se rassérénait en prenant de petites goulées dans la flasque accrochée à sa bande. Bref, arrivé aux dernières lettres de l'alphabet, la Choixquette fredonnait des chansons à boire et choisissait les étudiants complètement au hasard.)

— Hé, la f'me ! cria Grobid qui venait de se réveiller. (Il agita son parapluie pour rétablir l'ordre, puis le baissa quand il vit qui avait bavardé.) Oh, dé'olé, Larvesque.

— Tu vois, Trotter ? chuchota Larvesque. Les choses ont changé depuis l'époque de ton père. C'est nous, les Malaufoie, qui sommes les chefs maintenant.

Larvesque eut un sourire mauvais, puis leva les yeux. Sur le plafond obscur, où contre une somme d'argent peu élevée, les étoiles avaient été placées de manière à écrire : « Buvez *Ohbang ! ina* », quelque chose bougeait. Tandis que Larvesque regardait, fasciné, Nigel se pencha et laissa tomber un énorme crachat sur la chaussure du garçon.

La torche de l'hostilité venait de passer à une nouvelle génération.

L'attente paraissait interminable. *Rato se poudre sûrement le nez quelque part,* pensa Barry. La Choixquette buvait toujours, se cachant au début, puis de manière moins discrète alors que le temps passait. Les étudiants envoyaient les elfes de service chercher des réserves de légumes pourris à jeter aux nouveaux venus.

Et le siège de Rato restait vide.

Commençant déjà à osciller, Cap se mit à déclamer :

Vous n'aimez pas votre Maison ?
Ben moi non plus, tu vois, pauvre con.
Avec de tels étudiants
C'est un zoo qu'il me faut maintenant.

Les Frèrepétar sont snobs – et quels porcs !
Escrocs et furax sont les Salepouffe
Les Sertête puent de la bouche, (ouf !)
Quels attardés les Frittondpor

Quelques spectateurs huèrent le poème. Cap leur donna des coups de visières.

— Vous vous attendiez à quoi, du Shakespeare ? Je suis une casquette volante, pauvres crétins !

Vos têtes à poux, petits branleurs
Constituent la somme de mes peurs
Si vous voulez garder votre cou
Devant Rato prosternez-vous !

Nigel caressa sa pieuvre, qui rosit de plaisir.

— Une pieuvre ! Cool, dirent quelques élèves, mais on les fit taire rapidement. Soudain, les portes s'ouvrirent et deux elfes de service se traînèrent à l'intérieur. Ils n'étaient tous les deux pas plus grands que des gamins de trois ans, et habillés comme des playmates : justaucorps noir et oreilles de lapin. Nigel fut heureux de les voir arriver : les légumes pourris changèrent en effet de cible, et s'abattirent sur les elfes tandis que ceux-ci avançaient dans la salle en lançant des pétales de roses.

Deux autres elfes entrèrent, puis soufflèrent dans leurs longues cornes de métal. Un hoquet de surprise parcourut la foule tandis que quelque chose apparaissait dans l'air. Quelque chose de grand. La pluie de légumes s'interrompit, les huées s'arrêtèrent, le torrent de bavardages mourut comme si quelqu'un avait fermé un robinet.

Le bruit de flatulence sorti des cornes se fit plus fort, puis un roulement de tambour retentit. Nigel aperçut, dans l'obscurité de l'entrée, un elfe taper sur une énorme batterie, utilisant, en guise de baguette, un de ses compagnons plus petits. Après ça, le pauvre Nigel souffrit à chaque coup.

L'ombre dans l'air descendit, gagnant en netteté. Soudain, la foule trembla : au-dessus d'eux, assis sur un croissant d'aluminium argenté, se trouvait un homme. Un homme très gros. Un homme extrêmement gros, habillé d'une toge et tapotant une lyre.

Le directeur.

— Étudiants !! Professeurs !! Anciens Élèves de Coudbar !! Je viens des Cieux ! Moi, la réincarnation d'Apollon…

Voilà, pensa Nigel, *ce que la magie fait des gens…*

— Doux Jésus, murmura-t-il.

— Appelle-le plutôt « monsieur le directeur », siffla Larvesque derrière lui.

Les années n'avaient pas épargné Rato Malaufoie. Ses cheveux blancs étaient tombés depuis longtemps, à l'exception d'une mèche en bas du crâne, qu'il avait laissé pousser. La perte de ses cheveux, ses gencives édentées, les crevasses qui marquaient sa peau et qu'il essayait vainement de dissimuler sous son maquillage étaient-elles les funestes conséquences de la puissante magie de la Farce qu'il utilisait depuis qu'il avait vingt ans ? (En même temps, s'il voulait se taper des filles, la magie était la seule solution.) Seule l'infirmière Pommefritte aurait pu le dire, mais ce qui était sûr, c'est que cette magie avait eu des effets terribles sur les organes de procréation de Rato. Ses couilles ressemblaient maintenant à des raisins secs, et avaient la même efficacité. Le bas-ventre de Rato n'était plus que tristesse et désolation, et pourtant l'ancienne et fatigante lignée des Malaufoie se devait de continuer (dans ce livre, remarquez-le bien, on ne devient pas méchant, on naît comme ça). Aussi Ridicule Malaufoie, magicien de renom de la Farce et chef des administrateurs de l'école, s'était débrouillé pour créer un clone de lui-même… Larvesque, bien sûr.

Hélas pour Rato, les « conséquences inévitables des excès de conjurations » – c'est ainsi qu'en bonne compagnie, on appelle la castration magique – ne pouvaient pas être toutes évitées. En vingt ans, depuis qu'il était sorti de Coudbar, Rato avait spectaculairement grossi. Chaque année, une couche de gras plus épaisse que la précédente se moulait sur sa silhouette. Et Rato n'avait pas ce qu'on appelle l'embonpoint joyeux. Il menait Coudbar avec une irresponsabilité de fer, et s'il n'avait pas encore tué d'étudiants, il le regrettait sûrement.

Ainsi c'est au son d'un accompagnement musical inepte que Rato lévita avec lenteur vers le bas, ressemblant à un éléphant déposé sur le sol par un bulldozer invisible. Tous les yeux étaient posés sur lui, toutes les bouches étaient ouvertes. Le professeur étranger murmurait une prière dans sa langue d'origine. La foule était transfigurée – pas par le grandiose de la scène, mais par la certitude que si ce bibendum à forme humaine perdait l'équilibre, au moins un dîneur, peut-être plus, serait écrabouillé sans espoir de survie. Il y avait au moins deux cents kilos de Rato sous cette toge.

Et parfois, les peurs se réalisent. Soudain, Rato vira, perdit l'équilibre, tourna sur lui-même en essayant de se rattraper... et tomba. Sous lui, les étudiants s'égayèrent, mais un elfe malchanceux se le prit en pleine face et fut réduit en une flaque sanguinolente. Nigel essuya ses lunettes pour enlever le sang. La scène avait été atroce : sous sa toge, le directeur ne portait pas de slip.

Dans la galerie, les fans glandus applaudirent avec enthousiasme, pensant que la chute faisait partie du divertissement... une sorte de tradition annuelle, incompréhensible mais spectaculaire. Puis ils réalisèrent que l'obèse emmitouflé dans son drap ne bougeait plus et les applaudissements moururent lentement. Quelques rires spontanés éclatèrent, rapidement étouffés.

— Oh, non ! Donneur de matériel génétique !! cria Larvesque, horrifié, dans l'oreille de Nigel.

— Aïe ! Merde ! grogna Nigel, tandis que Larvesque se frayait un chemin hors du groupe et commençait à pleurer bruyamment.

Pourquoi Larvesque était-il si affecté ? Nigel ne comprenait pas. Si *ses* parents mouraient, il serait ravi. Il écrirait un livre sur leur vie, encaisserait l'argent et ouvrirait un cabinet de dentiste servant, la nuit, de club de jeu de rôle pour Assurances & Acquisitions.

Pommefritte courut vers Rato, dont le corps était étalé sur les pavés comme une crêpe bretonne à la fraise. Sa confiture – et celle de l'elfe – dégoulinaient sur les pierres.

— Une équipe de nettoyage est demandée dans la Grande Salle ! dit un elfe dans le mégaphone.

— Il est mort, annonça Pommefritte.

— Elle a raison, dit le fantôme de Rato, apparaissant à ses côtés. Allez, on mange !

Clairement, la mort n'avait pas affecté son appétit.

Pommefritte agita sa baguette et les restes mortels de Rato et de l'elfe prirent la route de la morgue. Les autres dîneurs entamèrent leur repas.

Gogue avait pris la place de Rato pour présider le dîner, mais les mortels avaient l'appétit coupé, en particulier ceux qui avaient été aspergés de morceaux de Rato quand les elfes avaient sorti le karcher pour nettoyer les pavés. La mort de leur patron avait rendu les elfes euphoriques. Ramer pour faire avancer la barge de Rato, ils l'avaient accepté, y prenant même un plaisir quasi masochiste, mais que Rato se serve d'eux comme carburant pour la chaudière – sans même une augmentation de salaire ! – les avait carrément offensés.

Les élèves, eux, s'étaient calmés net. Ceux qui avaient oublié les dangers de Coudbar après un été passé dans un environnement plus sûr revenaient à la réalité. Gémissant et vomissant ses boutons, la Choixquette fut déclarée saoule et rangé dans son tiroir, et les élèves de première année furent triés par Maison selon leurs résultats au Test d'Aptitude Magique. Les plus talentueux furent envoyés à Frèrepétar, puis, par ordre décroissant de talent, à Sertête et à Salepouffe. Les plus nuls, ceux dont vraiment personne ne voulait, revenaient à Frittondpor.

Nigel savait déjà où il échouerait.

Gogue se leva lentement.

— Permettez-moi de vous souhaiter la bienvenue à

Coudbar… l'École où, décidément, on n'est jamais en reste d'accidents dramatiques, déclara-t-il en ouverture de son discours, et Barry aurait pu jurer que le regard du professeur était fixé sur lui. (Il fallait avouer que le taux de mortalité de l'école avait grimpé de manière spectaculaire après l'arrivée de Barry.) Maintenant, avant que vous vous retiriez tous dans vos chambres pour tenter de deviner le responsable de cette mort tragique et prématurée, puis pour vous demander qui sera la victime suivante, et pour mettre au point des stratégies contradictoires et dangereuses (et là, il n'y eut aucun doute, Gogue avait lancé un coup d'œil noir à Barry) j'ai quelques annonces à faire. D'abord, je vous demande de vous joindre à moi pour accueillir notre nouveau professeur de Travaux Magiques Pratiques, le professeur, heu…

Gogue se pencha vers le nouveau venu pour lui demander son nom et l'homme lui chuchota quelques mots à l'oreille.

— Pourriez-vous parler plus fort ? Je n'ai pas saisi… Ah, très bien. Le professeur Grommellegrommelle, dit enfin Gogue, haussant les épaules comme pour dire : « je vous promets que c'est ce que j'ai entendu ».

La foule applaudit, et très peu de légumes volèrent, signe de grand respect. Le nouveau professeur conjura une carte de visite et la donna à Gogue.

— Le professeur Grommellegrommelle est « Faux Professeur de Sorcellerie à l'université In-Aixistante », c'est écrit là-dessus. Je suis certain que son enseignement nous sera très précieux, et sa présence essentielle pour le dénouement de ce livre. Faites en sorte qu'il se sente chez lui, en ne vous comportant surtout *pas* naturellement, dit Gogue en foudroyant l'assistance du regard.

» Bien. Sinon, sachez aussi que j'enlève aussi dix points à Frittondpor, juste pour le plaisir.

Les étudiants des autres Maisons applaudirent, une cloche sonna, et les chiffres changèrent sur le grand panneau accroché au fond de la Grande Salle. Frittondpor avait maintenant mille points de retard sur son rival le plus proche.

— Je suis sûr qu'il gagne des miles Air France à chaque fois qu'il fait ça, grogna Barry. (Ermine lui fit signe de parler moins fort.) Pourquoi ? protesta son mari. Ce n'est que Gogue, bordel…

— Mais c'est le nouveau directeur, en tout cas pour l'instant, et nous devons le respecter, dit Ermine.

— Je te rappelle que quand nous étions à Coudbar, c'est toi qui t'es arrangée pour inscrire Gogue au Club du Mois des Jouets Sexuels Enchantés…

— Chut ! répéta Ermine.

C'était pourtant vrai, et Ermine avait réussi ce tour de force grâce à un sort obscur de Télémarketus déniché dans la Section Interdite de la bibliothèque. Malgré tous ses efforts, Gogue n'avait jamais réussi à faire retirer son nom du listing, et son bureau s'était peu à peu recouvert d'appareils charnels qui se montaient dessus, gémissaient, grognaient et roucoulaient. Entrer dans la pièce suffisait à vous faire trembler de tous les orifices.

Pendant ce temps, le discours de Gogue montait en puissance.

— Espérons que ce ne sera là que le mauvais début d'une excellente année pour les Frèrepétar, et d'une pas trop mauvaise pour les autres. Maintenant, que les Parfaits conduisent les élèves dans leurs Salles Communes respectives, où ils visionneront un petit film d'orientation avant d'aller au lit. Bonne nuit – et que Dieu vous protège.

Chapitre V

Assurances & Acquisitions

Nigel suivit les autres étudiants de Frittondpor jusqu'au portrait de la Femme Mince au Visage Étrangement Gros. Le portrait avait réagi à sa soudaine célébrité en se faisant faire une liposuccion, qu'elle payait en laissant les élèves de première année regarder sous sa jupe, contre compensation, bien sûr. Elle passait des auditions en espérant obtenir un rôle dans un décor de film hollywoodien, sans succès : elle gâchait tout à chaque fois en faisant coucou à la caméra.

— On veut passer, chatte-à-pinceaux, dit Passé Muesly d'un ton hautain.

Passé, le Parfait de Frittondpor, était le fils de Persil, et il était aussi agaçant que son père. Barry avait souvent raconté à Nigel que Persil avait une baguette dans le cul ; Nigel comprenait maintenant ce qu'il voulait dire. Les dons magiques de Passé n'étaient pas impressionnants – d'ailleurs, il avait échoué à Frittondpor – mais son insupportable prétention compensait son manque de talent.

— Une noise pour passer, annonça le portrait.

Elle avait des factures de chirurgie esthétique à payer.

— Quoi ? protesta Passé. C'est un scandale ! Vous savez à qui vous parlez, au moins ? Je vous préviens, je vais le dire au directeur !

— Faites donc, dit le portrait. Il en touche la moitié.

Le paiement fut effectué, et les élèves épuisés et surexcités se frayèrent un chemin jusqu'à la salle commune de Frittondpor. Là, Passé attribua les dortoirs et Nigel se retrouva associé à quatre autres élèves. Il ne connaissait le nom que de l'un d'entre eux : Don Tomas.

— Très bien ! Maintenant, asseyez-vous tous ! ordonna Passé.

Il pointa sa baguette vers un mur vide, et la vidéo d'orientation commença.

L'école où venait d'entrer aujourd'hui Nigel était très différente de celle où Barry, Ermine et Lon avaient vécu tant d'aventures. Des décennies de célébrité mondiale avaient transformé Coudbar, la porcherie en ruine où les gamins apprenaient la magie, en COUDBAR, l'endroit où on pouvait devenir le nouveau Barry Trotter – le magicien milliardaire sauveur de mondes et adulé de la multitude. Les élèves étaient si passionnés par la mythologie du cycle qu'ils se mettaient secrètement dans le rôle d'un Barry, d'une Ermine ou d'un Lon, puis formaient des groupes de trois, comme des atomes constituant une molécule. Les gamins « jouaient » ensuite leur personnage pendant toute leur carrière à Coudbar. Les Ermine étudiaient avec sérieux, les Barry causaient des problèmes, et les Lon suivaient les deux autres comme des chiens fidèles. Évidemment, les groupes se lançaient de temps à autre dans des enquêtes pour résoudre des mystères aussi infantiles que tordus.

La chasse aux intrigues inexistantes avait fait de Coudbar un lieu où la mortalité était absurdement élevée, et les parents devaient signer des décharges, affirmant qu'ils renonçaient à poursuivre l'école si « votre fils ou fille trouve la mort lors d'une activité inquisitoriale incluant, mais non limitée à la recherche de prétendus indices, l'interprétation ou mauvaise interprétation de ces derniers, l'espionnage, les recherches illégales, la confrontation d'animaux dangereux, l'excitation d'animaux qui n'étaient pas si dangereux au début mais qui le sont devenus après l'excitation susnommée, les poursuites, les fuites, ou la mise de mauvaise humeur du professeur Gogue. » L'équipe pédagogique appelait ce comportement du « Rollinisme » et après le centième décès (un Barry s'était coincé dans un conduit d'aération et était mort de faim, l'Ermine avait eu trop peur pour aller prévenir les profs et le Lon avait tout simplement oublié de le faire), l'auteur, touchée par les conséquences imprévues de son succès, avait décidé d'attribuer un budget annuel d'un million de gallions pour la prévention de ces accidents.

Le Rollinisme rendait la gestion de l'école presque impossible… or cette tâche, déjà ingrate en temps normal, était confiée aux elfes de service. Bien qu'aucun des magiciens responsables ne veuille l'admettre – il leur aurait fallu, pour ça, changer leur attitude aveugle et égocentrique –, Coudbar était une bombe à retardement. Les elfes étaient à deux doigts de la grève ou de l'émeute. Mais personne ne le réalisait. Pour tous les êtres aux globes oculaires normaux, les choses se passaient à merveille, et la sauce arrivait à temps pour le gigot.

La prétention de l'école était évidente dans le film d'orientation : une innovation de l'ère Muesly, récemment mise à jour. Le petit film, déjà narcissique, était rendu plus effrayant encore par le fait que Rato Malaufoie y jouait au présentateur… Rato, qui venait de s'écraser au sol, tel une méduse pleine d'hémoglobine, devant des yeux horrifiés.

Bien sûr, les élèves préféraient se concentrer sur les éléments flattant leur vanité : la musique digne d'un documentaire de propagande militaire, les intérieurs de l'école, illuminés de manière flatteuse et théâtrale, le texte d'accompagnement pompeux déclarant avec emphase que les étudiants de Coudbar étaient l'élite, des êtres « spéciaux », dont l'avenir engageait celui de l'humanité… C'est par ce film que commençait le processus de création de l'être coudbaresque… un travail d'alchimie subtile qui, partout dans le monde magique, avait permis de rendre les termes « sorti de Coudbar » synonymes de « connard prétentieux ».

Nigel, étant le fils de sa mère, commença à prendre des notes. Et étant le fils de son père, il se lassa avant la moitié du film.

Voici un *best of* de son œuvre :

1) Toujours se comporter comme un vrai magicien – pas de top au-dessus du nombril/de baggy.

2) Ignorer les elfes de maison.

a) Snober

b) Ridiculiser

c) Frapper

d) Manger (si nécessaire ou pratique)

3) Ne jamais se demander d'où viennent les trucs qu'on conjure

a) Pas notre problème (ben voyons)

4) Considérer les Glandus comme

a) des enfants (se montrer paternaliste, utiliser des sorts de paternalisation)

b) des attardés mentaux (ne jamais l'avouer)

5) TOUJOURS refiler les activités ménagères à d'autres

a) Éviter les activités physiques à tout prix ! la maigreur = la santé

6) Les humains sont séparés en deux groupes : magique et non magique

a) Comme des bergers et des moutons

1) les moutons donnent la laine, la viande, sont mignons

2) Les bergers corrigent les moutons quand ceux-ci sortent du rang

Bèèh, Bèèèh pensa sombrement Nigel, quand les lumières se rallumèrent. Les garçons prirent possession de leurs chambres et défirent leurs bagages.

Les compagnons de chambre de Nigel ne se posaient pas autant de questions que lui. Il y avait d'abord deux fils de Glandus, Gordon et Peter, qui se connaissaient d'avant[24]. Leurs plaisanteries étaient incompréhensibles pour les non-initiés, et ils passaient leur temps à s'envoyer de terribles bourrades. On les aurait crus frères. Leur duo semblait se suffire à lui-même, et de toute manière, Nigel n'aurait sans doute pas survécu à l'agression physique constante qui semblait être le fondement de leur amitié.

Puis venait Byron. S'il n'y a pas de loi interdisant aux gamins normaux de fréquenter un garçon de onze ans qui porte une cape, c'est qu'il n'en est nul besoin : la

24. Leurs mères, ne comprenant pas le concept de « familiers », leur avaient donné à chacun un sac de petits pois surgelés. Gordon et Peter avaient joué la comédie un certain temps, parlant à leurs petits pois, leur donnant des noms et les emportant en classe, mais à Noël ils avaient tous les deux réussi à se faire offrir le dernier chien robot de Sony.

loi s'applique toute seule. Le familier de Byron était un perroquet nommé Shelley qui laissait des crottes partout et laissait échapper, sans régularité ni raison apparente, des cris apocalyptiques.

— J'ai fait l'amour avec ma sœur, fut la première chose que Byron déclara à ses camarades de chambre. Et j'ai mangé de la chair humaine.

Il attendait une réaction : il n'y en eut aucune.

— Chouette cape ! railla Gordon. Tu sors d'où ?

— De P'titconville, faut croire, dit Peter en donnant un coup de coude à son ami.

— Ou de P'titebite City, dit Gordon, le tapant dans le dos puis lui donnant une droite amicale.

— Ou de Crottatie ! dit Peter, attrapant Gordon par le col de son sweat-shirt.

Voilà ma chance, se dit Nigel.

— Ou de… commença-t-il. (Tous les regards se tournèrent vers lui.) Du Pipistan ?

Personne ne rit, et Nigel réalisa qu'il venait d'être placé au dernier barreau de l'échelle, plus bas que Byron, et plus bas que le quatrième occupant de la chambre, Don Tomas. Don portait des dreadlocks, comme son père, mais il portait le prénom de son autre père. (« Meilleurs amis », si on veut : la relation entre Don Tomas et Lee Jordan était beaucoup plus intime que J.-G. Rollins ne l'a laissé entendre.).

Nigel remarqua vite que les cheveux de Don étaient étranges.

— Ils ne sont pas vrais, lui avoua Don. Les sorts de clonage ne sont pas complètement efficaces.

Ses cheveux naturels étaient longs et bouclés.

— Et ça fait mal ? demanda Nigel. Enfin moi, je trouve ta coiffure top cool…

— Merci, dit Don. Appelle-moi Junior, comme tout le monde.

Les cheveux de Don, plus son nom bizarre, plus l'union de ses parents (un des premiers mariages homosexuels de la communauté magique), plus le fait que son familier était une chèvre, faisait de lui la cible idéale des plaisanteries. Nigel et Don s'entendirent aussitôt... l'ostracisme partagé devient un ostracisme plus léger.

Tout le monde vida ses coffres. Gordon avait apporté un énorme lecteur de CD, et Peter avait une boule de cristal, l'équivalent magique d'une télévision. Ils s'étaient visiblement concertés[25].

— Si vous voulez regarder la boule, dit Peter, ça vous coûtera une noise...

— ... l'heure, ajouta Gordon.

— Trop bien ! dit Peter, et ils se tapèrent la main, ravis.

— Pareil pour le lecteur CD, dit Gordon. Et si nous on veut les utiliser, on a le droit de vous virer quand on veut, et on garde l'argent...

— Trop bien !! répéta Peter, et cette fois ils se cognèrent la poitrine.

Chacun dans son coin, leurs trois autres décidèrent mentalement de casser la boule et le lecteur de CD dès que Peter et Gordon auraient le dos tourné.

---

25. Les puissantes radiations associées à la magie ont longtemps rendu presque impossible l'association entre la technologie glandue et les sorciers. Mais après la « détente-trotter », Lord Valdemarne avait ordonné à ses scientifiques de s'atteler au problème. Quand on veut (et quand on a beaucoup, beaucoup d'argent) on peut... et aujourd'hui, contrairement au temps de Barry, la plupart des lecteurs de CD ne sautent pas quand on lance un sort à proximité.

Nigel sortit ses livres de classe et les empila sur le lit. Il y avait *Sorts inutiles et barbants pour débutants, Faire joujou avec le futur, Une brève histoire de Coudbar, Monstres étonnants et comment les cuire, Escrocs et filous magiques.*

— C'est quoi ? dit Don en désignant le A & A.

— Un jeu, expliqua Nigel. Assurances & Acquisitions. On fait semblant d'être des Glandus, on résout des mystères et on combat des bureaucrates…

Il passa à Don un écran du maître, recouvert de grilles de salaires, de feuilles d'impôts et autres tables administratives.

— Trop cool, dit Don. C'est quoi, un bureaucrate ?

— Une sorte de monstre glandu, dit Nigel. Je peux t'apprendre à jouer, si tu veux.

— J'avais parié que t'étais un de ces losers qui jouent au jeu de rôle, dit Gordon. Aboule le fric ! dit-il à Peter, qui lui passa un billet.

— Alors c'est toi le fils de Barry Trotter, commenta Byron, rangeant ses pyjamas-grenouillères en velours cramoisi dans un tiroir. Je te voyais plus cool.

— Merci, dit Nigel, décidant d'être diplomate.

— C'est vrai que ton père connaît Lord Valdemarne ? demanda Byron.

— C'est vrai. (Oncle Terry avait fait jurer à Nigel de ne rien révéler de ses activités. Si on avait su que Valdemarne était un homme d'affaires sans scrupule, Neuf Quatre aurait perdu tout son attrait.)

— Tu crois que tu pourrais m'avoir son autographe ?

Nigel réfléchit, puis se dit qu'il n'avait vraiment pas envie de se récupérer une cicatrice pour chaque autographe demandé.

— Je ne pense pas…Désolé.

— Connard, grommela Byron.

Quand Nigel et Don partirent se laver avant de se mettre au lit, Byron déchira au hasard des pages dans tous les livres de Nigel. Du moins dans presque tous. Quand il s'approcha, *Escrocs et filous magiques* sortit une arme et lui vola tout son argent.

Peter et Gordon le regardèrent faire, ricanant.

Revenu de la salle de bains avec Don, Nigel regarda le résultat, livide. Maintenant, il allait devoir acheter des livres d'occasion, qui seraient peut-être hantés.

— Qui a fait ça ? cria-t-il.

Les trois autres garçons gardèrent le silence, puis Byron répondit :

— Et alors, tu t'en fiches, non ? Ton père est plein aux as, t'auras qu'à t'en acheter des nouveaux.

Tout le monde croyait la famille Trotter riche, c'était leur malédiction. Personne ne savait que Siroz Emplack avait réussi à ruiner treize personnes en un magistral et unique coup financier.

— Merci de t'être dénoncé, Byron, dit Nigel.

Les deux garçons se foudroyèrent du regard ; sentant la colère de son maître, Chesterfield se couvrit de pustules. La colère planait encore dans l'atmosphère quand les enfants partirent se coucher. La nuit était chaude, aussi l'absence de toit sur la tour n'était-elle pas trop gênante. La pièce était parcourue de courants d'air, mais grâce aux rideaux protecteurs et aux salamandres de feu vêtues de pyjamas en flanelle, que les elfes de service avaient glissées entre les draps plus tôt dans la soirée, le lit de Nigel était tiède et confortable.

— Ne te laisse pas faire par ce crétin, chuchota Junior à Nigel, quand les autres se furent endormis.

— Je ne peux pas me battre contre lui, dit Nigel. Il me dépasse d'au moins dix centimètres.

— Alors utilise un sort, dit Junior. Vu qui sont tes parents, il fera pipi dans sa culotte avant que tu aies levé ta baguette.

— Je ne suis pas… Je ne suis pas très « magique », avoua Nigel. Ne le répète à personne, d'accord ?

— C'est parce que tu n'as pas encore atteint ta puberté, c'est tout, dit Junior pour consoler Nigel. Tiens, ajouta-t-il. Je voulais les garder mais… voilà, c'est pour toi. (Il lui donna un paquet de Croque-Cervelle.) Je les ai achetés à Piliédbar, expliqua-t-il.

— Tu es allé à Piliédbar ? répéta Nigel. Mon père ne m'y emmène jamais…

— Papa présentait un match de boxe, dit Junior. Et mon autre papa fréquente beaucoup Siegfried et Roy. Du coup, on y va souvent. Alors, voilà comment ça marche…

(Il se pencha vers Nigel et commença à chuchoter.)

— Cool ! dit Nigel, tout bas. Ils vont lui dévorer le cerveau ?

— S'il en a un, répondit Junior.

— Ok. J'y vais. Regarde ! dit Nigel.

Il passa la cape d'invisibilité et avança à pas de loup vers le lit de Byron. Puis, défaisant le paquet, il déposa quelques insectes sur l'oreiller du garçon. À sa joie – et à son horreur – les insectes se mirent sur leurs pattes de derrière, humèrent l'air, et partirent à la queue leu leu vers l'oreille de Byron. Un, deux, trois, et hop, ils disparurent à l'intérieur. Nigel fila vers son lit en pouffant. Junior riait lui aussi.

— Vous allez la FERMER !! crièrent Peter et Gordon, réveillant Byron qui se gratta l'oreille avant de se rendormir.

— Fermez-la vous-même ! répondit Junior.

— Si ça marche, on s'occupera de Crétin Numéro Un et de Crétin Numéro Deux juste après, murmura Nigel.

— Ouais ! souffla Junior, et les coconspirateurs rirent de bon cœur.

C'était bon de ne pas se laisser faire.

— Alors, dit Junior tout bas, tu crois que c'est ton père ?

— Que c'est mon père… qui quoi ? demanda Nigel.

— Qui a tué le directeur Malaufoie… ?

Nigel se dit qu'il pouvait être utile qu'on prenne son père pour un meurtrier en puissance.

— Peut-être, souffla-t-il, ça serait bien son genre.

— Ouah, souffla Junior. Trop dur. Mon père m'a raconté plein d'histoires sur le tien. C'est un vrai psychopathe, on dirait, commenta-t-il avant d'ajouter : enfin, du genre sympa. C'est vrai qu'il avait enchanté un microscope pour qu'il ne fasse que des agrandissements de l'anus de Gogue ?

— C'est ce qu'il raconte, dit Nigel. Mais je ne sais pas si c'est vrai. On dirait plutôt un coup des Muesly.

Junior se tut un instant, puis ajouta :

— Ça doit dur pour toi… de l'avoir comme père, je veux dire. Je veux dire, comment tu peux faire mieux, hein ?

— M'en parle pas, soupira Nigel. Non seulement tout le monde s'attend à ce que je sois un supermagicien, mais mon père n'est pas revenu à l'école depuis une heure que quelqu'un est déjà mort…

Nigel ne s'endormit pas avant une heure du matin. Il venait de voir le directeur mourir devant lui, et puis il était à Coudbar, et tout ça. Au moins son premier cours n'était-il qu'en début d'après-midi – la présence du groupe d'anciens élèves avait assoupli l'emploi du temps habituel.

Le lendemain, Nigel eut juste le temps de se donner un coup de peigne avant de courir en classe.

— Ne t'inquiète pas, la vraie beauté est intérieure, dit le miroir d'un ton sarcastique.

— Tu me les brises ! cria Nigel avant de sortir de la pièce.

CHAPITRE SIX
Autorité contestable

— Je ne vois pas pourquoi la Réunion des Anciens Élèves a été annulée, protesta Barry, tandis qu'Ermine et lui s'éloignaient de la tombe super luxe de Rato, dans le caveau familial des Malaufoie. (Le caveau était dans un petit coin humide d'un cimetière consacré aux magiciens de la Farce, juste à côté du caveau des Staline.) Je veux dire, c'est la vie.

— Il est mort, répliqua Ermine.

— Et pas trop tôt, dit Barry. J'aurais dû le tuer quand nous étions à l'école. J.-G. me convainquait à chaque fois de ne pas le faire… « J'ai besoin de Rato pour l'histoire », me disait-elle. Tu parles. Je suis sûr que personne ne lisait les passages où il apparaissait.

— Eh ! Même pas vrai ! dit le fantôme de Rato, qui errait non loin.

— Désolée, dit Ermine. On ne t'avait pas vu, tu te fondais tellement dans le décor…

Mais le fantôme était déjà parti s'occuper à des trucs spectraux.

— Regarde son épitaphe, dit Barry, désignant la stèle. « Ça pourrait être pire ».

Barry et Ermine gloussèrent, puis se dématérialisèrent et laissèrent les vents les porter à Coudbar. Là, ils s'installèrent sur un banc, au soleil, laissant la chaleur sécher leurs vêtements humides. Ermine paraissait distraite.

— À quoi penses-tu ? dit Barry, posant sa main sur la cuisse de sa femme.

— À l'époque, Rato m'avait filé des morpions, dit celle-ci, et Barry retira sa main, se demandant si elle plaisantait.

Par sécurité, il essaya de prendre de la distance en faisant fonctionner uniquement ses muscles fessiers.

— Alors ? À ton avis, qui s'est amusé avec le sort Hindenburgh de notre ami ? demanda Ermine. Qui a tué Rato ?

Le sort qu'avait utilisé Rato pour son entrée magique était très puissant. Une sorcellerie de ce niveau ne se voyait en général que dans les cafés-théâtres de Piliédbar.

Barry agita vaguement sa baguette, s'amusant à diriger deux armées de fourmis l'une contre l'autre. Pour lui, c'était le jeu d'un instant. Chez les fourmis, le conflit fut immortalisé sous le nom de la Bataille du Début de l'Après-Midi, et fut un moment crucial qui définit toute leur civilisation.

— Barry ?

— Quoi ? Allez, mes petites…

— Ce n'est pas gentil d'enchanter des créatures de plus petites tailles que la sienne, dit Ermine. Réponds-moi : sais-tu qui a brisé le sort de Rato ?

— Non, mais si tu trouves, dis-moi, je lui enverrai une sacrée boîte de chocolats, dit Barry.

— Je suis sérieuse, protesta Ermine.

— Mais moi aussi !

— Tu réalises que c'est un meurtre ? Il n'est pas tombé tout seul. Rato était obèse, mais pas maladroit. Quelqu'un a tué le directeur, insista Ermine. Et nous devons découvrir qui.

— Pour lui envoyer une carte de remerciement ? demanda Barry. La mort de Rato est un cadeau du ciel, Ermine. Pourquoi veux-tu toujours aller regarder au fond des choses ?

— Je ne peux pas m'en empêcher, dit Ermine en souriant. Après tout, je suis fille de dentiste.

— Excusez-nous, dit Barry en dépassant un couple de Glandus.

Beaucoup de Glandus venaient faire leur demande en mariage sur les marches de Coudbar (certains consommaient même leur union dessus).

Quand Barry et Ermine entrèrent, Ridicule Malaufoie vint à leur rencontre, le visage encore plus sombre qu'à l'habitude.

— Toutes nos condoléances, dit Ermine. C'est une perte affreuse...

— Quelle perte ? dit Ridicule, furieux. Ça y est, il s'est déjà installé chez nous – dans notre salle à manger, à Neurotica et à moi. Je n'arrête pas de lui répéter qu'un fantôme, ça ne MANGE PAS !! Mais il s'en fout !! Il passe son temps à regarder la télé, et après, le divan est glacé. Il n'a jamais rien réussi de sa vie, ce crétin de gamin... même pas sa mort, ajouta Ridicule. La plupart des gens décèdent et vous laissent reposer en paix. Pas ce polter-crétin...

— Oh..., dit Ermine, ne sachant que répondre.

Les manuels de politesse ne vous préparent pas à ce genre de conversation.

— S'lut les mcs, dit Grobid, qui traversait la Grande Salle avec le professeur Grommellegrommelle. J'lui fait faire l'grand tour.

— Ce bâtiment est tout à fait fascinant, commenta Grommellegrommelle. Il y a longtemps que je n'avais vu de tels dégâts des eaux.

Grobid eut un large sourire. Il travaillait depuis si longtemps dans cette école qu'il prenait tous les compliments pour lui.

— C't'endroit va m'manquer, dit-il.

— Quoi ? Tu t'en vas ? s'écria Barry.

Qui pouvait vouloir engager quelqu'un comme Grobid ? Ses futurs employeurs avaient-ils senti son haleine ?

— Oh, ch'rais pas l'seul, dit Grobid, agitant les bras, et dispersant des relents abominables d'aisselles sales. On y va tous. À Atlantis.

— Crétin ! cria Grommellegrommelle.

Un poing de fumée sortit de sa baguette et frappa Grobid plusieurs fois sur le crâne, comme un marteau un clou géant.

Barry, Ermine et Malaufoie se raidirent. Personne ne traitait Grobid ainsi… pas s'ils tenaient à leurs organes internes. Céldèlbore avait frappé Grobid une ou deux fois, mais Céldèlbore n'était plus là. Et peut-être était-ce d'ailleurs la raison.

Le professeur étranger remarqua leur étonnement et déclara :

— Je suis navré ; mes coutumes vous paraissent sans doute bizarres. C'est ainsi que nous montrons notre enthousiasme dans mon pays natal. (Le poing frappa de nouveau le géant.) Or ce que dit monsieur Grobid me passionne…

Grobid rit nerveusement. Le poing continuait à taper.

— Je vaux dire – c'que je disais, ha ha, c'est qu'on aura p'besoin d'vendre Coudbar... (le poing frappa de nouveau) – pa'cque on va pas avoir besoin... (PAF) après le sort (PAF) on s'ra tous partis...

Grobid esquiva le dernier coup, et commenta :

— Pou'quoi tu m'frappes ? J'ai pas dit qui t'étais vraiment !

— Aaaargh !! râla Grommellegrommelle, fou de rage. Imbécile ! (Il attrapa les cheveux rares du géant et tira sans effet visible). Allez viens, dit-il, avant de lâcher la tête de Grobid et de s'éloigner à grands pas.

— Désolé Barry, j'crois qu'j'en ai déjà dit trop, marmonna Grobid. J'crois.

Haussant les épaules, il suivit son nouvel et violent ami.

— Je n'ai rien compris, soupira Ermine. Est-ce que je suis la seule à ne pas capter ce que dit Grobid ? L'école ne pourrait pas lui payer un orthophoniste ?

Ridicule baissa la voix... Grobid et le professeur n'étaient qu'à quelques pas.

— Ce professeur a d'excellentes fausses recommandations, mais je ne suis pas certain de lui faire confiance...

— Quelle importance, dit Ermine. Ce n'est que le professeur de Travaux Pratiques Magiques. De toute manière, il va mourir, ou disparaître quelque part...

— C'est vrai, c'est vrai. En tout cas... (Ridicule prit une profonde inspiration, puis se concentra, comme s'il puisait dans ses réserves de calme. Enfin il déclara, d'une voix ferme et profonde, comme s'il voulait se convaincre qu'il ne rêvait pas :) Barry, les membres du conseil de l'école t'offrent la place de directeur par intérim. Acceptes-tu ?

Chaque mot semblait lui arracher la gorge.

— DOUX JÉSUS ! s'écria le professeur Grommellegrommelle, non loin de là.

— Un problème ? demanda Ridicule, lui jetant un coup d'œil.

— Non, non, 'cun problème, dit Grobid, couvrant le flot de jurons sortant de la bouche du professeur. Enco' de l'enthousis'siasme, c'tout.

Le géant essaya d'entraîner son compagnon hors de la salle.

— Laissez-le-moi ! criait le professeur étranger. Un sort ! Un seul sort ! Je vais lui régler son compte !!

— R'mettez-vous, professeur... Rapp'lez-vous de not' michion, dit Grobid, et la porte se referma.

Barry, Ermine et Ridicule entendirent le professeur jurer, puis des chocs sourds retentirent – il se tapait la tête contre la porte.

Ridicule fit un geste rapide du côté de la tempe, sous-entendant que le professeur ne jouissait pas de toutes ses facultés. Puis le trio reprit la discussion là où elle s'était arrêtée.

— Bref... dit Ridicule.

— Vous voulez que je devienne directeur ? dit Barry, sincèrement surpris, tandis qu'Ermine, elle, se vexait que ce ne soit pas à elle que la proposition ait été adressée. Pourquoi moi, Ridicule ? Vous me détestez...

— Oui, Barry. C'est bien vrai, dit Ridicule avec un peu trop de conviction dans la voix.

— Il faudra que j'assure un cours ? demanda Barry.

— Notre compagnie d'assurance, La Vie Éternelle, nous a demandé de vous l'interdire, dit Ridicule. Un procès est si vite arrivé... surtout avec tous ces Américains[26] qui se

26. Toujours prêts à se faire quelques gallions, des administrateurs de la Farce avaient séduit le directeur Lon Muesly à coups de

baladent dans l'université…

Barry fronça les sourcils, étonné.

— Donc si je résume… Vous me détestez, vous ne voulez pas que j'enseigne…

— En fait, si vous pouviez ne pas communiquer du tout avec les élèves, ce serait encore mieux. Les assureurs m'ont demandé de vous faire porter un bâillon, mais j'ai dit que vous risquiez de suffoquer…

---

viande rouge pour que celui-ci accepte de laisser entrer à l'école des étudiants étrangers fortunés. Le programme d'échange n'existait pas depuis un trimestre que déjà, un groupe d'Américains avaient menacé l'école de procès, affirmant que les brasiers et les torches faisaient d'eux des fumeurs passifs.

Le pauvre Lon n'était pas fait pour repousser une telle attaque. Aussi les administrateurs saisirent-ils l'occasion pour se débarrasser de lui. Lon fut découvert en compagnie intime d'un caniche nain, et bien qu'à trois ans, pour un chien, l'âge de consentement soit plus que dépassé, il voulut éviter à tout prix les gros titres « Le directeur de Coudbar pris sur le fait ; il avait un mâle de trois ans dans son lit !! ». Lon démissionna sans histoires.

On demanda à Ridicule de lui trouver un remplaçant. Douze secondes plus tard, il avait nommé son fils, Dorco. On distribua les pots-de-vin, et comme dit le proverbe : « Quand il y a des gallions, le vent souffle dans les voiles. » En échange, les administrateurs qui n'étaient pas de la Farce eurent le droit d'engager un professeur en CDI. Rien que pour embêter Ridicule, ils choisirent Arthur Muesly.

La première action de Rato devait donner le ton de son « règne » de directeur. Rato empêcha le procès en distribuant de l'argent aux élèves américains, puis il les poussa à se suicider (et s'arrangea pour hériter). Et voilà comment on peut se faire construire une barge luxueuse alors qu'on ne touche que le maigre salaire de l'Éducation nationale.

— Par les parties sexuelles de Merlin, pourquoi me demander d'être directeur, alors ? s'exclama Barry. Pourquoi ne demandez-vous pas à Ermine ? Elle sait lécher les bottes des gens, et pas seulement les bottes, ajouta-t-il, tandis que sa femme le pinçait cruellement.

— Barry, reprit Ridicule, c'est un moment difficile pour l'école – le parc à thème, puis la mort de Rato… il est primordial que nous gardions de bonnes relations avec le monde glandu. Être directeur de Coudbar vous mettra sur le devant de la scène, et les membres du conseil de l'école pensent que vous avez l'image que nous recherchons. Bien entendu, Ermine prendra toutes les décisions importantes. Elle sera codirectrice.

Son ego flatté, Ermine demanda combien dureraient leurs nouvelles responsabilités. Mais Barry sentait que quelque chose inquiétait encore sa femme.

— Aussi longtemps qu'il le faudra pour trouver le remplaçant idéal, dit Ridicule. Deux semaines, deux ans… Mais nous ne pouvons pas fermer l'école aux Glandus. Ce sont leurs entrées qui payent les travaux du parc à thème que nous construisons de l'autre côté du lac…

« Coudbar : Vivez l'Expérience » était pour Ridicule un investissement majeur, mais les travaux avaient déjà dépassé plusieurs fois le budget prévu, et la construction avait pris six mois de retard à cause de la grève des nains. Un nouveau retard, et c'était la fin du projet. La fortune des Malaufoie ne serait alors plus qu'un souvenir, et Valdemarne risquait d'envoyer des magiciens de combat chercher Ridicule pour lui faire la peau.

— Alors ? Vous acceptez ? demanda Ridicule.

Barry regarda Ermine, qui faisait des signes véhéments de dénégations.

— Nous acceptons, dit-il.

— Parfait, dit Ridicule. (Puis il vit Arthur Muesly approcher, portant un tas de bouquins.) Si vous voulez bien m'excuser...

Le vieux magicien commença à courir. Muesly aperçut Malaufoie juste à temps, laissa tomber ses livres et prit ses jambes à son cou, ses robes flottant derrière lui. Malaufoie agita sa cane argentée à tête de poisson, rata Muesly de peu, et les deux hommes disparurent dans les couloirs de l'école.

Barry et Ermine se retrouvèrent seuls.

— Pourquoi tu fais la gueule ? demanda Barry à sa femme. Tu es codirectrice... tes parents peuvent s'occuper de Fiona jusqu'à ce que nous soyons installés... Puis elle pourra venir nous rejoindre ici.

— Fiona ne mettra pas les pieds à Coudbar, dit Ermine. Et je crois que tu viens de signer nos arrêts de mort.

— Pourquoi ?

— Le directeur précédent vient d'être tué... d'ailleurs, ce n'est pas toi qui l'aurais assassiné, par hasard ? demanda Ermine. Ce serait bien ton genre, tiens.

— Non, affirma Barry. Je n'ai rien fait.

— Très bien. Dans ce cas, quelqu'un a assassiné le directeur, et notre tour suivra peut-être...

— Tu vois, tu t'inquiètes toujours, soupira Barry. Pense à tout ce que nous allons gagner. Le prestige, le respect, la belle place de parking...

— Assez grande pour une Dragonette Renaud, j'imagine, dit Ermine, qui ne perdait pas le nord.

Quelle que soit la situation, elle trouvait toujours le moyen d'obtenir ce qu'elle voulait.

Barry envoya un message à Ferd et Jorge par hibou portable[27], les invitant à venir célébrer la nouvelle. Ferd et Jorge répondirent aussitôt, et une heure plus tard ils étaient tous réunis aux Quartiers des Invités de Frittondpor.

— Désolé, nous n'avons pas eu le temps de passer nos robes d'apparat, dit Ferd.

— Oui, on a fait vite, renchérit Jorge, qui feuilletait le livre édité spécialement pour la réunion des anciens élèves.

Colon avait déniché de vieilles photos, plutôt intéressantes. Jorge les étudia une par une.

— Je ne savais même pas que nous avions une équipe de catch féminin, dit-il. Chouettes arènes. Jolie boue.

— Et hop, deux robes d'apparat, dit Ermine, pour changer de sujet.

Claquant des doigts, elle les fit apparaître et quelque part, deux octogénaires prêts à recevoir leur diplôme d'honneur dans la grande salle de Cambridge se retrouvèrent brusquement nus.

— Euh, Ermine, dit Barry, se souvenant de ce qu'il avait appris avec Nigel, ne conjure pas trop, d'accord ?

— Pourquoi ? demanda sa femme.

— Ça donne de la cellulite, dit Barry. (La vérité était trop complexe, et Ermine serait plus sensible à cet argument.) Alors, les mecs, dit-il en se tournant vers les jumeaux, une petite potion ?

Depuis la mort de leur précédent directeur, les étudiants s'en donnaient à cœur joie. Les elfes de service avaient du mal à accomplir les plus simples tâches, de

27. Les hiboux portables fonctionnent comme des hiboux normaux, sauf qu'ils sont beaucoup plus petits : on peut les mettre dans sa poche et les emporter n'importe où. Ils sont aussi plus faciles à perdre.

peur de se faire enlever et manger. Aussi la première chose que fit Ermine au dîner fut de lancer un très ancien sort.

— Attention, dit-elle, vu le contenu sexuel de ce que vous allez voir maintenant, nous conseillons aux élèves de moins de dix-huit ans de sortir de la salle. (Personne ne sortit et un silence profond tomba aussitôt dans la pièce. Toute l'attention se tourna vers la Haute Table.) Ça marche toujours, c'est hormonal, chuchota-t-elle. Maintenant, parle vite, avant qu'ils réalisent qu'il n'y a aucune nudité dans ton discours…

Ridicule Malaufoie se leva. Il portait au cou une carte vermeil dorée, symbole de sa fonction.

— Étudiants, commença-t-il, après la mort de mon fils Rato (le fantôme, assis à la table des spectres, agita ses poings tel un boxeur fier de la mention de son nom) les administrateurs de Coudbar ont décidé de nommer Barry Trotter et Ermine Cringer comme Directeur et Directrice par intérim de l'école.

Aucune réaction particulière dans la salle, si on excepte le fait que Gogue commença à parcourir la table de Frèrepétar, distribuant à tous les volontaires une louche de sa Potion de la Mort[28], faite maison. Quant à lui, il était trop près de la retraite pour se suicider maintenant.

Ridicule s'assit et Barry se leva pour faire un bref discours… mais le silence régnant dans la salle et les visages fermés qui l'observaient étaient loin d'être encourageants. Seul Nigel souriait franchement, et avait levé les pouces en signe de victoire. Si ses parents dirigeaient l'école, l'équilibre

28. Crabe et Gaulé, qui étaient venus à Coudbar pour la réunion des anciens élèves, s'étaient suicidés aussitôt après la mort de Rato… mieux valait la mort que subir la colère de tous ceux qu'ils avaient torturés au fil des années. Après leur mort, ils devinrent figurants dans les publicités pour somnifères.

des forces entre lui, Junior et les crétins de son dortoir allait évoluer de manière drastique.

— Heu, bon, eh bien, merci beaucoup à tous, finit par articuler Barry. Ma femme et moi ferons de notre mieux. Voilà voilà.

Il se rassit. Ermine se leva à son tour.

— Notre porte restera toujours ouverte, commença-t-elle. (« La porte de ta chambre ? » cria un élève Frèrepétar.) La porte de mon BUREAU, ce qui veut dire que si vous avez des envies de suicide, venez nous parler d'abord. Les morts ne deviennent pas d'anciens élèves, et seuls les anciens élèves font des donations.

— La mort, c'est top !! cria Rato le fantôme.

— Chut ! gronda Pommefritte.

— Je veux dire, c'est mal, dit Rato, fronçant les sourcils de manière dramatique. La mort, c'est mal. Et la drogue, c'est de la merde.

— L'acoo'l aussi, dit Grobid avant de tomber ivre mort sur la table.

Des elfes de service coururent vers lui, portant un brancard.

— Oh, laissez-le, dit Barry, prenant ainsi la première décision de sa carrière de directeur. Allez, on mange.

Et Barry réalisa qu'il appréciait son nouveau prestige. Avoir droit de vie et de mort sur les étudiants de Coudbar, sur les professeurs, sur les anciens élèves et ses anciens amis consolait de beaucoup de choses (même de s'être fait traiter de « futur gynécologue pervers » dans le livre des anciens élèves). Une vague de générosité et de magnanimité l'envahit. Comme Céldèlbore avait dû avoir du mal à le supporter, quand il était un élève ingérable et odieux…

Un sentiment de gratitude l'envahit, étrange et soudain. Il leva son verre :

— À Pludbus Céldèlbore, ce vieux crétin, où qu'il soit aujourd'hui !

— À sa santé ! dirent les autres, l'imitant.

Le professeur Grommellegrommelle se leva.

— Vous êtes trop bons, déclara-t-il.

— Pardon ? demanda Ermine.

Réalisant son erreur, le professeur murmura :

— Navré. Je répète une scène de ma nouvelle pièce.

Ermine fronça les sourcils.

— Comment s'appelle-t-elle ?

Cherchant désespérément une idée, le professeur étranger regarda autour de lui.

— Heu... *Un Ange passe, très gêné* ?

Ferd fronça les sourcils.

— J'irai jamais voir un truc qui s'appelle comme ça.

— Je suis un peu écrivain, commenta Barry, et je dois avouer : le titre n'est pas top.

— Il est provisoire, dit Grommellegrommelle. Vous êtes capables de trouver mieux ?

— Et comment, dit Jorge. Pourquoi pas *Baiser sous la pluie* ?

— Ça fait comédie musicale, dit Ferd. Que diriez-vous de : *Une soirée avec dix top-models à poil* ?

— Je vois pas mieux, dit Jorge, et la discussion s'arrêta là.

Tout en mangeant, Barry et Ermine discutèrent des derniers événements... la mort de Rato, et ses conséquences. Lon était sous la table, réclamant les restes ; Barry lui donna un bon morceau de sa côtelette.

— Merci, dit Lon.

— Alors, monsieur l'ancien directeur, vous avez des conseils à me donner ? demanda Barry.

— Ne pas se lécher après le dîner, dit Lon. Et ne pas renifler les fesses des administrateurs. Ils n'aiment pas ça.

— En même temps, y'a peu de chances que j'essaye, dit Barry.

— Tu ne sais pas ce que tu manques.

Barry décida de ne pas s'attarder sur la question.

— Et comment vont les choses avec Grobid ?

— Tout va bien, dit Lon. Mais Genny me manque. Grobid et le nouveau professeur de Travaux Magiques Appliqués mijotent quelque chose. Je les ai entendus comploter hier soir, dans la cabane de Grobid.

— Vraiment ? Qu'est-ce qu'ils ont dit ?

— Je crois qu'un nouveau morceau de côtelette me rafraîchirait la mémoire, dit Lon.

Barry lui donna de la viande.

— Désolé, dit Lon après l'avoir mangé. Je ne m'en souviens pas.

— Hé, c'est de la triche ! dit Barry. Je t'ai donné un morceau de viande, tu dois me dire ce que tu sais !

— Mais je ne sais presque rien, dit Lon. Pas d'espace mémoire, ajouta-t-il en frappant son doigt sur sa tempe.

Puis il lutta pour enlever le doigt qui s'était coincé dans le trou.

Écœuré, Barry rejoignit la table. Au milieu du second plat, Ermine chuchota :

— Barry, je crois que cet homme est Pludbus Céldèlbore.

— Qui ? demanda Barry. Le type, là, à trois chaises de nous ? dit-il en désignant le professeur étranger de son couteau.

Le nouveau professeur agitait les bras dans leur direction, secouant la tête, et faisant « non » avec sa bouche.

— Quelle discrétion, Barry, soupira Ermine. Oui, lui.

— Tu dis que ce type avec la longue barbe blanche…

— … Ce n'est qu'une coïncidence, dit Grommellegrommelle.

— … ainsi qu'un passe-montagne dissimulant habilement ses traits…

— … J'ai du psoriasis, protesta le professeur.

— … ce type qui porte le chapeau de Pludbus…

— Il fait froid, et y'a des virus dans l'air, reprit l'homme. Et l'école est pleine de courants d'air !

— … est l'ancien directeur Céldèlbore ? demanda Barry.

— Oui, affirma Ermine.

— N'importe quoi, ma chérie. Tout le monde sait que Céldèlbore est mort. Toutes ces « potions du lendemain » que tu prenais après tes nuits torrides ont dû te brouiller le cerveau. Tu sais, quand tu étais ado, à l'école…

Ermine avait en effet pas mal abusé sur ce point. Pommefritte surnommait ces potions les « Douloureuses », et Ermine confirmait. À l'époque, elle se roulait en boule rien qu'à la pensée d'en prendre une, imaginant ses intérieurs se déchirer.

— Hou là, dit Ferd. Barry est méchant avec Ermine !

— Tu le laissais pas te dire des trucs comme ça avant, Erm, confirma Jorge.

Ignorant les commentaires des jumeaux, Ermine se tourna vers Barry :

— J'ai raison, abruti. (Elle désigna le professeur étranger.) Et en plus, je crois qu'il est responsable de la mort de Rato.

— C'est faux ! s'écria Grommellegrommelle, avec une sincérité flagrante dans la voix.

Ermine lui jeta un regard noir.

— Vous, ne vous mêlez pas de notre conversation !

(Elle se retourna vers Barry.) Peut-être pourrions-nous avoir cette discussion en privé, loin de la populace…

— « La populace », répéta le professeur étranger. Et voilà, ça commence. Le pouvoir rend fou… et snob. Quand j'étais directeur…

— HA ! dit Ermine.

— Désolé, ma langue a fourché. Si *j'étais* directeur…, je me conduirais de manière plus démocratique, et je serai plus aimable avec les gens, surtout avec ceux dont les salaires sont minables. Parce que ce n'est pas vous qui essayez d'enseigner aux élèves à lancer des sorts mortels avec des assiettes en papier, des macaronis, de la colle et de la peinture dorée…

— Les Travaux Magiques Pratiques, c'est l'enfance de l'art, dit Ermine d'un ton méprisant.

— Ah vraiment ? contra le professeur étranger. Très bien, puisque vous êtes si forte, dites-moi comment faire un Œil des Dieux…

— Eh bien, on commence par prendre des fils de laine colorés…

— FAUX ! Il faut d'abord se munir d'une sucette !

— Ermine, professeur, soupira Barry. Ne soyez pas puérils… c'est ma prérogative. D'ailleurs, je refuse de croire que le professeur Grommellegrommelle ait tué Rato. Son acte n'aurait aucune logique…

Ermine se resservit du vin.

— Vraiment ? Et alors, qui est l'assassin ?

Barry prit une nouvelle bouchée de steak-garou.

— Je pense que c'est Gogue, déclara-t-il.

À la table, tout le monde protesta. Dessous, Lon cogna sa tête sur le plateau pour marquer sa surprise. Gogue, lui, continuait à s'occuper des Frèrepétar qui avaient décidé de se suicider, notant leurs dernières paroles (anti-Trotter, forcément), et essayant de rendre leurs derniers instants aussi agréables que possible.

— Tu as des preuves de ce que tu avances ? demanda Ermine à Barry.

— Aucune, dit celui-ci. Mais Gogue était toujours le suspect numéro un, quand nous étions jeunes, et je suis un traditionaliste.

— Ou un crétin, murmura Ermine.

— Tu as dit quelque chose, chérie ? demanda Barry.

— Rien, mon amour, répondit Ermine avec tendresse.

— Notre professeur d'Herbologie sait comment s'amuser, elle, commenta Barry, regardant autour de lui. Alors, on fume toujours que des mentholées, hein, madame Pourave ? cria-t-il.

Mme Pourave acquiesça, le regard dans le vague. Ses pupilles étaient larges comme des plats à pizza. Barry se retourna vers le professeur étranger.

— Et Grommellegrommelle, comme nom, c'est de quelle origine ? De quelle nationalité ?

L'homme toussa avant de murmurer quelque chose qui ressemblait à :

— Tingo-Jingo.

— Jamais entendu parler, commenta Ermine.

— Ce qui ne m'étonne guère, répondit son interlocuteur. Nous sommes un pays très fermé.

— Et le passe-montagne ? demanda Ferd. C'est quoi, le problème ?

— À Tingo-Jingo, il fait beaucoup plus chaud qu'ici, dit le professeur étranger. Je ne suis pas encore habitué aux frimas anglais.

Le professeur fit semblant de frissonner pour amuser ses voisins… mais personne ne rit, et pour briser le silence tendu qui suivit, Ferd changea de sujet.

— Bon, il faut faire quelque chose pour l'équipe de Quichecuite de Frittondpor, dit-il. Ça ne va pas du tout.

Ermine n'avait pas quitté le professeur étranger des yeux.

— Je croyais que le passe-montagne, c'était pour le psoriasis ?

Barry s'interposa et déclara, élevant la voix :

— Bon Dieu, femme, tu vas le laisser tranquille ?

— Ne me crie pas dessus ! s'énerva Ermine.

— Je suis le directeur ! Je crie si je veux !

— Je suis directeur aussi ! Alors, dans ta face ! cria Ermine, et Jorge s'interposa.

— Barry, Ermine, s'il vous plaît… Ne vous disputez pas devant les enfants. Faites-le en privé, vous pourrez être beaucoup plus vulgaire.

Barry laissa errer son regard sur l'océan d'élèves querelleurs qui les entouraient… des élèves qui gâchaient joyeusement la nourriture, se moquaient les uns des autres, mijotaient d'insondables complots, des élèves qui, en bref, se préparaient à dépenser leur énergie juvénile et leur intelligence naissante de la manière la plus stupide et inutile possible.

— Regarde-les, dit Barry.

— Qui ? Quoi ? Les desserts ? demanda Ferd.

Barry murmura un sort rapide d'autogifle (déclenché par l'imbécillité), et une force invisible frappa Ferd derrière la tête.

— Non, les élèves, dit-il. (Une vague d'orgueil l'envahit.) *Mes* élèves.

Ermine lui donna un coup de pied.

— Hé ! Pourquoi recours-tu toujours à la violence ? demanda Barry, se frottant la cuisse.

— Pourquoi recours-tu toujours à la stupidité ? répliqua Ermine.

Barry fronça les sourcils, puis continua :

— L'avenir de la magie. Il est dans leurs mains… dit Barry, prêt à se lancer dans un nouveau discours.

— Ça y est, j'ai soudain une envie dévorante de devenir glandu, murmura Jorge.

— Oh, retrouver ma jeunesse ! continua Barry. Tous ces souvenirs…

— Ils sont très flous, avoua Mme Pourave.

— Je pense que je résume l'avis de toute l'équipe pédagogique en disant : « Dieu merci, c'est fini », dit Gogue, qui, son travail d'ange de la mort terminé, était revenu s'asseoir à la grande table.

— Être jeune… reprit Barry. Se réveiller plein d'énergie…

— … avec une poussée d'acné au front… commenta Ferd.

— … de projets et de rêves…

— … qui resteront inachevés, parce qu'aucun adulte ne vous laissera faire… dit Jorge.

— … parfois, on est amoureux…

— … pour certaines, l'amour n'était pas une condition nécessaire, dit Ferd en regardant Ermine, qui le prit pour cible de son coup de pied suivant. Aïe !

— … d'une fille magnifique…

— … qui ne vous adressera même pas un regard, soupira Gogue.

Gogue était hétéro ? C'était nouveau. Énervé, Barry jeta sa serviette sur la table (elle se plia aussitôt toute seule).

— Oh, vous êtes seulement jaloux, grogna-t-il. Jaloux de ne plus avoir leur âge…

— Non, Barry, dit Ermine. Nous, nous nous souvenons du calvaire qu'est l'adolescence, c'est tout. Simplement parce que nous avons moins d'alcool dans le sang que toi…

— Vous vous trompez, dit Barry. Je vais aller parler aux élèves, voir ce qu'ils en pensent.

— À ta place, j'éviterais, dit Gogue, qui se vengeait sur le rôti, une spécialité des cuisines de Coudbar.

Apparemment, s'occuper des mourants de Frèrepétar (un bon tiers d'entre eux s'étaient suicidés, et les cadavres étaient maintenant portés hors de la salle par des elfes en combinaison antibactériologiques) n'avait pas affecté son appétit.

— Barry Trotter, homme du peuple, plaisanta Ermine.

Barry soupira, exaspéré.

— Ermine, tu veux me dire quel est le problème ? Toi, tu joues l'éminence grise ; moi, je vais au front. Garantir la satisfaction des élèves fait partie de mon job.

— Si ça t'amuse, dit Ermine.

— Puis-je vous accompagner ? dit le professeur étranger. Disons que je ne voudrais pas manquer ça.

— Certainement, dit Barry. Vous allez pouvoir admirer les futurs petits sorciers et sorcières « made in Coudbar »…

Les deux hommes prirent leur assiette et avancèrent vers la table des SalePouffe.

— Pouvons-nous nous asseoir avec vous ? demanda Barry. Pour s'éclater un peu en votre compagnie ?

Les élèves émirent un grognement d'acceptation, puis se poussèrent pour faire de la place.

— C'est *grave* pas vous, Barry Trotter, d'abord, commença un grand garçon aux cheveux roux en épi.

— Désolé, mais c'est *grave* moi, répondit Barry. Maintenant, puis-je vous demander le pourquoi de votre opinion ?

— J'ai lu les bouquins, expliqua le gamin. Vous êtes trop petit, et puis Barry est nettement plus cool.

— Pourtant, c'est bien moi, je vous jure. (Barry hésita, puis fouilla dans ses robes et prit son portefeuille, dont il sortit son permis d'évaporation.) La photo n'est pas très flatteuse, dit-il en la tendant au gamin, ajoutant : si ce n'est pas moi, je suis désolé pour ce pauvre type...

Il se tourna vers Grommellegrommelle, avec une grimace signifiant « si ce n'est pas triste de vieillir, quand même ? ». Le professeur eut un pâle sourire, mais le gamin n'était pas impressionné.

— Un faux comme ça, j'en trouve pour cinq noises à Piliédbar. Et de meilleure qualité.

— Tu vois mon front, non ? demanda Barry.

— Oh ça, de l'espace, on pourrait pas le manquer. (Les autres élèves commencèrent à rire.) Où elle est passée, la célèbre chevelure en pétard de Barry ?

— Dans mon peigne, et merci d'insister sur ce point, répondit Barry, décidant que le garçon lui était profondément antipathique.

Il perdait le contrôle de la foule et les protestations croissaient.

— Si tu es Barry, fais apparaître une pile de gallions ! demanda une fille au visage ravagé par l'acné.

— C'est ça, et tu me les files, dit un gamin, accompagnant sa réplique d'un rire fort et vulgaire.

Barry commença à murmurer une incantation, puis pensa à Henratty.

— Je ne peux pas...

— Vous voyez, c'est pas lui, dit le premier garçon, croisant les bras.

— Non, protesta Barry, je veux dire, si, je pouvais les faire apparaître, c'est un sort de base, mais...

— C'est ça, continue, on y croit.

— … mais j'ai décidé de ne pas le faire, et j'enlève dix points à votre Maison, pour insolence.

— Allez-y, c'est Frittondpor, dit le gamin. On s'en fout, de toute manière on ne gagne jamais…

Barry le regarda, outragé.

— Si vous êtes de Frittondpor, qu'est-ce que vous faites à la table des SalePouffe ?

— C'est mes potes. Et puis, on vit dans un pays libre, non ?

— Non ! bafouilla Barry, ne trouvant rien de plus intelligent à répondre.

Le garçon était insolent et n'avait aucune loyauté ! Barry était choqué. À son âge, il n'était quand même pas aussi odieux, non ?

— Écoute, gamin, tu te crois peut-être drôle, dit-il d'un ton sévère, mais tu te déconsidères, et tu déconsidères l'école devant ce professeur étranger qui est venu de Tingo-Jingo pour nous voir…

En entendant le nom du pays, le gamin explosa de rire, et les autres élèves suivirent.

— Et là, tu es content parce que tu fais rire tes potes, hein ? continua Barry. Mais tu sais ce qu'ils pensent vraiment ? Ils pensent que « X », insère là ton nom, est un pauvre con. Ils pensent que c'est vraiment génial, ou trop cool, ou vraiment chanmé, que le directeur Trotter soit venu à leur table savoir le dernier buzz, ou les dernières news sur eux et leurs « poteaux »…

Les rires continuèrent, et Barry réalisa ce qui se passait. Un sourire naquit sur son visage.

— Tu me testes parce que je suis le nouveau directeur. Tu ne parlerais pas sur ce ton à Rato, ou à Pludbus Céldèlbore.

— Céldébore ? C'est qui, ce clown ? dit le gamin avec insolence. (Grommellegrommelle leva la main, comme s'il allait gifler le garçon, mais il se retint au dernier moment et fit semblant d'ajuster son chapeau pointu.) Oh ! Oui ! Le type, là, dans les bouquins… Le directeur à la baguette flasque…

— GAH !

Le professeur étranger laissa échapper un cri étranglé et se jeta sur l'élève. Barry dut le retenir – mais le garçon ne parut pas le moins du monde instant effrayé.

— Je pense que vous feriez mieux de partir, jeune homme, réussit à marmonner Barry, qui avait du mal à contenir Grommellegrommelle. Dites-moi votre nom, que votre maison en prenne pour son grade ?

— Barry Trotter, dit le gamin en ricanant, et se levant, il quitta la table avec sa bande, laissant un chaos indescriptible sur la nappe.

— Très drôle ! Je vais trouver ton nom, et quand je l'aurai, j'enlèverai CENT points à Frittondpor ! cria Barry.

Les gamins sortirent, l'ignorant. Barry relâcha le professeur, et retourna à la Haute Table, luttant pour reprendre son souffle.

— Comment ça va, champion du peuple ? demanda Ermine avec un sourire sarcastique.

— Ne ricane pas, cria Barry, furieux, en s'asseyant. Rato ricanait, et regarde ce qui lui est arrivé !

Le silence se fit brusquement dans la Grande Salle. Barry avait-il enfin réglé ses comptes avec Rato ? Dieu seul le savait… et il n'avait pas l'intention de parler.

— Très bien, pensa Barry, rageur. Que la rumeur se propage. S'ils pensent que je suis un assassin, ces petits salopards de fumeurs de myrrhe se montreront peut-être un peu plus respectueux.

CHAPITRE VII

« La Grotte de Godenic »

Le lendemain, Nigel et Junior passèrent leur temps à échanger des mots pendant le cours des Notions. Avant, l'infraction était prise au sérieux : chaque trimestre, la première personne à s'en rendre coupable était décapitée, et sa tête restait empalée sur une pique plantée à côté du tableau en guise d'avertissement. (De plus, Frittondpor se prenait une amende de dix points.) Mais les choses avaient changé. Gogue semblait ne plus accorder d'importance aux détails.

— Le dé à coudre est sans doute un des plus puissants instruments d'aide à la couture magique, disait Gogue, lisant d'un ton las ses notes tachées de larmes. Prenez garde à ne jamais sous-estimer sa puissance.

« Yvonne Bognor, tu la trouves bonne ? Tape « oui ou non» sur la table. », disait le mot.

Nigel tapa deux coups pour « non », puis, pris de remords, il écrivit : « mais elle a l'air sympa », avant de repasser le papier. À la fin de l'heure, il avait donné son opinion sur la plupart des élèves de l'école, avec une sincérité presque totale. Il n'avait menti que sur le quiz « Êtes-vous prude ?»... en vérité, il n'avait jamais encore retiré le soutien-gorge d'une fille.

Bref, que des bêtises, ni intelligentes ni originales... des bêtises qui avaient encore moins de signification à Coudbar qu'ailleurs, vu l'accès facile aux potions d'amour, charmes, sorts, philtres et affiliés. À l'école, les amourettes variaient dans la journée, voire dans l'heure. Un élève n'était pas à Coudbar depuis quelques jours qu'il tombait sous une quelconque influence magique... et l'élève qui avait lancé le sort était toujours sous l'influence de quelqu'un d'autre, lui-même manipulé... bref, tout cela était fantastiquement complexe. D'habitude, la vigilance de professeurs tel Gogue permettait aux feux de l'amour (et de la haine) de ne pas brûler trop fort, mais aujourd'hui Gogue n'avait pas cœur à la tâche. Ou à rien d'autre, en vérité. Le tableau noir, normalement recouvert de diagrammes complexes, ne portait aujourd'hui qu'une seule inscription : « Je ne suis PAS directeur. »

La sonnerie retentit, et les livres se refermèrent en claquant.

— Le point de croix maudit demande beaucoup de pratique, conclut Gogue, aussi n'oubliez pas de vous exercer. Ou pas. Je m'en fiche. (Les élèves se retournèrent, incrédules.) Vous m'avez bien entendu, dit Gogue d'un ton las. Je m'en fiche. Apparemment, dans cette école, on peut redoubler des dizaines de fois et quand même finir directeur...

Et le professeur des Notions, auparavant craint de tous, éclata en sanglots bruyants. Les élèves se figèrent de gêne, puis sortirent dans le couloir se moquer et rivaliser de blagues cruelles.

C'était le dernier cours de la journée, et Nigel et

Junior étaient affamés. Aussi firent-ils l'erreur que les élèves de première année commettent tous une fois (mais juste une :) acheter une barre chocolatée au distributeur du deuxième étage, à côté des toilettes des garçons.

Junior divisa la barre en deux pour qu'ils en aient chacun une part. La friandise hurla de douleur.

— Je savais que la date de péremption était dépassée, pas qu'elle était morte-vivante... soupira Nigel.

— De toute manière, berk, dit Junior. Allons à *Godenic.*

— Bonne idée, dit Nigel. La nourriture est dégueulasse, mais au moins elle ne se plaint pas.

Et ils se dirigèrent vers la cafétéria de Frittondpor. Chaque Maison était maintenant dotée d'une sorte de restaurant : une des innovations les plus populaires de l'ère, plutôt décriée, du directeur Malaufoie. La cafétéria de Frèrepétar était, bien sûr, la plus luxueuse : elle était installée sur la barge privée de Rato. Celle-ci, rénovée, protégée magiquement des éléments, flottait avec toute la décadence du luxe inutile sur le lac, devant l'école.

Nigel et Junior mirent une éternité à descendre ; les escaliers s'amusaient à changer de forme – ce qui avait toujours été profondément énervant. Enfin ils finirent par arriver à *La Grotte de Godenic*, nommée ainsi en partie en l'honneur du fondateur de Frittondpor, en partie parce que donner un nom humoristique à l'endroit faisait un peu passer la mauvaise qualité de la bouffe. À Coudbar comme ailleurs, la nourriture consommée par les élèves était du fast-food de mauvaise qualité... des pizzas conjurées en deux secondes et réchauffées au micro-onde, des burgers avalés en toute hâte avant le cours du professeur Burnnes[29].

29. Vous ne pensiez pas que les élèves prenaient tous leurs repas dans la Grande Salle quand même ? Vous imaginez le budget ? Rollins connaissait son métier, elle n'a décrit que les éléments

La *Grotte* était chaleureuse et conviviale, avec une boule de cristal grand écran qui passait tous les matchs internationaux de Quichecuite (ou des rediffusions de *La Mode des petites sorcières*), selon qui avait mis le premier la main sur la télécommande. On y trouvait aussi quelques flippers, les magazines du mois, des divans, et aucun elfe de service : bref, c'était un des endroits les plus agréables de l'école. On pouvait même amener son familier. Junior voulait maintenant une pieuvre, comme Chesterfield. (Sa chèvre avait été capturée par des centaures qui lui faisaient subir les pires sévices.) Les deux garçons avaient donc fondé un club secret appelé « Les Amis des Pieuvres », ou ADP[30].

— Tu es déjà allé à la cafétéria de Sertête ? demanda Junior. Il paraît qu'il y a une arène de combats de familiers…

— Ouah, dit Nigel, se demandant s'il était censé être admiratif ou horrifié. (Dans le doute, il changea de sujet.) Tu veux un Ohbang ! Ina ?

Quand les administrateurs de Coudbar avaient commencé à vendre les services de la Choixquette à l'extérieur, ils avaient aussi externalisé les services des cafétérias des

---

terrifiants ou spectaculaires de l'école. Un placard à balais, c'est la même chose à Coudbar qu'au lycée technique de Mantes-la-Jolie… alors J.-G. a plutôt utilisé son talent à décrire les plafonds aux boiseries splendides, les magnifiques cages d'escalier et les tableaux aboyant de chiens jouant au poker. Ce qu'elle n'a *pas* décrit, ce sont les corniches croulantes, les souris qui infestaient les lieux et les bidons de cinquante litres de Bèhgon vert.

30. Voici le règlement intérieur d'ADP.

1) Tous les membres d'ADP doivent posséder une pieuvre, ou au moins en vouloir une très fort.

2) Tous les membres d'ADP doivent embrasser au moins une fois une pieuvre sur le bec.

différentes maisons, les confiant aux services de restauration appropriés de grandes chaînes hôtelières. Par « appropriés », je veux dire que la cuisine servie aux étudiants de Frèrepétar était plus maléfique, et préparée par une mégacorporation mégalomaniaque[31], tandis que la nourriture de Frittondpor était faite de produits bio, écologiques et achetés selon les règles du commerce équitable.

Bref, Godnic n'avait aucun défaut… sinon les souris. L'endroit en était infesté. La cafétéria avait été construite à l'intérieur de l'ancien repaire du basiluc, et elle était devenue le refuge naturel des rongeurs rebelles de Coudbar, dont le chef était une souris indestructible dénommée Timothy[32].

En temps normal, les souris de Coudbar s'occupaient à fouiller les garde-manger, ou à combattre les Félins, qui les chassaient pour les manger. Mais ce jour-là était bien sûr spécial. C'était l'anniversaire de Timothy, et les rongeurs le célébraient en sautant à l'élastique du haut des chandeliers.

---

3) Tous les membres d'ADP doivent effectuer au moins une fois la « Danse de la Pieuvre » en public. Chaque danse doit comprendre des mouvements originaux et personnels que les autres membres n'ont pas le droit d'imiter.

4) Les membres d'ADP ont interdiction de révéler les secrets du club aux « poissons » communs (les non initiés), sous peine de mort par strangulation. La strangulation sera effectuée par Chesterfiels, après que des crevettes bouillies aient été déposées sur le cou du coupable.

Le seul secret du club était, pour l'instant, que Junior aimait bien une Salepouffe nommée Lauren.

31. La VAMC (Vous Allez Manger Ça !), une filiale de Valumart Entreprises.

32. Comment Timothy est-il devenu immortel ? Vous le saurez en lisant *Barry Trotter et la parodie éhontée*. Non, je ne vais pas vous le raconter ! Lisez ce foutu bouquin !!

À la table d'en dessous, trois mètres plus bas, trois élèves femelles seniors de Frittondpor étaient plongées dans une conversation plutôt intime.

— Evelyn, demanda une fille nommée Elizabeth, Aidan t'a déjà demandé de, euh, raser ta Forêt Interdite ?

— Ma forêt *quoi* ? demanda Evelyn.

Elizabeth désigna la zone située entre ses deux cuisses.

— Oh non ! Jamais, j'aurais bien trop peur des poils incarnés, répondit Evelyn. Mais ça ne m'étonnerait pas que Jane y soit passée…

Les deux filles rirent et se tournèrent vers Jane.

— Ça m'est arrivé une fois, dit Jane. J'avais un rasoir à la main et je me suis emballée… je me rasais les jambes, et j'ai continué. Quand ça repousse, ça démange grave.

— Et pourquoi t'intéresses-tu soudain aux arts de la taille ? demanda Evelyn.

— Eh bien… (Elizabeth prit une gorgée de son verre, fit tourner les glaçons dans sa bouche et répondit :) Ian me l'a demandé… mais je ne suis pas sûre de vouloir…

— Qu'il se rase d'abord ! proposa Jane, ce qui fit rire tout le monde.

Au-dessus des trois filles, Timothy se préparait pour son saut.

— Les mecs, je ne suis pas sûr d'avoir assez bu, dit-il. Vous ne croyez pas que quand Gros Fromgi a sauté, il a allongé la corde ?

— T'as les choquottes, ou quoi, mon pote ? railla Dexter, l'ami de Timothy.

— Je sais, je sais, je ne peux pas mourir, dit Timothy. Mais je peux…

Timothy n'eut pas le temps de finir sa phrase que Dexter l'avait déjà poussé du chandelier. Les autres souris, complètement faites (grâce à une flaque de bière sur le sol de la cafét') poussèrent des cris d'encouragement, pour la plupart pornographiques.

Dessous, les filles continuaient à discuter, sans se douter que leur vie allait bientôt prendre un tour bien dégoûtant.

— Je me suis fait faire un Morgane La Fée, racontait Elizabeth.

— Un quoi ? demanda Evelyn.

— Tu te rases à moitié, et de l'autre, tu lisses parfaitement les poils, expliqua Elizabeth.

Timothy avait raison : Gros Fromgi avait abîmé la corde, qui s'était un peu allongée. Conséquence : Timothy s'écrasa sur la table avec un bruit immonde, avant d'être ramené brusquement vers le haut. Il laissa une petite silhouette de sang sur la nappe.

— Hé, regardez, dit Jane. Une souris a heurté la table. Elle a laissé sa trace.

— Elle a dû rouler par terre, commenta Elizabeth, haussant les épaules – loin de réaliser que Timothy se préparait à revenir.

— Brek, c'est dégueu, dit Evelyn en regardant la tache. Cache-moi ça.

Ce que fit Elizabeth en recouvrant le sang avec sa tasse de thé. Timothy redescendit et plongea dans le liquide brûlant avant de remonter.

— Ahh ! cria-t-il en expérimentant un mode très en vogue de cuisson rapide. Putain, ça craint !

— Mais c'est dégueulasse ! cria Elizabeth. La souris a mis du sang dans mon thé !

— Je te donne un Gallion si tu le bois, dit Evelyn.

— Je crois que j'ai aussi du sang dans les cheveux, dit Elizabeth en se tâtant la tête.

Jane désigna le chandelier :

— Regardez ! Il y en a plein d'autres !

— Immonde, conclut Elizabeth. Allons regarder *On a échangé nos destins* ![33]

— Non, j'ai des devoirs à faire, soupira Jane. Mais quelqu'un devrait prévenir Fistuletta.

Les filles partirent. Fistuletta était une des dames de service, une géante. Elle pesait cent vingt-trois kilos, et était couverte de verrues, de boutons, d'excroissances de chair. Ajoutez des touffes de poils poussant aux endroits les plus inattendus, et vous obteniez une sacrée bombe. Fistuletta n'était d'ailleurs pas mariée : elle espérait toujours l'arrivée de quelqu'un de plus séduisant que Grobid.

Timothy continuait à rebondir sur la table, passant par intervalles dans un coma douloureux, tandis que ses amis applaudissaient, attendant que les rebonds se calment avant de le remonter. À sa dernière descente, Timothy reprit juste assez conscience pour réaliser que les filles étaient parties.

— C'est ça… réussit-il à murmurer. Fuyez… devant moi… (Puis Timothy descendit un peu plus, et aperçut Fistuletta.) Oh non…

La géante attrapa la souris et l'écrabouilla dans son poing. Au dessus, des hurlements de joie s'élevèrent : voir Timothy se faire tuer, puis ressusciter était un spectacle dont les souris ne se lassaient jamais.

— Nettoyez la table trois ! Elle est sale ! cria Fistuletta, et un elfe de service sortit de la cuisine, un seau et une éponge à la main, grommelant contre son destin.

---

33. Cette émission, un des plus gros hits de Vala Vision, permettait aux voisins d'échanger les circonstances de leur mort. La seule émission qui lui faisait concurrence avait pour thème l'utilisation de la magie pour ridiculiser les Glandus.

CHAPITRE VIII
Quichecuite Extrême

Quand Barry entra dans le nouveau bureau qu'il partageait avec Ermine (le bureau du directeur !!), la matinée était belle et ensoleillée. C'était un lundi matin comme les autres, et il y avait déjà un groupe d'étudiantes devant la porte. Derrière les filles se trouvait Mme Ponce, tapant de l'escarpin par terre d'un air exaspéré. Ponce, la bibliothécaire de l'école, était une femme osseuse et maigre que Barry avait toujours soupçonnée d'être un homme.

— Bonjour les filles, bonjour madame Ponce… Comment vont les choses à la bibliothèque ? demanda Barry. Des livres se sont encore échappés cette nuit ?

C'était un problème pour l'instant insoluble.

— Tout irait bien si certains étudiants se souvenaient que la bibliothèque est un lieu d'étude, et non pas… un club de strip-tease, répondit Mme Ponce avec une grimace de dégoût.

— Un club de strip-tease, hein ? dit Barry, brusquement passionné par le problème. Entrez et racontez-moi ça, dit-il en faisant entrer le groupe dans son bureau.

— Nous étions dans la section « interdit au public » ! protesta une des filles. C'est pas comme si on voulait que les gens nous voient !

— Vous allez le dire à nos parents ? demanda une autre, au bord des larmes.

— Madame Ponce, racontez-moi les détails de l'outrage commis par ces demoiselles, je vous prie, dit Barry, sans réussir à dissimuler son sourire.

— Je ne vois pas ce qu'il y a d'amusant à la situation, protesta Mme Ponce. Pludbus Céldèlbore aurait…

— Je ne suis pas Pludbus, dit Barry, se redressant.

Ermine choisit cet instant pour entrer, une tasse de café inépuisable à la main[34]. Mme Ponce reprit, l'air choqué :

— J'ai trouvé ces… ces filles de mauvaise vie en train de se passer de la lotion gonflante sur les… sur leur…

— …poitrine ? proposa Ermine, tendant un Kleenex à la fille qui pleurait.

— C'est ça, confirma Mme Ponce avec une moue dégoûtée.

— Oh, allons, on est toutes passées par là, non ? dit Ermine avec bonne humeur.

— *Non*, répondit sèchement Mme Ponce.

Genre, il n'y a pas de raison qu'elle soit la seule à être plate, pensa Barry. De la fenêtre de son bureau, il voyait des étudiants évoluer au-dessus du terrain de Quichecuite. La maladresse de leur vol laissait à penser qu'ils étaient de Frittondpor.

— Ce problème doit être géré avec une délicatesse toute féminine, dit Barry à Ermine en désignant le groupe de filles. Ça ne t'ennuie pas de t'en occuper ?

34. Un sort élémentaire risquant de réduire les cafés glandus à la faillite.

— Non, mais…

— Génial. J'ai des rapports à remplir.

Barry s'installa à une table de l'autre côté du bureau, et commença à écrire une annonce matrimoniale pour Gogue.

« Professeur respecté, au teint de craie, un mètre quatre-vingts, quatre-vingts kilos, coléreux, dur de la baguette, cherche une compagne (ou un familier) à l'esprit ouvert. », écrivit Barry. « J'aime les animaux de compagnie, les longues promenades sur la plage, le sado-masochisme hard. Ensemble, enlevons des points à Frittondpor… Si vous êtes grosse, merci de vous abstenir. »

Il fallait maintenant faire porter l'annonce à *La Gazette du Magicien*. Barry passa son blouson sur le dos duquel était écrit « En compagnie des géants ». Puis il rejoignit Ermine, qui s'occupait de distribuer les heures de colle (après avoir donné aux filles un sort à glisser dans leur soutien-gorge.)

— Bon, je vais passer à la chouettéria, puis au terrain de Quichecuite, déclara-t-il, déjà arrivé à la porte. J'en ai pour toute la matinée.

— Mais Barry, protesta Ermine, il faut que nous…

— Je sais, dit Barry qui ignorait complètement de quoi elle voulait parler. Nous nous en occuperons tout à l'heure. (Il trouverait bien un moyen d'éviter le problème quand il se représenterait.) Ciao, les filles. Souvenez-vous, mieux vaut une jolie paire de pommes que deux melons flasques…

Il sortit, content de lui, sifflotant un petit air.

— Madame Cringer, je peux devenir lesbienne ? dit une des filles, regardant, d'un air dégoûté, s'éloigner Barry.

— Et encore, vous ne l'avez pas comme mari, soupira Ermine avant de se remettre au travail.

D'abord, un petit tour à la chouettéria, un endroit puant et infesté de mites. Barry n'avait pas l'intention de demander à Vieilletige de porter son message. Depuis qu'elle s'était fait opérer de la gorge, Barry avait insisté pour qu'elle arrête de fumer, et après avoir pris un nombre hystériquement élevé de coups de griffes et de bec, Barry avait compris que son familier n'avait plus l'intention de s'occuper de sa correspondance. De toute manière, Vieilletige manquait de souffle – elle ne pouvait pas faire dix mètres sans s'arrêter. Barry préférait utiliser Herpès, le vieux hibou de Prissy Muesly.

Le message parti, Barry se dirigea vers la chambre de Nigel. La tour de Frittondpor était toujours sans toit, et Barry se dit qu'il ferait bien de contacter une équipe de sorciers de chantier. L'endroit était à ciel ouvert, ce qui signifiait que l'humidité montait dans les murs, et du Lichen Murmurant s'était introduit partout, jusqu'au rez-de-chaussée. Arrivé dans la chambre de son fils, Barry se mit à quatre pattes et fouilla sous le lit pour chercher son vieux balai-éponge. Il l'avait donné à Nigel à l'arrivée de la lettre (peu enthousiaste) d'acceptation à Coudbar, mais à sa connaissance Nigel ne s'en était jamais servi, à part pour mettre des décalcomanies sur le manche. À Noël, grand-père Cringer avait offert à Nigel un nouveau modèle à la mode… qui était, de l'avis de Barry, un truc pour frimeurs, pas fait pour les vrais joueurs. Mais Nigel avait refusé de le lâcher. Il adorait son nouveau balai, et l'avait nommé Daisy.

Il avait même l'intention de laisser l'ancien chez lui, mais Barry avait réussi à le convaincre de l'emporter.

— C'est toujours bon d'en avoir un de rechange, avait-il dit à son fils. Si le manche ne se casse pas au moins une fois, c'est que tu ne mets pas tout ton cœur dans le jeu.

Barry passa sa main sous le lit, cherchant à l'aveugle. Il toucha quelque chose de lisse – un magazine ? – quelque chose de spongieux – un vieux sandwich ?

Mais pas de balai.

— Aha ! dit une voix familière derrière lui. On fouille les chambres pendant les heures de classe ?

C'était Peeves, le fantôme le plus exaspérant de Coudbar.

— Salut, Peeves, dit Barry en se redressant calmement.

— Salut toi-même, Trotter. Alors, on cambriole ? On vole ses petits camarades ? J'attends de voir comment tu vas essayer de t'en tirer, de celle-là ! Cinquante points en moins pour Frittondpor, et une bonne raclée pour…

— Ça fait des années que j'attends ça, espèce de pet spectral, dit Barry, et se redressant, il dirigea sa baguette sur Peeves et l'envoya direct en enfer.

— *Plotz* ! incanta-t-il.

Peeves hurla tandis que son être se faisait réduire en pièces par de minuscules lutins démoniaques, chacun dévorant un morceau du fantôme avant de le déféquer devant les yeux de Peeves horrifié… des yeux qui furent d'ailleurs les derniers à être consommés. Puis chaque petit morceau de caca prit feu et disparu dans un « pouf » de fumée âcre.

— Bon Dieu, j'en rêvais depuis une éternité, souffla Barry. J'attendais seulement le moment approprié… Ah, le voilà ! ajouta-t-il en sortant le balai, déjà recouvert de poussière. L'époussetant, il se dirigea vers la fenêtre, puis, faisant grimper ses fesses pleines d'hémorroïdes sur le rebord – voilà pourquoi on disait que le Quichecuite n'était pas un jeu de vieux – il se mit à cheval sur le manche, et rejoignit le terrain.

Il descendit en douceur en voyant Nigel et les autres

joueurs de Frittondpor repartir vers l'école, leur balai sur l'épaule.

— Hé ! Où est-ce que vous vous sauvez comme ça ? demanda Barry avec enthousiasme. Il faut jouer pour s'améliorer.

— Il pleut, dit le capitaine.

Le soleil brillait et il n'y avait pas un nuage à l'horizon. Barry soupçonna aussitôt une entourloupe.

— Tu t'appelles comment ? demanda-t-il.

— Mallory, monsieur.

— Mallory, va réveiller Ferd et Jorge Muesly et dis-leur de venir ici. Les autres, suivez-moi.

Barry fit monter son balai et les Frittondpor suivirent ; pendant ce temps, cinq Frèrepétar, dirigés par Larvesque Malaufoie, avaient commencé à leur pisser dessus. D'un coup de baguette, Barry leur retourna leur jet d'urine, la faisant rentrer dans leur vessie, ce qui était une sensation très désagréable. Puis il y ajouta le contenu des vessies de l'équipe de Frittondpor. Les Frèrepétar furent vite prêts à exploser.

— Le plus vieux tour du monde, dit Barry à « ses » élèves.

Perchés sur leurs balais, deux autres Frèrepétar essayaient de faire passer un joueur Frittondpor à travers le but.

— Hé, vous ! protesta Barry. Qu'est-ce que vous fabriquez ?

— Ben rien, grommela un garçon massif aux cheveux blond filasse.

— « Ben rien », répéta Barry en imitant le ton du gamin, réussissant à rendre la réponse encore plus stupide que l'original. Dégagez !

— Mon père nous laissait nous entraîner quand on

voulait ! protesta Larvesque, descendu rejoindre ses camarades.

Larvesque était l'AT-AT-Rappeur de Frèrepétar.

— Je peux m'arranger pour que tu le rejoignes, gronda Barry. Allez, casse-toi.

— Il faudra me passer sur le corps, déclara Larvesque.

Il descendit de son balai-éponge et leva les poings, se mettant en position de combat.

Barry se tourna vers son fils, qui était très pâle.

— Parfait, déclara-t-il. Nigel va s'en charger. Descends de ce balai, Nigel, et va mettre une branlée à ce mou de la baguette…

— Mais maman a dit qu'il ne fallait pas se battre, dit Nigel, pâlissant encore plus.

Des rires se firent entendre derrière lui.

— Maman n'est pas là, dit Barry. Grouille.

Nigel préférait en général la terre ferme, mais là, ce fut avec regret qu'il descendit de son balai. Puis il enleva ses lunettes et les donna à un cinquième année dénommé Stevenson.

— Si le pire survient, donne ces lunettes à ma mère, souffla-t-il à Stevenson, qui acquiesça. (Puis Nigel se tourna vers son père :)

— Je ne vois rien sans lunettes, papa. Tu sais bien que je suis myope.

— Ce serait de la triche d'aider votre fils, dit une voix dans l'assistance. Avec de la magie, je veux dire.

— Il n'y aura pas de magie, dit Barry. Le combat sera égal. Nigel, débrouille-toi.

Les équipes se déployèrent derrière leurs représentants, criant des encouragements. Nigel et Larvesque commencèrent à se tourner autour. Puis Larvesque fit un pas en avant et frappa Nigel d'un direct au nez.

— Aaah !

Sur son visage pâteux, Larvesque avait un sourire sarcastique. La douleur aiguë rendit Nigel fou de rage. Il attrapa la chemise de Larvesque, le tira vers lui, puis le frappa à l'estomac avec toute la force dont il était capable.

Et Larvesque explosa, aspergeant les spectateurs d'urine.

Les joueurs de Frittondpor se précipitèrent sur Nigel pour le porter en triomphe, créant une procession puante et hurlante.

— Que ce soit une leçon pour vous, les garçons, dit Barry. Ne jamais se battre avec une vessie pleine. Maintenant, les Frèrepétar, dégagez.

Ramassant les morceaux sanguinolents de Malaufoie sur leur chemin, les Frèrepétar abandonnèrent le terrain.

Ferd et Gorge firent leur apparition quelques minutes plus tard, après s'être fait un sort rapide de caféination.

— Non, le but du jeu n'est pas d'aider l'autre équipe à attraper le Vit d'Or, était en train d'expliquer Barry. Qui vous a raconté ça ?

— Larvesque, dit le capitaine de l'équipe, dont la bêtise n'avait d'égale que le manque de coordination.

Barry le déclassa aussitôt. Le gamin avait été Connard pendant six ans, et avait acquis une réputation inégalée : celle de n'avoir jamais touché un membre de l'équipe adverse.

— Coucou Barry, dit Ferd. Qu'est-ce qui pue comme ça ?

— À part mon équipe, tu veux dire ? demanda Barry. Demande à Nigel.

— Le Quichecuite, ça s'apprend, dit Jorge. Ce n'est pas inné. Sauf pour toi, dit-il, désignant Barry. (Puis il vit le coussin que celui-ci avait enfilé sur le manche.) Quelle bonne idée, commenta-t-il, et il leva sa baguette. *Par ici*, incanta-t-il, et une vieille dame dans le Surrey protesta vivement, pour être aussitôt déclarée sénile par ses enfants. Je peux aller taper quelques balles avec eux ?

— Je t'en prie, dit Barry. (Deux Connards, trop occupés à se mettre des coups, ne prêtaient pas attention au jeu.) Vous deux ! Arrêtez ! Si vous voulez taper quelque chose, suivez-le, dit Barry, désignant Ferd. Il va vous apprendre quelques trucs…

— Puisque Déboisé n'est pas là, je vais leur apprendre à protéger un but, dit Jorge[35].

— Ok, tout le monde, on va travailler le vol, annonça Barry. Ceux qui réussissent à me toucher gagneront un gallion.

Il s'envola, et les étudiants inexpérimentés tentèrent maladroitement de le rattraper.

Quelques heures plus tard, ils zigzaguaient toujours.

— On peut s'arrêter ? demanda un joueur. J'ai mal aux fesses.

— Ouais, ça serait cool, commenta un autre. On a manqué presque tous nos cours de la matinée.

— Eh bien, je vois où sont vos priorités, grogna Barry, dégoûté. Je n'ai rien appris non plus ce matin, et est-ce que je me plains ?

Mais lui aussi avait mal aux fesses. Son dos était raide, le sang ne circulait plus dans ses jambes, le vent

35. Olivier Déboisé avait été un goal Frittondpor légendaire. Quand il perdait, il fallait le surveiller jour et nuit pour qu'il ne se suicide pas. Après des années de psychanalyse, et grâce à l'amour de sa femme, Krista (et à une tonne de médicaments), Déboisé reprit finalement du poil de la bête ; il a maintenant une entreprise à succès de pansements sportifs magiques.

avait brûlé son visage, et le balai lui sciait la peau à un endroit particulièrement sensible.

Décidant qu'Ermine avait sans doute terminé la tâche pour laquelle elle avait réclamé son aide, Barry décida de rentrer.

— Très bien, dit-il. Ça suffit pour aujourd'hui. Mais soyez sur le terrain demain matin à sept heures. Nous allons travailler sur une technique qu'il me plaît d'appeler « Yvan le Fou »… Et Barry marqua, alors que des grognements épuisés retentissaient derrière lui. En bas, il fut accueilli par le professeur Grommellegrommelle, qui tenait un gobelet en plastique. Le Scotch que le professeur utilisait pour faire tenir ses lunettes était un peu décollé et flottait quand il marchait.

— Bonjour, professeur, dit Barry. Vous n'êtes pas en cours ?

— Je leur ai donné de quoi s'occuper un moment, mentit Grommellegrommelle. J'ai pensé qu'après tout ce sport, vous méritiez bien un verre de dragonnade…

— Merci, dit Barry, qui avala une gorgée – le liquide avait un goût étrange, ressemblant un peu à celui du développeur de photos. (Le résultat était si infâme que même son interrobang eut un hoquet de dégoût.)

— Berk, dit Barry. Écoutez, merci d'avoir pensé à moi, mais honnêtement, ce truc me fait penser à de la pisse de manticore. (Il rendit le gobelet à Grommellegrommelle). Et ce n'est pas un compliment.

— Je comprends, dit le professeur, qui versa le reste du liquide sur le sol. (Pour ne pas l'absorber, l'herbe rentra littéralement dans la terre.) Pourquoi croyez-vous que j'ai toujours refusé de jouer au Quichecuite ?

Barry se tourna vers les étudiants.

— Alors ? Quand est prévu le match contre les Frèrepétar ?

— Dans deux semaines, dit l'infortuné capitaine.

— Ce qui ne nous laisse pas beaucoup de temps, soupira Barry. (Pour avoir une chance de remporter la Coupe, il fallait qu'ils battent l'équipe Frèrepétar au prochain match… ce qui était totalement impossible). Ferd, Jorge, je crois qu'il est temps d'apprendre à ces garçons comment jouer au Quichecuite Extrême…

— C'est ce que j'espérais entendre ! dit Ferd.

Jorge se contenta d'émettre un ricanement maléfique.

— Tu te souviens du jeudi noir ? dit-il ensuite.

En vingt-quatre heures, tous les membres de l'équipe de Frèrepétar avaient été assassinés… une technique rare mais efficace du Quichecuite Extrême, appelée « table rase ».

— C'est décidé, dit Barry. Demain matin, vous allez apprendre à jouer comme des hommes. Et des femmes, ajouta-t-il (l'équipe était mixte). Nous allons vous apprendre comment assommer vos adversaires, comment cacher une arme à feu sous vos balais, comment utiliser des lances, des filets, de la corde à piano…

— Mais, monsieur le directeur… c'est de la triche ! protesta un Connard nommé Norval.

— Il y a plus de sept cent mille techniques différentes de triche au Quichecuite, expliqua Barry. Et le mieux, c'est qu'elles peuvent toutes passer pour des techniques légales. Le Quichecuite Extrême, c'est différent… la triche se voit, et elle fait même mal rien que de la voir…Si vous vous débrouillez bien, les choses deviendront sanglantes, et une bonne partie des joueurs Frèrepétar n'y survivront pas… à vous de décider si vous êtes capables de l'assumer.

Les Frittondpor crièrent et applaudirent : leur réponse était claire. Ainsi son père était un impresario de la triche… Nigel n'était même pas surpris. Comme d'habitude, il hésitait entre la fierté et la gêne.

— La conséquence, continua Barry, est que vous vous retrouverez interdits de match le reste de l'année. Si vous vous débrouillez vraiment bien, l'interdiction peut être à vie.

— Ça me va, dit un des joueurs. (Tous les autres souriaient.). De toute manière, j'en ai marre d'avoir des échardes dans le cul.

Le fils de Barry gardait le silence.

— Et toi, Nigel ? demanda Barry. Tu viens de faire exploser un être humain – des scrupules pour la suite ?

— Non… non, répondit Nigel. Mais on ferait mieux de ne rien dire à maman.

— Alors c'est décidé, dit Barry. Nous commençons demain matin.

— À trois, je veux n'entendre qu'un cri, dit Ferd. « La Mort va Pleuvoir ! » Un, deux, trois… !

Et sur ce slogan pacifique, les joueurs de Frittondpor descendirent la colline.

Sur le chemin de l'école, Grommellegrommelle raconta à Barry qu'il apprenait aux étudiants à créer de puissantes malédictions grâce à des guirlandes en papier.

— Les Glandus décoreront leurs fenêtres avec… et paf, ils attraperont le cancer des sourcils ! conclut le professeur.

Barry fut très impressionné. Clairement, l'homme était un pro.

Plus tard dans l'après-midi, Nigel s'installa dans la salle commune de Frittondpor pour réviser son latin. La tâche n'était pas facile : il fallait lire le texte entier du sort avant de trouver le verbe, qui n'était jamais là où on l'attendait. La veille, en classe, Nigel avait conjuré une paella au lieu d'une *puella*, et avait dû inviter tout le monde à déjeuner. Conjurer en yiddish était nettement plus facile : si on doutait d'un mot, il suffisait de s'éclaircir la gorge pour faire illusion, mais les sorts en yiddish étaient moins courants.

À son grand soulagement, Nigel avait réalisé qu'il était loin d'être le seul nul en magie chez les élèves de première année. Quand Rato était devenu directeur, lui et Ridicule avaient mis au point un programme permettant aux élèves glandus de participer à un programme de certification appelé « Initiation à la sorcellerie ». L'inscription était hors de prix, l'enseignement complètement inutile, aussi ce programme était-il vite devenu la dernière rage chez les Glandus riches et puissants. Les membres du conseil de l'école s'étaient vite aperçus que plus le prix était élevé, plus il y avait de volontaires. L'argent glandu finançait le parc à thème, ainsi qu'une nouvelle aile du manoir des Malaufoie.

Pour Nigel, bien sûr, la situation était différente. Tout le monde s'attendait à ce que la magie lui coule des doigts, et ses camarades se moquaient de lui quand ce n'était pas le cas. Mais le taser que son père lui avait donné pour éloigner les fans hystériques était aussi efficace qu'un sort, et Junior savait souffler des répliques cassantes quand Nigel n'avait pas l'inspiration. Bien sûr, depuis la mort explosive de Larvesque, les élèves s'étaient soudain mis à le traiter avec un respect craintif.

— Oh, roubignoles de hobbit, dit Nigel en regardant la pendule sur le mur.

Il fallait qu'il se dépêche s'il ne voulait pas être en retard au cours suivant, le seul qu'il appréciait vraiment… « Comprendre les Glandus », par Arthur Muesly.

Quand il était directeur, Lon Muesly avait engagé son père pour donner un cours sur les Glandus… et lui faire faire sa promenade nocturne. Un statut de professeur dans l'Éducation nationale (magique, mais quand même) était une force que même la sorcellerie de la Farce ne pouvait vaincre, et Arthur Muesly avait gardé sa place. Lors de la visite de Ridicule, les choses avaient dégénéré entre les deux hommes, mais Muesly s'était plutôt bien défendu – et puis, ce n'était pas un œil au beurre noir et une lèvre explosée qui allaient diminuer son enthousiasme pour l'enseignement.

— Heureux de vous revoir ! J'espère que vous avez tous lu les journaux glandus que je vous ai conseillés. Alors ? Quelqu'un a compris pourquoi ils se battent ? (Aucun doigt ne se leva.) Personne ? Ne vous inquiétez pas, même moi, je n'ai toujours pas compris. Continuez à lire, l'un de vous sera peut-être le premier à déchiffrer l'énigme du sphincter[36]... (Muesly jeta un coup d'œil à ses notes.) Commençons par un petit rappel. Un Glandu est une créature qui ressemble à une sorcière, ou à un magicien, mais qui n'a pas la capacité de créer ou de contrôler la magie. Dans les pires des cas, les Glandus sont même incapables de percevoir la magie.

Si seulement, soupira Nigel, qui se lança dans une ambitieuse entreprise de griffonnage sur classeur.

Le professeur leva les yeux.

— Y a-t-il quelqu'un parmi vous qui n'ait jamais vu de Glandu ? (Une main se leva.) Ah. Parfait. Vous avez grandi dans une commune magique fermée ?

— Oui, professeur, dit l'élève, une Salepouffe nommée Panacea Pangloss.

— Personnellement, je suis contre l'apartheid magique,

36. Le sphincter est une bête mythique, un croisement entre un sphinx et une patère. Séguéla appela un jour Mitterrand « un véritable sphincter politique ». En fait non. Il ne l'a pas fait, mais il aurait pu.

dit Muesly. La cohabitation avec les Glandus est comme une bonne guerre : elle élargit drastiquement votre horizon… d'ailleurs, certaines choses ne s'apprennent que par l'expérience. Rappelez-vous : même la créature la plus simple et la plus exaspérante a quelque chose à offrir… Maintenant, une rapide illustration.

Muesly fit bouger sa baguette, et une femme replète, habillée d'une robe à fleurs, apparut sur l'estrade. Elle s'écroula aussitôt, la chaise sur laquelle elle était assise n'étant pas arrivée avec elle.

— Mais qu'est-ce que je fous…

— Veuillez me pardonner, madame, dit Muesly, se penchant vers elle. Vous avez été transportée ici pour des raisons éducatives. Dites « bonjour », je vous prie.

— Bon-bonjour, balbutia la pauvre femme.

— Merci beaucoup ! dit Muesly.

Il agita de nouveau sa baguette, et la femme disparut avec un léger « pop ».

— Et voilà… Pangloss, vous venez de rencontrer un Glandu. Vous sentez-vous enrichie par cette expérience ?

— Oui, professeur. Merci.

— Bien.

Muesly reprit son cours :

— Certains experts affirment que les Glandus sont physiquement différents des magiciens… qu'ils constituent une espèce entièrement différente, comme les néandertaliens sont différents des *Homo Sapiens*. Je suis persuadé qu'ils se trompent. Les Glandus sont des gens comme vous et moi, mais étant de nature non magique, ils refusent psychologiquement d'en accepter l'existence…

Une main se leva.

— Tous les Glandus ? demanda un garçon.

— Jusqu'à récemment, oui, reprit Muesly. Avant la

série des romans Trotter, plus un Glandu était capable d'ignorer la magie, mieux il était considéré par ses pairs.

Une série de grognements désapprobateurs accompagna ce commentaire.

— Bande de nazes ! souffla un élève.

Le professeur l'entendit.

— Nous ne sommes pas là pour juger. Nous sommes là pour les comprendre… puis les juger, ajouta-t-il.

Nigel eut envie d'ajouter que les Glandus avaient en général de bien plus belles dents que les sorciers, puis décida de garder le silence.

— Étudions maintenant cet étrange appareil glandu, dit le Muesly, prenant une télécommande posée sur son bureau. Quand un Glandu pointe cet engin vers un poste de télévision comme celui-ci…

La fille qui avait grandi dans une commune magique leva de nouveau la main.

— Excusez-moi monsieur… c'est quoi, une télévision ?

— Un appareil qui a à peu près la même fonction que votre boule de cristal familiale, dit le professeur. Cette « télévision » ne semble pas capable de prédire l'avenir, bien que sur cet autre appareil, qui y est relié, nous puissions tous remarquer ici un bouton « avance rapide »… (Le professeur fronça les sourcils, agacé par cette contradiction.) Bref, sachez que nous en apprenons tous les jours plus sur les Glandus, et que nos théories évoluent en conséquence. Certains experts qui se sont soumis à une cure télévisuelle en ont conclu que le but de cet engin était purement récréatif, mais je ne suis pas convaincu : je pense qu'il s'agit d'une sorte de processus hypnotique, ou de châtiment. En tout cas, quand un Glandu pointe cet appareil – une sorte de baguette primitive – vers la télévision, celle-ci prend brusquement vie. Mais les Glandus n'appellent pas ce procédé « de la magie ». Ils pensent encore que l'appareil émet une sorte de rayonnement. Un rayonnement que personne n'a jamais vu, qui n'a pas d'odeur, ni de goût… Mais les Glandus réalisent sans doute, au moins de manière inconsciente, que l'explication qu'on leur donne est absurde, parce que la plupart ne s'intéressent absolument pas aux secrets de fonctionnement de l'appareil. Hélas, les Glandus assez curieux pour se pencher sur le problème sont tellement antimagie qu'ils n'accepteront jamais la véritable explication…

— Les rayons sont la seule théorie des Glandus ? demanda Junior.

Le professeur se mit à rire.

— Non, non… Le mal que se donnent les Glandus pour nier l'existence de la magie est impressionnant. Ils vont expliquer la lévitation par une chose appelée « l'aérodynamisme ». Puis viennent la chimie, la physique, l'électricité… des concepts que, comme par hasard, il est impossible de voir, ou de toucher, ou de verser dans un chaudron. Leurs efforts seraient amusants s'ils ne tentaient pas d'imposer leur ignorance aux esprits des magiciens qui essayent de leur apprendre la vérité… (Le professeur désigna une cicatrice sur son poing.) Le souvenir d'une discussion amicale sur la prestidigitation dans un pub glandu, alors que je faisais des recherches pour un article…

— Mais aucun ne croit à la magie ? Aucun vraiment ? demanda un élève, exaspéré.

— La réponse est complexe, répondit Muesly. Quand les Glandus sont jeunes, particulièrement aujourd'hui, alors que les livres Trotter leur ont révélé l'existence de notre monde, la plupart d'entre eux croient en la magie… ou au moins en la possibilité que les Glandus adultes ne possèdent pas toutes les réponses. Chez les adultes, c'est différent. Aucun n'avouera tout haut qu'il croit en la magie, pas s'il veut échapper à l'hôpital psychiatrique… ceux qui ne peuvent ignorer les phénomènes paranormaux qui pullulent autour d'eux refusent eux également d'utiliser le mot magie. Ils parlent de religions, et les utilisent comme prétexte pour s'entretuer…

— Quelle barbarie, soupira un étudiant de Frittondpor pas assez important dans ce livre pour que nous nous fatiguions à lui donner un non.

— En effet, soupira Muesly.

— Pourquoi est-ce que nous ne les forçons pas à nous écouter ? demanda un Frèrepétar auquel nous réserverons le même anonymat.

— Nous pourrions… mais pour quoi faire ? expliqua Muesly. Cela prendrait un temps fou, et quel bénéfice en tirerions-nous ? Il a aussi été proposé de les exterminer…

Une main redescendit, celle d'un élève qui allait proposer cette solution.

— Cette idée revient périodiquement, dit Muesly. Personnellement, je suis contre. Un certain sentimentalisme, j'imagine… D'ailleurs, je dois avouer que je trouve les Glandus terriblement amusants. Bien ! Maintenant, ouvrez vos livres à la page quarante-quatre. Vous allez y découvrir les idées hilarantes que se font les Glandus sur la manière dont fonctionne leur propre reproduction. Vous remarquerez qu'ils ont tout simplement oublié le rôle des fées…

Le cours n'était jamais ennuyeux. Muesly sortait un appareil glandu, puis expliquait à quoi il servait, se trompant à chaque fois, bien sûr. Il appelait les allumettes des « torches » et les cure-dents des « ustensiles biodégradables pour attirer discrètement l'attention de quelqu'un ». Quand il sortit un pistolet, et l'appela « une sorte de perforeuse pour dossier vraiment épais » Nigel ne put s'empêcher d'intervenir.

Il leva la main.

— Professeur ?

— Oui, Trotter ?

— Je suis pas sûr que, heu, que vous ayez tout à fait raison...

— Que voulez-vous dire, Nigel ?

— Votre analyse. Je ne pense pas que ce soit à ça que servent les pistolets...

— Bien sûr que si. Et je vais vous en faire la démonstration. Grosderrière, tiens-moi ça...

Le professeur lança un livre à un étudiant du premier rang, Cyril Grosderrière[37].

— Bon Dieu, Cyril, arrête de gigoter, soupira Muesly, qui visa, puis tira. (Il ramassa le livre sur le corps à l'épaule explosée de Cyril, qui, étalé par terre, émit un faible gémissement.) Vous voyez ? (Il montra l'ouvrage à la classe.) Un trou parfait, sur chaque page. Une solution non magique tout à fait créative à un problème vieux comme le monde...

— Mes grands parents sont Glandus, dit Nigel. Et ils utilisent des perforeuses.

— Vos grands parents sont sans doute excentriques, dit Muesly, que la discussion commençait à irriter.

Nigel refusait de céder.

— Mais, professeur...

— Ça suffit, Trotter. Si je dis que cet instrument sert à faire des trous, c'est que je sais de quoi je parle !

37. Baptisé « Cyril » en l'honneur de son oncle Cyril, tué par inadvertance par Barry, qui avait alors onze ans.

La classe terminée, Nigel s'approcha du bureau de Muesly.

— Professeur, puis-je vous parler un instant ?

— Qu'est-ce que tu ressembles à Barry, soupira Muesly. Comme si j'étais le premier à te le dire, ajouta-t-il, sarcastique.

— Barry qui ? demanda Nigel sur le même ton.

— Et narquois comme lui, dit Muesly en riant.

Nigel sourit, gêné. Depuis leur désaccord pendant le cours, il ne savait pas trop comment se comporter.

Muesly continua à rassembler ses documents.

— Tu as du caractère pour un élève de première année, continua-t-il. Je te conseille de faire attention. Un autre professeur aurait enlevé cinq points à Frittondpor…

— Je suis désolé, dit Nigel. Mais c'est que…

— Je sais à quoi sert une arme, fiston. Mais je ne crois pas que la classe soit encore prête à l'apprendre. Il vaut mieux qu'ils pensent que les Glandus sont des imbéciles inoffensifs, ou des fans de Barry Trotter… Oui, qu'ils le pensent encore quelques années. Les mauvaises nouvelles viendront bien assez vite… Bon, et sinon, que puis-je faire pour toi ? Les devoirs ne posent pas de problèmes ? Tu t'intègres bien ?

— Eh bien, monsieur… je voudrais vous parler en privé, si c'est possible…

Muesly fronça les sourcils.

— Mais certainement, certainement… puis-je te demander pourquoi ?

Nigel rougit et jeta un rapide coup d'œil autour de lui.

— Je préférerais… ne pas en discuter ici, si ça ne vous ennuie pas… Je… Bref, enfin, si ça vous ennuie pas.

— Bien sûr, dit Muesly, perplexe. Allons dans mon bureau.

Le bureau de Muesly ressemblait à une décharge glandue. Des objets de toutes formes et de toutes tailles s'entassaient dans la pièce minuscule... la plupart rouillés, tordus, abîmés et poussiéreux. Muesly prenait en effet des objets glandus au hasard, puis essayait de deviner leur fonction par des expériences diverses. Il notait ses découvertes dans un cahier recouvert de cuir. Nigel aperçut une bonne cinquantaine de ces cahiers, entassés. Il ne doutait pas que leur contenu soit entièrement faux.

La porte ne s'était pas refermée que, sans même s'asseoir, Nigel laissait échapper :

— Je n'ai aucun talent magique.

Le professeur Muesly éclata de rire.

— Vous trouvez peut-être ça drôle, mais pas moi ! s'écria Nigel.

— J'en suis certain... c'est simplement que j'ai du mal à te croire, dit le professeur. Regarde tes parents...

— Je sais, merci !

— Tu ne t'entends pas vraiment avec eux, j'imagine...

— Non, soupira Nigel. Ils préfèrent ma petite sœur. Elle, elle déborde de magie par tous les orifices...

La vulgarité de l'expression ne choqua pas Muesly. Il connaissait assez les élèves pour savoir comment ils parlaient vraiment. Il était considéré comme le professeur cool de Coudbar et avait entendu bien pire.

— Je suis certain que tes parents t'aiment comme tu es. J'adore Lonald, et pourtant, il est un jour sorti avec une fille simplement parce que ses vêtements sentaient le hamburger... (Muesly fit tourner un cintre rouillé entre ses mains.) On n'est pas « magique ou pas », Nigel. C'est plus compliqué que ça.

— Je ne comprends pas, dit Nigel.

— Tout le monde est magique... c'est une question

de degré, c'est tout. Parfois arrive quelqu'un qui a un talent naturel… quelqu'un comme ton père. Mais les autres – nous tous – devons apprendre à développer notre potentiel, quel qu'il soit. Nous avons tous une énergie particulière, que j'aime à appeler le « Hein ? Quoi ? ». Le « Hein ? Quoi ? », c'est un sentiment de confusion, de l'impulsivité, aussi. C'est de là que vient en partie la magie. Ton père est très impulsif, et très… embrouillé. Voilà pourquoi c'est un grand magicien… un magicien imprévisible, me permettrais-je d'ajouter…

— Mais ma mère n'est pas, heu… embrouillée. Elle est très organisée, protesta Nigel. Elle se glisse dans ma chambre quand je ne suis pas là pour trier mes pièces de monnaie par ordre croissant de taille…

— Le « Hein ? Quoi ? » ne fait pas tout, Nigel. Il faut du désir, un désir très fort pour créer la magie. C'est en désirant quelque chose de manière passionnée – de la nourriture, de l'argent – de manière intense, qu'on concentre son potentiel « hein, quoi ». De tous les hommes non psychopathes que je connaisse, ton père est celui qui sait le moins refréner ses impulsions… et ta mère est la plus passionnée, la femme au désir le plus vigoureux que je connaisse. Tu vois, ma théorie se tient…

Nigel fronça les sourcils.

— Je vois surtout que je connais pas grand-chose à la nature de la magie, dit-il.

À sa taille, son familier remua légèrement… son eau était sale, il fallait la changer. Un tentacule réconfortant tapota la boucle de ceinture de Nigel.

— Bon choix de familier, dit Muesly. J'ai écrit une très bonne chanson sur les pieuvres, il y a longtemps. *L'Anorak des profondeurs.* Tu sais, les pieuvres sont aussi intelligentes que…

— … que les chats domestiques, je sais.

Muesly sortit son luth, et commença à chanter. Sa voix était bonne, bien qu'un peu aiguë. Nigel se sentait toujours gêné en compagnie de gens qui chantaient, sans savoir vraiment pourquoi. Il posa donc la première question qui lui vint à l'esprit.

— Quelle est la différence entre la bonne magie et la magie de la Farce ?

Muesly s'arrêta de chanter et réfléchit.

— L'âme, dit-il avant de recommencer.

— Ce qui veut dire ?

Le professeur fit une nouvelle pause.

— C'est difficile à expliquer. Il faut aimer les gens plus que les choses… c'est important. Et puis, ne pas avoir peur. Ou au moins, ne pas agir par peur. (Muesly pausa son luth.) Traiter les autres comme vous aimeriez qu'ils vous traitent, aussi.

— Sans vouloir vous vexer… tout cela me semble un peu cliché, professeur, dit le garçon.

— Donc pour toi, il ne suffit pas que quelque chose soit vrai, Nigel ? demanda le professeur. Il faut aussi que ce soit original et drôle ?

— Non… c'est seulement que ce que vous dites paraît si… facile…

Muesly se pencha vers Nigel, et observa le garçon, réfléchissant. Nigel se sentit soudain très petit.

— Tu as été scout ? demanda enfin le professeur.

— Non… enfin, si. Trois heures.

Pour une fois que Nigel réussissait un sort, il avait fallu que ce soit ce jour-là. Le verre de jus de fruit d'un des garçons s'était transformé en verre de sang. Nigel n'avait pas fait exprès, il n'était même pas sûr d'en être responsable… mais le garçon n'avait qu'à pas se moquer de son foulard.

— Trois heures seulement ? dit Muesly. Très bien.

Tu sais donc combien il est loin d'être facile d'être noble, sage, courageux, généreux, courtois et tout le barda. Et tout ça en même temps, en plus. La bonne magie – je préfère ne pas utiliser le terme magie « blanche », pour des raisons évidentes – vient du meilleur de nous. La magie de la Farce jaillit de nos doigts quand nous n'agissons pas comme nous le devrions. Quand nous nous montrons stupides, égoïstes, avides ou méchants…

Nigel resta un instant silencieux.

— Alors, ai-je répondu à ta question ? demanda Muesly. Tu as l'air pensif.

— J'essaye de deviner de quel côté est mon père, dit Nigel.

— Des deux ! dit Muesly en riant. Nous avons chacun les deux côtés en nous…

Nigel leva les yeux vers le professeur.

— Vraiment ? Je me demande si vous savez tous les tours qu'a joués mon père quand il était élève ici…

— Mais oui, dit Muesly. Après tout, Lon était complice… Je connais bien ton père. C'est un roué, et un malin… comme Ferd et Jorge… mais son cœur est bon.

Le professeur jeta un coup d'œil à sa montre.

— J'ai trop parlé, commenta-t-il. (Il désigna sa montre.) Tu as déjà vu un machin pareil ? C'est un objet glandu, très rigolo. Il donne l'heure… la plupart donnent aussi la date. Je dois l'avouer, c'est bien plus pratique que de devoir sortir pour regarder le soleil ou les étoiles… et en plus, ça marche quand le ciel est couvert ! expliqua Muesly, enthousiaste.

Nigel se leva.

— Oui, je connais. C'est une montre.

— Exactement, dit Muesly. Exactement. Ne te méprends pas, je ne nie pas l'utilité des pendules magiques, même quand elles vous disent des choses que vous ne préféreriez pas savoir…

Le professeur Muesly en avait une au-dessus de son bureau, qui précisait les activités de tous les membres de sa famille. En ce moment, les petites mains mécaniques de l'horloge désignaient des petits panneaux déclarant : « fait une partie de jambes en l'air avec Gauledebois Lockarre », « Escroque des enfants nains » ou « se lèche les couilles ».

Muesly raccompagna Nigel à la porte. Sur le mur, près de la sortie, Nigel repéra un petit pamphlet signé et encadrée. « À Arthur, de la part de Mohammed A. Les meilleurs combats sont ceux qu'on évite. Maintenant, pour les autres, voici quelques conseils… »

Muesly suivit le regard de Nigel.

— Tu as déjà entendu parler de Gandhi ? demanda le professeur. Un très grand magicien… adepte de la non-violence. Un de mes héros.

Nigel lut le titre du petit livre.

Un bon coup de genou bien placé : mille et une manières illégales de gagner vos combats, au bar, au tribunal et ailleurs.

— Mouais. Tout ça me paraît moyennement non violent, dit Nigel. Quant à vous… j'ai des doutes aussi.

— Moi ? J'ai l'air violent ?

Nigel désigna la lèvre et l'œil tuméfiés de Muesly. Celui-ci se mit à rire.

— Oui. Bon. Bref… (Muesly ouvrit la porte et Nigel se pencha pour éviter le claquement de tissu de ses robes blanches.) Ce n'est pas parce qu'on est adepte de la non-violence qu'on ne peut pas casser la gueule aux cons de temps en temps. En cas de légitime défense, bien sûr. Et puis, tu peux parler, Nigel… nous savons tous ce que tu as fait à Larvesque Malaufoie. (Muesly leva le poing.) Bien joué ! ajouta-t-il, l'œil étincelant, puis il serra la main à Nigel, en riant.

Nigel ne s'était jamais autant senti heureux à Coudbar.

CHAPITRE IX

Danger : Pommefritte

Tandis que Muesly expliquait les réalités de la vie (magique) à leur fils, Barry était assis dans son bureau, jouant au solitaire tandis qu'Ermine travaillait. Il ne se sentait pas très bien. À l'heure du dîner, il avait même la nausée.

— Je t'avais dit de ne pas revenir par les cuisines, soupira Ermine. Ce que tu ne vois pas ne peut pas te couper l'appétit. Un puis, un peu de crachat d'elfe n'a jamais tué personne…

— Je crois que c'est la grippe… mais merci pour la description. Maintenant, j'ai carrément envie de vomir, ajouta Barry, pensant aux elfes. Pourquoi on ne les vire pas tous, je te le demande…

— Putain de syndicats, grommela Ermine.

Au dîner, le soir même, Barry n'avait pas fini son entrée qu'il dut quitter la table pour aller vomir. Le voyant passer, Mme Pourave lui demanda poliment s'il ne pouvait pas le faire sur le tas de compost.

— Pour faire de l'engrais, tout est utile ! commenta-t-elle, mais Barry n'était pas capable de répondre.

Il se soulagea puis partit directement se mettre au lit. Le matin suivant, il se sentait aussi mal, et décida de le prouver au monde en oubliant de se raser – ce qui ne l'empêcha pas de se préparer pour l'entraînement de Quichecuite.

— Bravo. Olivier serait fier de toi, dit Ermine en lui donnant une claque affectueuse sur le dos.

— Ne me touche pas, dit Barry. J'ai mal jusqu'à la racine des cheveux.

— Pas de problème, chéri, dit Ermine en lui envoyant un baiser. Amuse-toi bien.

Barry eut un pâle sourire. En s'approchant du terrain, il s'aperçut qu'il ne marchait pas très droit... c'était un sacré virus qu'il avait chopé.

Voler dans cet état n'était pas une bonne idée, il s'en aperçut vite... son balai-éponge virait quand il avait des haut-le-cœur, et il rentrait involontairement dans les joueurs. Finalement, les Muesly ordonnèrent aux AT-AT-Rappeurs de manœuvrer de façon à envoyer leurs coéquipiers heurter Barry. La méthode n'était pas orthodoxe, mais elle fonctionnait... une heure plus tard, l'équipe Frittondpor avait fait des progrès sensibles. Puis les élèves apprirent à se servir d'explosifs et à étrangler les gardiens ennemis avec des cordes de piano. Enfin ils apprirent à plonger à contre-jour, pour aveugler l'adversaire, et les jumeaux Muesly déclarèrent le cours terminé.

— Ça suffit pour cette fois, dit Ferd. À l'école, aujourd'hui, je voudrais que vous essayiez d'imaginer des scènes de carnage et de souffrance dont les joueurs Frèrepétar seraient responsables.

— Bonne idée, dit Jorge. La haine et la violence ne nous viennent pas spontanément, à nous autres sorciers, mais avec un peu d'entraînement nous pouvons devenir pires que des Glandus. Faites-moi confiance... Il faudra être sans pitié quand le premier sang sera versé.

Les joueurs l'écoutaient avec attention. Barry rotait bruyamment à quelques mètres de là.

— Vous n'avez droit qu'à un certain nombre d'erreurs avant d'être expulsés du terrain, reprit Ferd. Chacune de ces erreurs doit vous débarrasser d'un membre de l'équipe adverse. Demain, nous étudierons les effets d'un bon coup de chaussette remplie de sable sur la nuque...

— Frittondpor ! cria l'équipe avec enthousiasme, et les joueurs partirent prendre une douche dans les vestiaires de Coudbar.

Ceux-ci étaient dans un état exécrable. Non seulement les champignons et les mousses qui croissaient dans l'humidité constante avaient maintenant atteint le stade d'êtres intelligents, mais les douches étaient occupées par les membres de l'équipe Water Polo Magique de Sertête.[38] En attendant que les joueurs de Sertête quittent les lieux, et pour éviter leurs questions (une colonie d'ondines-junkies avait investi la piscine pendant l'été, et les élèves voulaient savoir quand l'école allait payer un exterminateur pour s'en débarrasser), Barry rejoignit dans le sauna Zed Malbouffe, qui venait de se faire masser la barbe.

Zed était assis sur le banc ; il était nu, rouge et très poilu. Il désirait investir dans l'immobilier, et se demandait s'il devait le faire dans cette dimension.

38. Le Water Polo Magique ressemble beaucoup à la version glandue, sauf que les joueurs lévitent au-dessus de l'eau, y laissant seulement tremper un orteil. Leurs mouvements créent à la surface des ondes proches des motifs d'un jardin zen. Si les joueurs enfoncent trop leur pied dans l'eau, ils reçoivent une pénalité. Les joueurs utilisent comme ballon une créature proche du Trible de Star Truk, mais la créature est mieux adaptée à l'eau, et bien moins heureuse.

— Toi, tu t'es bien débrouillé, sur ce terrain, on dirait, déclara-t-il à Barry.

— Pas mal, répondit celui-ci.

— Ta baraque, tu l'as payée combien du mètre carré ? demanda Zed.

— Euh… commença Barry, avant de réaliser qu'il ne s'en souvenait plus.

Il ne se rappelait plus combien lui avait coûté sa maison. D'ailleurs, il ne se souvenait plus de son adresse. Ou à quoi sa maison ressemblait.

— Très bien. Si tu ne voulais pas en discuter, c'était pas la peine de venir, dit Zed, qui sortit en grommelant. Et ne regarde pas mon derrière, espèce de p'tit pédé.

Après sa douche, Barry se dirigea vers la Grande Salle pour prendre son petit déjeuner. Ermine finissait d'écrire son article de la semaine.

— Tu en veux un ? dit-elle à Barry en sortant un bagel. La pub sur la boîte déclare qu'ils sont kaballi-cieux !

— Je ne peux rien avaler de solide, dit Barry. Un jus de fruit, et je retourne au lit.

Il se dirigea vers le buffet et dut faire la queue derrière un groupe de Sertête de troisième année.

— Oh mon dieu, directeur Trotter !! dit une des filles. (Se faire appeler « directeur » titillait encore Barry comme une délicieuse obscénité). Je voulais vous dire, j'ai vu tous vos films, je veux dire, grave, et c'était vraiment, genre, le trip du siècle. Avant d'entrer à Coudbar, je n'avais jamais rien vu de mieux…

— Merci, dit Barry. Bien entendu, ce n'étaient pas vraiment *mes* films. En vérité…

— Genre, quand vous avez sauvé le type, là ! reprit la fille. Trop bien !

— Ouais, c'était génial, confirma une deuxième étudiante.

— Vous avez vraiment les pieds poilus ? reprit la première.

Barry fronça les sourcils.

— Non… Enfin oui, un peu, mais…

— Oh mon Dieu ! C'est l'anneau unique ? demanda la deuxième fille, désignant l'annuaire de Barry.

— Non, c'est mon alliance, soupira celui-ci. Écoutez, je crois que vous me confondez avec…

— Et après, vous avez tué le Gobelin Vert ! s'écria la première.

Maintenant Barry ne savait plus qui il était censé être. Spiderman ?

— Mais je…

— Bien sûr, reprit l'élève, vous n'avez pas fait exprès de le tuer, c'était un accident, mais faut dire, c'était quand même supercool… En tout cas, on est grave contentes que ce soit vous le directeur, et pas un vieux taré tout sec.

— Ouais ! On en a marre des troisième âge pervers !

— Ouais ! Ma mère m'a raconté que Céldèlbore lui pelotait les seins !

— Je ne suis guère étonné ! commenta Barry.

— Au revoir ! dirent les filles avant de s'éloigner.

— Laissez-moi faire une rapide incantation d'anti-stupidité, dit le professeur Grommellegrommelle, qui se baladait par là.

— Je vous en prie, ne vous retenez pas, si vous pensez que ça aura de l'effet, soupira Barry, qui tourna les talons et partit vers ses appartements et son lit douillet.

Dans la Grande Salle, quelques phrases résonnèrent, suivies d'un éclair bleu-vert. Quelques instants plus tard, là où se trouvaient auparavant les deux étudiantes, ne restaient plus que deux petits tas de cendre, un taille-crayon rose pailleté et un morceau calciné de cartable « Hello Kitty ».

Ce fut un terrible sentiment de gratouillement qui réveilla Barry le lendemain matin. Il avait été ramené à la conscience par l'impression étrange que des centaines de petits poils étaient éparpillés sur son oreiller. Il s'assit, et constata qu'il y en avait d'autres, plus longs, tombés de son entrejambe, sortant par la braguette à boutons du pyjama qu'il avait reçu pour son anniversaire. Le pyjama était ridicule, mais vu les courants d'air qui sifflaient dans les couloirs de Coudbar, ce n'était pas le moment de suivre la mode.

Barry s'assit. Il regarda les poils, parsemés partout sur son lit. Il passa la main sur son crâne, paniqué… Mais non, ses cheveux étaient tous là, on aurait même dit qu'il y en avait plus. Barry composait une ode en l'honneur du produit antichute capillaire qu'il avait fait tomber dans son bain quand il toucha par hasard son menton.

Il était glabre.

Bizarre, pensa Barry. Il se sentait toujours aussi nauséeux – mais quel virus vous rase de près ?

Ermine, réveillée par Barry qui l'avait accusée de se raser dans son lit, n'hésita pas une seconde.

— Je t'emmène voir l'infirmière Pommefritte.

— Mais Erm… Cette femme est un vrai boucher ! Un vétérinaire qui se prend pour un chirurgien !

— Je ne veux rien entendre, dit Ermine. Et ne dramatise pas tout.

Elle enfila ses vêtements, puis se passa de l'eau sur les cheveux pour les aplatir. Ermine avait des cheveux pour deux, voire même trois, pensa Barry, agacé.

— Je t'assure, Ermine, protesta-t-il. Elle a tué des patients !

— Ne t'inquiète pas. Je la surveillerai. J'empêcherai la grande méchante infirmière de te poignarder à coups de seringue, gentil petit Barry.

— Elle greffe des cerveaux de chiens aux gens !

— Lon serait un légume si Pommefritte n'était pas intervenue, dit Ermine. Un végétal !

— Super. Et maintenant, c'est un animal.

— Ce qui est toujours mieux qu'un minéral, dit Ermine.

Barry comprit, à l'expression de sa femme, qu'il était inutile de discuter... aussi se laissa-t-il conduire à l'infirmerie. Comme d'habitude, Coudbar était ravagé par une épidémie de mononucléose. L'infirmière Pommefritte avait dépensé beaucoup de temps et d'argent à lancer une campagne d'information destinée à convaincre les étudiants d'arrêter d'embrasser les poignées de porte, les sièges des toilettes et d'autres lieux peu appétissants. Mais ses efforts – même les centaines de tracts, jetés quotidiennement dans la cour par des hiboux déterminés – n'avaient servi à rien. Ou presque : si la campagne de propagande avait été inefficace contre la maladie, les images étaient si abominables qu'elles avaient presque convaincu Barry d'éviter tout contact physique. Quand à l'hypocondrie de Nigel, elle atteignait maintenant des sommets. D'ailleurs, lui et l'infirmière Pommefritte se tutoyaient déjà.

Dans la lumière croissante du matin, Barry et Ermine se dirigèrent vers l'aile médicale. Qui était, bien sûr, en forme d'aile. De l'extérieur, l'architecture paraissait bizarre, mais à l'intérieur, on ne remarquait pas grand-chose, à part que le bâtiment avait une certaine tendance à flotter dans la brise.

Pommefritte avait commencé sa carrière à l'Association Punitive pour les Mauvais Éléments de Piliédbar. Pour elle, le traitement médical faisait partie de la punition qui devait châtier l'erreur de jugement ou la faute morale dont la blessure avait résulté. En plus de sa collection d'instruments métalliques et pointus, dont la simple possession était sûrement une violation des droits de l'homme, Pommefritte possédait aussi des dizaines de photos où on la découvrait en compagnie des stars du monde magique qui étaient passées entre ses mains.

Et qui, remarqua Barry, en avaient toutes payé le prix.

— Je ne savais pas que les oreilles de Cornelius Grunge avaient été remplacées par des ailes de chauve-souris, fit-il remarquer.

— Eh oui, dit Ermine. C'est pour ça qu'il s'est fait pousser les cheveux. Le look grunge… enfin, tu vois.

— Je croyais qu'il voulait seulement être à la mode. Il vole ?

— Il peut léviter de deux à trois centimètres, à peine… Ce sont des ailes ornementales. Sinon, le ministère l'obligerait à passer sa licence de pilotage.

Puis Ermine aperçut une photo du parrain de Barry, Siroz, dont quatre des doigts avaient été remplacés par des éléments de couteau suisse… Il y avait un tire-bouchon, une lime à ongles, un mètre rétractable à mesurer les poissons… Sur ce coup-là, Pommefritte n'y était pas allée de mainmorte.

— Tu as eu des nouvelles récentes de Siroz ? demanda Ermine. Qu'est-il arrivé à sa main ?

— Des amis de Lord Valdemarne ont voulu récupérer leur argent, dit Barry. Pour autant que je sache, il essaye toujours de vendre des robots Maginex aux Glandus…

Les robots Maginex étaient des robots de cuisine enchantés. Ils étaient efficaces, mais avaient une fâcheuse tendance à devenir fous et à massacrer leurs propriétaires… la fréquence des accidents était telle qu'il devenait de plus en plus difficile à Siroz de faire taire les témoins. Du coup il avait offert une garantie à vie avec le produit… sans préciser qu'il ne s'agissait pas de la vie du robot, mais de celle des propriétaires. Le concept d'homicide par négligence n'existait pas dans le monde de la sorcellerie. Heureusement pour l'infirmière Pommefritte, d'ailleurs.

— Bonjour tout le monde ! dit joyeusement Pommefritte en entrant dans le cabinet médical. (Barry cacha dans sa poche le feuillet d'information sur la blennocadabra qu'il était en train de lire. Apparemment, tant que votre elfe de pantalon était visible, inutile de s'inquiéter.) Allongez-vous sur la table, monsieur le directeur. Barry obéit. Alors ? Déjà épuisé par le job ? Ouvrez la bouche… (L'infirmière inspecta la gorge de Barry, avant de demander :) Vous êtes enceinte ?

Barry la regarda, abasourdi.

— Non. Je ne peux pas être enceinte, je suis un…

— Vous êtes un sorcier, voilà ce que vous êtes, et les corps des sorciers sont aussi chaotiques que leurs têtes, dit l'infirmière. (Elle reprit, d'un ton professionnel :) Des envies spéciales ? Vos tétons ont-ils noirci ?

— Heu, je n'ai pas vraiment regardé. (Barry jeta un coup d'œil à Ermine.) Chérie ?

— Ne me pose pas la question, dit sa femme en souriant. J'ai assez à faire sans devoir surveiller l'état de tes tétons. Bon, je vais lire un magazine dans la salle d'attente…

— Mais tu avais dit que tu…

Barry n'eut pas le temps de protester qu'Ermine était déjà partie

Pommefritte continua son inspection.

— Des nausées matinales ?

— Quoi ?

— Vous vomissez quand vous vous levez ?

— Ça m'est arrivé hier, dit Barry.

— A-ha !

— Mais en ce moment, ça ne m'arrive pas seulement le matin…

— Monsieur le directeur, c'est moi qui conduis cet entretien. (On frappa à la porte.) Oui ?

Une jeune et jolie infirmière aux cheveux bouclés passa la tête à l'intérieur.

— Bonjour, monsieur le directeur. Infirmière Pommefritte, Cyril Grosderrière dit qu'il a perdu un testicule.

— Cyril ? Mais il doit avoir au moins quarante ans aujourd'hui, s'écria Barry.

— C'est son neveu, expliqua l'infirmière, et Barry dissimula son soulagement.

Il n'aurait pas voulu qu'on lui retire une victime.

— J'en ai pour un instant, dit Pommefritte à l'infirmière. Attendez-moi dehors.

Pour éviter le diagnostic de « femme enceinte », Barry expliqua avec vigueur ses symptômes… et cette fois, il ne laissa pas l'infirmière l'interrompre.

— … et ce matin, conclut-il, quand je me suis réveillé, je n'avais plus de pilosité faciale. Plus rien.

Pommefritte prit un scalpel rouillé dans sa main et commença à jouer avec. Heureusement pour Barry, ce n'était qu'un tic.

— Hum. On dirait que vous êtes atteint d'une forme étonnante de *jeunastasia.* (Barry fronça les sourcils.) Vous rajeunissez, expliqua-t-elle. Vous vous lavez les mains régulièrement ? Vous mâchez vos bouchées une fois par dent avant de les avaler ? Mangez-vous de la nourriture qui crie ?

— Comme d'habitude, certainement pas, et non, répondit Barry.

— Vous êtes-vous moqués d'un ou de plusieurs puissants sorciers ?

— Ça fait vingt ans que je fais que ça, dit Barry. Quel rapport ?

— Votre état pourrait être le résultat d'un enchantement, d'une malédiction… ou l'effet d'une potion, et dans tous ces cas, je ne suis plus compétente. C'est à Gogue de s'en occuper. Si les choses ne s'améliorent pas dans les jours qui suivent, je vous conseille d'aller le voir au plus vite.

— Pourquoi ? demanda Barry. La *jeunastasia* ne me paraît pas si grave. Moi, que mes cheveux repoussent, ça me va…

Pommefritte secoua la tête.

— Si vous n'arrêtez pas la progression de cette maladie, ou de ce dérèglement hormonal, ou de… ce truc que vous venez d'attraper, quelle qu'en soit la nature, vous allez continuer à rajeunir jusqu'à l'âge zéro…

— Hou, ça n'a pas l'air bon, dit Barry. Et après ? Qu'est-ce qui se passe après « l'âge zéro » ?

— Après, on s'éteint comme une bougie, dit Pommefritte. Je n'ai jamais été témoin de la scène, mais il paraît que c'est très douloureux.

Se dirigeant vers une armoire, Pommefritte en tira quelques flacons : l'un contenait des pilules, les autres des liquides visqueux dont l'aspect retourna par anticipation l'estomac de Barry. Il se souvenait parfaitement de cette armoire. Des années auparavant, les Muesly et lui s'étaient fait un gentil petit revenu en volant et revendant des substances empruntées à cette armoire. Bénéfice supplémentaire de leur trafic : Céldèlbore avait été soupçonné d'être un junkie, ce qui était tout bénéfice. Mais quand le ministère avait commencé à arrêter les centaures dans la Forêt Inédite, Barry et ses potes avaient dû se calmer sec.

— Voici du *senilatus*, dit Pommefritte en tendant un flacon. Deux gouttes dans votre thé, deux fois par jour. Et de la *puermort*... Divisez le dosage par deux si le médicament affecte votre popularité auprès des élèves. Essayez déjà ça pendant quelques semaines. Si les choses ne s'améliorent pas, je vous ferai une ordonnance pour un inhalateur.

— Qu'est-ce que j'aurais à inhaler ? demanda Barry.

— Des vieux pets. C'est le remède le plus efficace que je connaisse.

— Et ça, c'est quoi ? demanda Barry en sortant une pilule du troisième flacon.

Un cercle barré d'un trait y était inscrit.

— Au cas où vous seriez enceinte, expliqua l'infirmière.

— JE NE SUIS PAS ENCEINTE !! cria Barry.

— Cher directeur, tout le monde est toujours un peu enceinte. (Il était inutile d'argumenter.) Bonne journée...

Ermine rentra dans la pièce pendant que Pommefritte en sortait.

— Alors ?

— Je rajeunis, annonça Barry.

— Excellent !! Tu appelles la baby-sitter, je sors l'huile de massage au ginseng !

Et elle fit une petite danse du ventre pour illustrer son propos.

— Il n'y a pas de quoi se réjouir, soupira Barry.

— Pourquoi ?

— Parce que si le processus ne s'arrête pas, je vais atteindre l'âge zéro et disparaître.

— Oh non, dit Ermine. Il paraît que c'est très douloureux.

Barry se rhabilla.

— Je le savais, dit-il sombrement.

— Tu savais quoi ?

— C'est Gogue le responsable. Il a toujours rêvé d'être directeur. D'abord il a assassiné Rato, et maintenant il m'a lancé une malédiction…

— Tu accuses toujours Gogue, soupira Ermine, mais cette fois je me demande si tu n'as pas raison. Ça me fait penser à ce truc qu'ils me répètent toujours à l'institut de Zoologie… et j'imagine qu'ils n'ont pas tort…

— Que disent-ils ?

— « Les carrières académiques mènent au crime… »

Les jours suivant, la condition de Barry s'améliora… un peu. Il continuait à rajeunir, mais plus lentement. Une semaine plus tard, il devint clair que les remèdes de Pommefritte n'allaient pas le sauver.

— Il faut aller voir Gogue, dit sa femme. Si on lui demande gentiment, peut-être qu'il…

— Hors de question, Ermine ! s'écria Barry. Autant signer mon arrêt de mort. Autant aller tout de suite jouer au tarot avec Rato et ses potes spectraux…

— Tu l'as traité de quoi hier soir ? « D'invisicrétin » ?

— « Monsieur Bite de Fumée », dit Barry.

Ermine soupira. La guerre éternelle entre Barry et Rato devenait fatigante.

— Alors ? Qu'est-ce qu'on fait ?

— Tu devrais chercher une manière de contrer la malédiction, dit Barry. Tu adorais fouiller dans les vieux manuels de sorts, avant…

Ermine hocha la tête.

— Je veux bien, mais si je ne trouve rien ?

— Alors nous irons voir Gogue. Mais seulement en dernier recours.

— Barry, tu es sûr ? Pourquoi ne pas demander de l'aide à Terry Valdemarne ? Il pourrait nous prêter son médecin personnel…

— Oh mon Dieu, souffla Barry. Je n'y avais pas pensé. Qui nous dit que Valdemarne n'est pas derrière tout ça…

Ermine secoua la tête.

— Je ne pense pas que…

— Mais si, interrompit son époux. Même si mon prochain pire-seller lui rapporte gros, je suis quand même plus rentable mort que vivant… Pense aux rétrospectives télévisées, aux conneries commémoratives… Hé, si j'étais lui, je me ferais assassiner tout de suite ! dit-il avec un rire sarcastique.

— Barry, vraiment, ça m'étonnerait.

Mais son mari ne lâcha pas le morceau. Même s'il argumentait en faveur de son meurtre imminent (et extrêmement douloureux), il voulait avoir raison contre sa femme.

— Pour Terry, il n'y a que l'argent qui compte. Tu sais qu'à chaque fois qu'il met le pied chez nous, il me pique quelque chose de personnel et va le revendre sur eBêêêê ? Je m'en suis aperçu quand j'y ai trouvé les stylos de ma collection « strip-tease »…

— Des stylos strip-tease ?

— On sort la mine et les vêtements de la sorcière disparaissent, expliqua Barry. Et la momie perd ses bandeaux.

— Ça t'apprendra à aller vérifier ta cote sur eBêêêê, Barry. La vanité est un vilain défaut.

— Attends un peu, et tu seras débarrassée de moi, et de mes défauts, soupira Barry. (Il voulait se faire plaindre, mais en vérité, il se sentait en pleine forme.) Tu pourras revendre mes affaires pour payer les études de Nigel et de, heu, c'est quoi son nom déjà ?

— Fiona !! cria Ermine. Ta fille s'appelle Fiona ! Ce n'est pas parce qu'elle est chez mes parents que tu dois la rayer de la famille !! Vraiment, parfois, j'aimerais savoir où tu as rangé l'instinct paternel…

— Désolé, Ermine, dit Barry. Je te jure, son nom m'était sorti de la tête. Je me demande si mon cerveau n'est pas en train de rajeunir aussi…

Pleine d'énergie depuis qu'elle avait crié sur son mari, Ermine décida de lui asséner son plan.

— Voilà ce que nous allons faire, dit-elle d'un ton qui n'admettait aucune discussion. D'abord, nous allons demander à tous les professeurs de l'école s'ils savent comment te soigner…

— À tous ? Même à Gogue ?

— Surtout à Gogue, dit Ermine. Mais puisque tu es un vrai trouillard, on lui demandera en dernier. Ensuite, si personne n'a de solution, j'irai faire des recherches à la bibliothèque.

— Oh, la bibliothèque, gloussa Barry. Tu vas t'amuser.

Ermine l'ignora.

— Et puis, il faut que tu écrives ce que tu sais quelque part, Barry, dit Ermine. Pour que tu puisses le réapprendre quand tu auras oublié. Demande de l'aide à Lon. Une fois ton problème résolu, on trouvera le connard qui t'a fait ça et ce n'est pas un grimoire qui le fera grimacer… ça sera moi, et de douleur ! Compris ?

On ne contredisait pas Ermine quand elle était de cette humeur… et puis, Barry n'avait rien d'autre à proposer.

— Très bien, chérie, dit-il. (Mais ce n'était pas parce que sa vie était en jeu qu'il n'allait pas suivre la loi du moindre effort.) J'ai besoin de conserver mon énergie, mon amour, dit-il en toussant d'un air agonisant. Le mieux serait que j'engage quelques secrétaires… trois ou quatre, pour m'aider dans la rédaction de mes mémoires… Le mieux serait qu'elles soient jeunes, pleines d'énergie…

Ermine lui jeta un regard noir.

— *Tu* deviens plus jeune, Barry. Je ne deviens pas idiote.

— Très bien, très bien, grogna son mari, oublie les secrétaires. J'écrirais moi-même mes mémoires. (Le spectre du travail se dressa devant lui, et Barry frémit.) Enfin, je les dicterai. À Lon. Il m'aidera à rassembler mes souvenirs…

Ainsi fut décidé le plan A, et une série de chouettes partirent porter des messages personnels et confidentiels aux directeurs de tous les départements. Quelqu'un connaîtrait bien un traitement… Sinon, il restait le plan B : Ermine se lançant dans l'enquête, donnant le meilleur d'elle-même, et compliquant avec brio toute la situation.

— Allez, Bar, fais pas la tête, dit Ermine. Au pire, tu pourras toujours torturer Ponce.

— Quelle excellente idée !!

Et tout content, Barry envoya un hibou aux jumeaux Muesly pour leur demander conseil.

CHAPITRE X
Le fouinage commence...

Barry et Ermine passèrent les jours suivant à interroger l'équipe pédagogique. Ou plutôt, ils passèrent leur temps à essayer… Car bizarrement, il arrivait toujours un truc les empêchant de rencontrer leurs interlocuteurs. D'abord, le professeur Pourave fut envoyé en prison quand un dénonciateur anonyme parla aux policiers des quantités hallucinantes de marijuana cultivées dans les serres de Coudbar.

— J'en fais fumer à mes plantes carnivores pour leur donner de l'appétit, avait protesté le professeur d'Herbologie, toujours aussi à l'ouest. Et le framboisier a un glaucome !

Puis, alors qu'il écrivait sa réponse à Barry et à Ermine, le professeur Burnnes fut informé que pour continuer à enseigner, il lui fallait devenir membre du Syndicat des Professeurs Morts… Comme il devait aussi payer vingt années de cotisation en retard, Burnnes laissa tomber tout ce qu'il faisait et partit dans le privé chercher un travail plus rémunéré.

Le même jour, le professeur Interruptus, le robot,

tomba amoureux du grille-pain de l'école. Les nouveaux amants s'enfuirent au Maroc, où, expliqua Interruptus dans son message d'adieu, « nous pourrons vivre notre amour dans la dignité ». Même le rendez-vous de Barry avec l'infirmière Pommefritte se trouva annulé, alors que l'infirmière combattait une épidémie soudaine et inexplicable de Swahili Rampante.

Barry et Ermine réussirent à obtenir un entretien avec Mme Bipine, mais la pauvre femme avait pris tant de coups sur la tête au cours de sa carrière qu'elle ne réussit à parler que « du bruit étrange qui résonnait dans sa tête ».

— Vous l'entendez ? demanda-t-elle pour la millième fois.

— Non, répondirent Barry et Ermine en cœur.

Revenue dans leur bureau, Ermine se tourna vers Barry.

— Nous n'avons plus le choix. Il faut demander l'aide de Gogue.

— Non, Ermine ! C'est lui le responsable de mon état !

— Barry, tu adores accuser Gogue, même si à la fin c'est toujours Valdemarne le méchant, soupira Ermine. C'est ton truc, et je ne t'en veux pas. Mais imagine le temps que tu aurais gagné dans toutes tes histoires si tu avais commencé par demander l'aide de Gogue ? Et aujourd'hui, eh bien, le temps est un luxe…

— Je veux pas, dit Barry, tapant du pied par terre.

— Voilà qui n'est pas du tout puéril, dit Ermine. Je vais parler à Gogue, et ce n'est pas toi qui vas m'arrêter.

Elle écrivit un petit mot, colla un Post-it marqué « Urgent » sur la tête de la chouette, et attendit la réponse.

Qui ne vint jamais. Mitée la chouette volait encore à travers l'école que le redouté professeur des Notions, des menottes à auras à la main, était emmené par des policiers glandus dans leur commissariat sombre et humide (et aux murs tapissés de tissus écossais). Les jours suivants, l'histoire fit la une de *La Gazette du Sorcier.* Gogue, semblait-il, s'était fait piéger par des adolescentes mineures se faisant passer pour des policiers chevronnés en civil. Sa boule de cristal, dissimulée sous un tas de travaux de couture suspects, fut confisquée, et on y trouva des milliers d'images de policiers trop gras, poilus et entre deux âges dans des positions compromettantes.

Ce qui, pour Ermine, constitua la preuve de son innocence. Clairement, Gogue avait été trop occupé pour avoir eu le temps d'empoisonner Barry.

— Maintenant que nous sommes débarrassés de ce prédateur du cyber-cristal, annonça la première édition de *Franche-Poire*, les policiers de notre pays peuvent enfin dormir tranquilles. Soyons reconnaissants à nos énergiques petites Lolitas !!

— Écœurant, dit Barry, le journal à la main. (Quand il regarda la photo, Gogue se cacha le visage derrière ses mains menottées.) Je l'ai toujours répété : comment peut-on faire confiance à un homme qui fait du macramé ?

— Et maintenant ? soupira Ermine. Je vote pour que nous allions voir Terry.

Ils appelèrent Valdemarne, mais même lui avait une raison de ne pas les aider.

— Impossible de vous donner un coup de main, expliqua-t-il à Barry et Ermine. La plupart des gens l'ignorent, mais je n'ai jamais eu mon diplôme de latin. Je n'ai jamais rien compris à ce foutu langage…

— Ouah, ne pas savoir le latin, c'est un sacré handicap pour un sorcier, dit Barry. Tu t'es sacrément bien débrouillé, quand on y pense !

— Merci, dit Valdemarne. Alors ? Ton bouquin avance ?

— Heu, oui, d'enfer, mentit Barry.

Il raccrocha au plus vite et annonça les mauvaises nouvelles à sa femme.

— Il ne nous reste qu'une seule chance, annonça Ermine. Ce professeur étranger, Grommellegrommelle…

Barry haussa les épaules et répondit d'un ton exaspéré.

— Parce qu'il y connaît quelque chose, peut-être. Il ne sait même pas préparer la Dragonnade… T'en as d'autres, des idées comme ça ?

— Eh, moi je fais ça pour toi, protesta Ermine. À ta place, je serai plus aimable.

— Oh, vraiment ? À ma place ? Et puis, c'est fou comme tu m'aides, grogna-t-il. Les résultats sont impressionnants ! Toi qui te crois toujours si maligne… Peut-être que je n'ai pas besoin de ton aide ! Peut-être que je peux me débrouiller seul.

Malgré sa colère, Ermine se retint de crier. Peut-être Barry avait-il rétrogradé à l'adolescence.

— Très bien, dit-elle avec patience. Laissant tomber pour aujourd'hui. Va boire un verre, ou te percer un bouton…

— Très bien, répéta Barry, boudeur.

— Demain, nous allons à la bibliothèque à l'aube, dit Ermine.

Barry s'éloigna, cherchant quelqu'un d'autre sur lequel crier.

Le lendemain, quand il entra dans la bibliothèque, il était déjà midi.

— Où étais-tu passée ? dit-il. Tu n'étais pas au bureau quand je suis venu te chercher…

— Je suis ici depuis huit heures et demie du matin, dit Ermine d'un ton glacial. Je croyais que nous devions commencer tôt ?

— J'ai fait la grasse mat', annonça Barry. (Il agita un parchemin qu'il avait à la main… la liste des élèves suicidés à l'annonce de sa nomination.) Dans le classement scolaire, Nigel vient de monter de vingt-trois places ! dit-il en comptant les morts.

Et c'était sans compter les futures victimes du plan « Quichecuite Extrême », plan qu'Ermine ignorait toujours, bien sûr. Qui sait, un jour, Nigel serait peut-être premier de sa promo. Barry était ravi. Comme la plupart des parents ayant moyennement réussi leurs études, il voulait que son fils, lui, fasse des étincelles. Et Ermine, dont les résultats avaient toujours frisé le génie, n'en attendait pas moins du premier de sa portée.

Moralité : dommage, les enfants. Vous ne pouvez pas gagner.

— Attention quand même à ne pas perdre tous nos étudiants, dit Ermine. Un groupe d'élèves glandus vient encore de disparaître…

Les escaliers changeants, les pièges à ours astucieusement cachés dans les marches, les parquets à fragmentation, bref tout ce qui faisait de Coudbar un endroit si fascinant dans les romans rendaient l'école mortelle pour les Glandus. Un faux pas, et on se retrouvait à choisir entre se laisser mourir de faim ou ronger sa jambe avec les dents.

Barry se leva. Sa chaise grinça sur le parquet et une élève de quatrième année lui jeta un regard noir. Il tira la langue.

— Beleb beleb, fit-il, rien que pour lui montrer qui était le chef.

— Chut, Barry ! souffla Ermine. Nous sommes dans une bibliothèque !

— Je vais chercher Lon, dit Barry, embrassant Ermine sur le front et en profitant pour lui peloter un peu les seins. J'ai convaincu Grobid de me le prêter un moment, en lui donnant de quoi réparer son alambic.

— Tout ça va rendre Grobid aveugle, dit Ermine.

— Trop tard, dit Barry. Tu as vu la directrice de Groscartons ?

Barry avait beau être habitué, aller voir Grobid chez lui était toujours un choc. La « cabane » du géant n'était pas une cabane, enfin pas à l'origine... la maison originale s'était écroulée et le toit n'était retenu que par les piles de tout et n'importe quoi entassées à l'intérieur. Imaginez un studio de célibataire (mâle). Ok, vous voyez le tableau ? Maintenant, imaginez que ce célibataire mesure deux mètres cinquante et pèse deux cent trente kilos. Très bien. Maintenant, prenez en compte le fait qu'il n'y avait pas de toilettes. Beaucoup de jeunes élèves de Coudbar avaient vu leur premier pénis en tombant sur Grobid à l'heure de son soulagement matinal[39].

Barry frappa. Pas de réponse. Il essaya de regarder par la fenêtre, mais il faisait soleil dehors et trop sombre dans la maison pour y voir quelque chose. Ouvrant la porte, il passa la tête à l'intérieur. Une puanteur tellement ancienne qu'elle avait atteint la consistance du fromage frappa ses sens. Les narines épouvantées de Barry reconnurent les arômes de la nourriture avariée, de la bière rance et de la chair de géant mal lavée. Grobid, tout habillé, ronflait au milieu d'une pile de canettes vides. Des

39. Voilà pourquoi beaucoup d'élèves filles de Coudbar étaient des LPEF, des « Lesbiennes de Pré-Examen Final ». Leur terreur à l'idée d'avoir affaire à un « membre » masculin s'évanouissait quand elles sortaient de Coudbar et qu'elles découvraient que la plupart des magiciens n'étaient (heureusement !) pas si bien dotés par la nature que Grobid.

enseignes de bière au néon donnaient à la pièce un aspect fantomatique et des posters représentant des géantes nues flottaient dans les courants d'air. L'écran de la télé de Grobid brillait d'une lueur bleutée et stupide. Sa télé et sa capacité à roter l'alphabet étaient les deux atouts séduction du géant… en effet, la télévision était interdite à Coudbar. Puis Barry aperçut Lon, endormi dans l'ancien lit de Crockosel… Lon qui, roulé sur lui-même et parcouru de spasmes, laissait parfois échapper un aboiement étouffé.

— Hé, Lon ! murmura Barry. (L'homme-chien remua.) Lon !

Barry siffla légèrement et Lon bondit, sautant sur ses pattes et laissant échapper un grognement court, suivi par trois secondes d'aboiements furieux pour alerter son nouveau maître de l'arrivée d'un intrus.

Grobid ne bougea pas.

— Lon, tais-toi… c'est moi, dit Barry. Va vérifier si Grobid est vivant…

Lon se leva et traversa la pièce, se frayant un chemin à travers les canettes. Il lécha le nez de Grobid, et sentit son souffle sur sa langue.

— Il va bien, confirma-t-il.

— Alors viens, dit Barry. J'ai un service à te demander.

— J'arrive, Barry, dit Lon avec gentillesse. (Lon était un bon ami, et un bon chien. Il se dirigea vers la porte… puis s'immobilisa.) Attends… (Lon s'approcha d'un tableau noir que Grobid avait accroché derrière la porte.) Barry y lut les messages quotidiens et navrants laissés par les deux amis.

Pati' cheter de la bière. H.
Pus de viande dans assiette. Veut viande ! L.
Pa'ti aux 'ourses. H.

Laid' est venu tvoir. L.
Ma cop'ne s'appelle HELAINE, bit' de chat !!!! H.

Barry remarqua que Grobid avait quand même pris soin de laisser les apostrophes. Sous la dernière ligne, Lon écrivit, avec une lenteur éprouvante : *Pati avc Barey. Revn plu trd. L.*

— Ok, je peux y aller, maintenant, déclara-t-il.

— Alors ? Comment se passe la cohabitation avec Grobid ? demanda Barry. Tu sais, tu es le bienvenu près de nous, dans l'aile des invités. Ermine serait ravie que tu sois là.

— Merci beaucoup, Barry, mais je n'ai besoin de rien, dit Lon. J'aime bien Grobid. Nous sommes tout le temps dehors, et il me laisse mâcher ses trucs…

— Je parie qu'il ne te voit même pas, dit Barry.

— Le seul problème, c'est quand lui et ses amies font des bruits. Ça me fait mal aux oreilles.

— Grobid fait encore la danse du taureau amoureux ? dit Barry en riant. Je croyais que le procès en paternité l'avait un peu calmé[40]…

— Il fait des efforts pour arrêter, expliqua Lon. En fait, il se force à aller aux courses à la place… il dit qu'à

40. Grobid n'était pas le seul VIP de Coudbar à crouler sous les procès. Barry avait arrêté de conduire au troisième Glandu qui avait prétexté souffrir d'un traumatisme crânien après un accrochage mineur (reconnaissant Barry, les conducteurs voulaient profiter de l'aubaine). Malheureusement, Grobid ne savait pas réfréner ses instincts procréateurs, et en présence d'alcool, sa capacité de discernement dans le choix de ses partenaires disparaissait. Et comme il y avait toujours de l'alcool, Grobid semait des enfants partout. Le problème, c'est que quand une femme de cinquante kilos donne naissance à un enfant de vingt-cinq, l'identité du papa ne reste pas longtemps secrète.

moyen terme, ça lui coûtera moins cher. J'aime bien les courses. J'ai le droit de jouer dans l'eau.

À Piliédbar se trouvait une grande piscine ovale appelée le Cercle des Hippocampes. Faire s'affronter des hippocampes à la course était un jeu dangereux ; les jockeys se noyaient tout le temps, et il y avait beaucoup de triche. Or Grobid adorait le jeu sous toutes ses formes, bien qu'il perde toujours. « J'ai un systum », expliquait-il, mais le point commun de tous ses « systums » semblait être de n'avoir plus d'argent à la fin.

— Très bien, s'écriait-il avec une lueur de folie dans le regard, quand il était acculé... Avec mon systum j'vous ai amné là où j'voulûme !!

Grobid posait alors son dernier gallion sur la table, avec une confiance inébranlable... sûr, certain que *cette fois* ce serait différent, que sa chance allait tourner, et absolument déterminé à ne tirer aucune leçon de ses expériences précédentes. Et bien sûr, il perdait. Mais Barry devait admettre que l'échec n'enlevait pas à Grobid sa bonne humeur... même s'il devait donner à chaque fois au géant de quoi rentrer chez lui.

Grobid emmenait Barry et parfois Ferd aux courses. Puis Ferd avait arrêté d'y aller après son inscription chez Game Watcher. À la fin, les joueurs se retrouvaient tous au même restaurant, *Le Café du Bulgare Sans Slip*, qui appartenait à un certain Victor Crumb. Là-bas, les clients étaient des durs, et les steaks aussi. Barry n'aurait jamais mis les pieds dans les lieux sans la protection de Grobid, mais il aimait bavarder avec Bob[41], le frère de Victor, qui était

41. NdT : Aimable lecteur, si vous ne connaissez pas Robert Crumb, le dessinateur américain, eh bien vous n'avez aucune excuse. Allez sur Google et cultivez-vous un peu, ça vous aérera le cerveau.

dessinateur humoristique. Barry avait longtemps gardé une des œuvres de Bob, un dessin où Barry disparaissait dans le trou du cul d'une femme à l'arrière-train démesuré. (Barry était persuadé que le dessin vaudrait un jour très cher, mais Ermine l'avait jeté « par erreur » après leur mariage.)

Oui, Barry avait d'excellents souvenirs des courses... même si c'était toujours lui qui payait le dîner.

Il fronça les sourcils.

— Vraiment ? Je pensais que Grobid avait été banni du terrain pour avoir triché...

Hélas pour le géant, la plupart des techniques habituelles pour influer sur le résultat des courses ne fonctionnaient pas sur les hippocampes. Étant des animaux aquatiques, ceux-ci pouvaient fermer leurs narines si on essayait de les bloquer avec une éponge, et il était impossible de saupoudrer du piment de Cayenne sur leurs parties intimes. (Les hippocampes n'avaient pas de parties intimes externes, et même s'ils en avaient eu, l'eau aurait lavé le piment. Une fois, Grobid avait essayé de peindre un de ses favoris pour le faire passer pour un autre hippocampe, plus lent... malheureusement, ce jour-là il pleuvait.)

— C'est vrai... Mais il se baisse un peu pour se faire passer pour toi, expliqua Lon.

Merveilleux, pensa Barry. Je suis maintenant responsable des dettes de jeu de Grobid. Il eut la vision soudaine d'un futur où il était poursuivi par des sorciers habillés de noir, aux cheveux gominés, portant leurs baguettes dans des étuis à violons.

Barry et Lon ouvrirent les grandes portes en chêne de Coudbar (sur lesquelles était accroché un panneau marqué « Interdit aux colporteurs »), puis ils entrèrent dans l'école.

— Je disais donc… reprit Barry, que j'ai besoin que tu me rendes un service, Lon. J'essaye d'écrire mes mémoires… tu sais, le véritable récit de mes aventures. Comme tu y as beaucoup participé, j'aimerais que tu me dises de quoi tu te souviens…

— D'accord, dit Lon. On peut manger d'abord ?

CHAPITRE XI

La vérité sur les aventures de Barry Trotter

Après être passés par les cuisines, où les elfes donnèrent à Lon une gamelle, les deux amis se dirigèrent vers la bibliothèque.

Barry avait d'excellents souvenirs de l'endroit, ce qui était paradoxal pour un étudiant aussi médiocre. D'abord, il y avait eu toutes les heures passées à découvrir la volumineuse section reproduction du rayon biologie. Ce n'était pas que Mme Ponce encourageait l'achat de ce type de livres – si elle avait pu, le rayon aurait été interdit aux élèves –, c'était que la diversité des créatures humanoïdes du monde magique obligeait à un énorme choix d'ouvrages, dont *La Joie du sexe* était le plus banal. Il y avait aussi *Les Joies du sexe chez les sirènes*, *Les Joies du sexe dans le monde elfique*, *Comment aimer un gobelin*, *Les Jardins secrets des gnomes*, et bien sûr les quatorze volumes de *Créatures copulantes*, le best-seller de Valerie Tricard Destin. Rien que de la saine distraction : comme Céldèlbore disait souvent, la masturbation est l'opium du peuple. Un jeune homme curieux pouvait passer des années dans le rayon, et beaucoup d'élèves le faisaient. (Résultat : les anciens étudiants de Coudbar avaient la réputation d'être un peu rapides dans certaines circonstances intimes.) Barry se souvenait d'avoir passé là de nombreuses heures de liberté, cherchant des illustrations croustillantes, qu'il ne comprenait pas toujours. Une bonne image pouvait nourrir ses fantasmes pendant des jours.

Lon et Barry trouvèrent un endroit tranquille et s'installèrent l'un en face de l'autre à une table. Barry conjura un carnet et un stylo pour Lon – à Sacramento, un élève de quatrième fut mis au coin pour avoir ENCORE oublié ses affaires – puis il fit apparaître un exemplaire de chacun des tomes des Barry Trotter. Au même moment, sept personnes, à différents endroits de la planète, furent accusées de vol à l'étalage.

— Alors ? Qu'est-ce qu'on fait ? demanda Lon.

— Je me remémore, et tu écris ce que je dis, dit Barry.

— Tu te *quoi* ? demanda Lon.

— Je rassemble mes souvenirs, expliqua Barry.

Si on considérait son état (canin), le vocabulaire de Lon aurait pu être bien pire.

— Allons-y, dit Barry en ouvrant *Barry Trotter et le pot de chambre des secrets.* Le pot de chambre appartenait à Céldèlbore, évidemment, expliqua-t-il. Il ne voulait pas utiliser les toilettes de l'école, parce qu'il avait des problèmes pour uriner.

— Je me souviens du pot de chambre ! dit Lon. Il te ressemblait !

Barry ne partageait pas son enthousiasme.

— Pas toujours, grogna-t-il. En fait, le pot de chambre prenait l'apparence de la tête de l'élève que Pludbus trouvait le plus à chier. Celui qui s'était conduit de la manière la plus stupide… comme quand tu t'es frotté contre cette chimère morte, tu te souviens ? Qu'est-ce qui t'a pris ce jour-là ?

— Elle sentait bon.

— Je te crois sur parole, dit Barry, qui commença à feuilleter le livre. Le début, c'est vraiment n'importe quoi... l'histoire du gâteau. En fait, je m'étais arrangé pour que le client d'oncle Vermine et sa femme dévorent leur propre enfant... Je ne t'ai jamais raconté ça ?

— Non, dit Lon.

— Continue à prendre des notes. Les gens du ministère m'ont obligé à tout arranger, les salauds. Mais les Glandus se sont longtemps demandé pourquoi leur fils était couvert de traces de morsures... Ah. L'histoire de Ptiobit, l'elfe de service... Oui, l'auteur a bien compris son masochisme. Ptiobit s'amusait à se coincer son p'tit bout dans le tiroir. Oh, c'était horrible à voir, ce petit bout de chair tout bleu...

Lon frissonna.

— Je ne peux pas écrire un truc pareil...

— Marque juste « P'tit bout » dans la marge. Je m'en souviendrai. Voyons, dit-il en continuant à feuilleter... Les Muesly me secourant en me sortant de chez les Durslaid... Ce n'est pas une voiture qu'ils avaient, mais du bon vieux C4. Jorge s'est laissé emporter par l'enthousiasme et toute la façade de la maison a explosé...

— Je m'en souviens ! s'écria Lon.

— Tu te souviens aussi que le ministère a accusé l'IRA ? Après, Sean O'Stéréotype m'a flanqué une raclée parce que je mettais en péril le processus de paix...

— Non.

— Moi, je m'en souviens. Sean était – il est toujours, d'ailleurs – un sacré ivrogne. Belle voix de ténor, par contre.

Barry continua à feuilleter. Son nez se plissa soudain.

— Hé, mais ça pue ! Lon, c'est toi ?

— Désolé, Barry. À la cuisine, ils m'ont donné de la pâtée pour chat. Ça me fait toujours ça.

— Si tu en sens un autre venir, fais-moi le plaisir de courir à la fenêtre et de viser l'extérieur…

— Compris, Barry.

La nourriture pour chat avait toujours un effet catastrophique sur le système digestif de Lon. Barry essayait de le convaincre de manger des repas « humains », mais Lon refusait. Au moins il ne tuait plus de lapins depuis qu'Ermine lui avait lu *Les Garennes de Waterchie Donne.*

— Très bien. Ah, l'allée des Embrumes… C'est moi qui en avais parlé à J.-G. Un endroit horrible… on ne peut pas tourner la tête sans voir un avortement. Je suis content qu'elle ait un peu adouci la description… Parfois la vérité est un peu trop… vraie. (Barry fit une pause.) Eh, c'est joli, ça. Tu notes tout, hein ?

— Oui, dit Lon.

— Parfait, continua Barry en tournant les pages. Tu sais, j'ai rencontré Gauledebois Lockarre, la star bisexuelle du porno… Il m'a donné un exemplaire de son livre, *De la pipe aux étoiles*… je ne l'ai jamais lu. (*Parfois, on n'a vraiment pas envie que les images bougent*, pensa Barry.) Tu te souviens de la journée que nous avons passée à Fleure-Bon-les-Bottes ? C'était la première fois que ton père se prenait la tête avec Ridicule…

— Je me souviens, Barry, dit Lon. Papa a toujours regretté de ne pas avoir eu son couteau.

— La librairie n'existe plus maintenant… c'est devenu une Niac. Ah, ce brave Gauledebois. Je me demande ce qu'il est devenu aujourd'hui. C'est le seul homme que je connaisse qui se faisait une raie aux poils du pubis…

— Je le trouve gentil, dit Lon.

— C'est pas étonnant. Il te laissait toujours lui renifler les fesses, pour se faire bien voir de ta mère… (Barry tourna encore des pages.) Le cours de Travaux Magiques Pratiques… Lockarre laisse échapper les Poussins de Versailles… Ah, voilà. La première fois que j'entends le basiluc…

Lon se recroquevilla sur sa chaise.

— Barry, il faut vraiment qu'on en parle… ? Il était terrifiant…

— Oui, enfin, surtout parce que son maquillage était raté. Ce n'était qu'un vieux travesti, finalement… Qui paralysait seulement par ses réflexions acides…

Un jour, le basiluc avait critiqué la tenue de Barry. Les jours suivants, celui-ci n'avait pas pu quitter sa chambre sans se demander s'il était bien habillé… puis il avait réalisé qu'un être portant des lunettes noires (à l'intérieur) sur des lentilles jaunes colorées ne pouvait pas vraiment jeter la première pierre.

— Quand des élèves chantant des airs de comédies musicales ont été retrouvés dans tous les coins de l'école, on a tout de suite accusé Gogue… après tout, c'est la tradition. Finalement, nous avons fini par découvrir ce qui se tramait grâce à une potion de Nectars Corporels.

— Une quoi ? demanda Lon.

— Tu ne t'en souviens pas ? Tu en as avalé une aussi, pourtant… C'est un cocktail des fluides corporels de quelqu'un… du crachat, de la morve, du sang, tout ce que tu peux imaginer de pire. Tu bois ça, et tu *deviens* le propriétaire des fluides… enfin, jusqu'à ce que tu vomisses la mixture. (Pendant quinze abominables minutes, Barry et Lon s'étaient transformés en Crabe et Gaulé.) C'est comme ça que nous avons découvert que Rato n'était pas un blond naturel. Ne me demande pas comment.

Le regard canin de Lon avait lentement quitté Barry pour glisser vers la gauche. Il s'arrêta sur un oiseau posé sur le bord de la fenêtre. Barry claqua des doigts, deux fois.

— Reste avec moi, Lon. Je sens ma mémoire qui s'effrite.

— Ouaf, dit Lon, se concentrant.

L'oiseau s'envola et l'attention de Lon revint.

— Bla bla bla, continua Barry, passant les pages plus vite… son intérêt s'effritait. (Pourquoi l'illustrateur de Rollin ne l'avait-il pas dessiné plus musclé ?). Ah, voici l'assistante personnelle de Valdemarne, Aragorna l'araignée… Lon, comment a-t-elle pu te faire peur ?

— Elle était énorme, Barry ! Je déteste les araignées !

— Oui, mais elle portait un bonnet de Père Noël !

— Ouais, eh ben elle était terrifiante quand même, dit Lon.

Il aboya de nouveau, plus fort cette fois. L'oiseau était revenu, portant un faux nez et des lunettes, pour que Lon ne le reconnaisse pas.

— Chut ! souffla Mme Ponce.

— Pourquoi tu aboies ? demanda Barry. Tu as besoin que je t'emmène faire un tour dehors ?

— Il y avait un autre oiseau, dit Lon. Ça y est, il est parti.

— Ok, dit Barry sans comprendre, et il recommença à tourner les pages. Bla bla bla, tout ça n'a aucun intérêt…

Il détestait lire. Il détestait écrire. Rédiger la parodie avait été tellement plus simple ! Il donnait des idées, et le type engagé par l'éditeur écrivait les – comment ça s'appelait déjà ? – ah oui. Les mots.

Barry ferma le livre.

— Je continuerai plus tard. (*Si je suis encore là*, ajouta-t-il en pensée.) En tout cas, j'ai déjà ma phrase finale. « C'est ainsi qu'en brisant le dernier 33-tours de Judy Garland, je délivrai Coudbar de la malédiction du basiluc… mais mon combat contre Lord Valdemarne ne faisait que commencer. »

Les amis se levèrent et s'étirèrent avant de se plonger dans le tome suivant. Lon se mit à quatre pattes pour s'étirer. Sérieusement, pensa Barry, parfois il ne lui manquait qu'une queue.

— Très bien. Troisième tome, dit Barry… Il est gros. Tu as besoin de tailler ton crayon ?

— Non, dit Lon.

— J'ai une de ces nouvelles plumes… tu sais, à bille glissante, si tu veux.

— Non, tout va bien, Barry, merci.

— Alors enlève le crayon du trou de ta tête, s'il te plaît, Lon, dit Barry, exaspéré. Ça me donne la migraine rien que de te voir.

— Si tu veux, dit Lon. Je le pose là pour pas l'oublier, c'est tout.

Barry s'éclaircit la gorge et commença à feuilleter.

— Ah, je m'en souviens, de celle-là… J'ai vu la Morve au fond de la tasse et cru que c'était fini pour moi. C'est un présage de mort… une sorte d'ectoplasme immonde qu'on voit quand la mort nous attend. Puis j'en ai trouvé tout un tas sous mon bureau…

— Une fois, Mme Tralala a prédit que j'allais la mordre, dit Lon. Et ensuite, elle m'a poussé à le faire par tous les moyens. D'ailleurs, j'aurais craqué si le professeur Sinatra ne m'avait pas tapé dessus.

— La seule chose de sympa dans le cours d'astronomie, c'est qu'à la fin du semestre, le prof nous prépare des martinis, confirma Barry.

— Et qu'on va tous cracher ensemble du haut de la tour nord…

— C'est pas avec Tralala qu'on s'amuserait comme ça, soupira Barry. Tu te souviens du jour où on a mis du tabasco dans son collyre ophtalmique ? Ça sert à quoi de voir l'avenir si on prévoit pas des trucs comme ça, hein ?

— Je ne l'aimais pas non plus, dit Lon. Elle a obligé Genny à porter des lunettes.

Mme Tralala était convaincue que Genny Muesly souffrait d'astigmatisme à son troisième œil.

— Tu te souviens de la fois où Tralala a prédit à une des filles quand elle aurait ses premières règles ? Devant toute la classe ? La pauvre. J'ai rigolé si fort que j'ai failli me pisser dessus.

— Ses règles ? dit Lon, sans comprendre.

— Tralala a prédit quand elle serait… en chaleur, Lon. Enfin, l'équivalent humain.

— Oh, dit Lon, avant de se détourner pour glousser.

Barry se concentra sur le livre.

— Ok… là, c'est le moment où j'ai rencontré Siroz pour la première fois. Il était à Aztalan à cause d'une histoire de remboursement fiscal. Pas de fraude fiscale, hein, Lon, ne te trompe pas : de *remboursement.* Il a enchanté son inspecteur et le fisc lui a reversé seize milliards de gallions…

Barry se balança sur sa chaise.

— Ils l'ont accusé de tous les mauvais sorts existants[42], mais Siroz était loin d'être méchant. Il a simplement fait perdre beaucoup d'argent aux gens avec son idée d'« hydroware ». Des récipients, comme les Tupperware, mais avec des bulles d'hydrogène dans le plastique. *Muy*

42. Mauvais sorts qui sont : *Aveda Neutrogena*, la mort par hydratation des couches superficielles de l'épiderme, *Cruciverba*, la mort par mots croisés, et *Immupetise*, où l'adversaire vous a complètement en son pouvoir.

explosivo. Et puis, personne n'aime voir les restes du repas de la veille flotter dans la cuisine.

— Ouah, dit Lon, qui n'avait rien compris.

— Valdemarne faisait partie des investisseurs du projet, et il était tellement furax qu'il a fait jeter Siroz à Aztalan. Puis, quand il s'est sorti des griffes des Marketors – leur pouvoir ne le touchait pas vraiment –, Siroz était bien plus avide d'argent qu'eux… (Barry passa brusquement à un autre sujet. Plus il rajeunissait, plus il était facilement distrait.) Sinon, un jour… j'étais mort de rire… j'ai entendu un des Marketors demander à Siroz : « Tu ne trouves pas que tu es un peu manipulateur ? »

— Manip… ? commença Lon, qui ne savait pas comment écrire le mot.

— Laisse tomber, je m'en souviendrai. Bref, Siroz avait un hippogriffe nommé Baroque, dit Barry. Un être incroyable, qui était simultanément un animal et un opéra complet…

Barry continua à tourner les pages, tombant sur le jour où ils avaient joué au Quichecuite dans la tempête. Barry s'était écrasé contre Alyssa Espélette, lui faisant une épisiotomie involontaire avec son balai. Lon avait eu son accident à peu près au même moment… Barry décida de ne pas s'attarder.

— Tu te souviens de ton familier, Lon ? Ce petit Scrabble de voyage ?

— Oui. J'ai mangé une des pièces, dit Lon. Quand elle est ressortie, j'ai dégusté.

— J'imagine. En fait, le Scrabble était un des sbires de Valdemarne… un type du nom de Bâtard. Il a bien été puni, à la fin.

Et la pauvre Alyssa aussi, pensa Barry. La dernière fois qu'il avait entendu parler d'Alyssa, elle était devenue une des têtes de front du mouvement des droits des sorcières. Barry s'était même abonné à son magazine, *Les Morganes-pas-Claires*, par culpabilité.

— Tu te souviens de la carte du Mon-Routard ? Celle qu'on a utilisée pour aller à Piliédbar ?

— Je me souviens de *Zonker*.

Zonker, qui portait le nom d'un personnage de BD américaine un peu porté sur la drogue, était l'endroit où les mauvais éléments de Coudbar allaient acheter de l'herbe à pipe aux Nhobbits du coin. Barry avait essayé, une fois, mais après avoir payé cinq gallions un paquet d'origan en poudre et passé la nuit à demander à Ermine : « Je plane, là ? Tu crois que je plane ? », il avait décidé de rester au Baileys.

— J.G. s'est complètement gourée, reprit Barry. La carte ne montrait pas seulement où les gens se promenaient, elle montrait aussi ce qu'ils faisaient. Si deux personnes étaient en train de faire des galipettes, par exemple, on voyait un petit cœur battant à côté d'eux. Autant dire que comme instrument de chantage, c'était parfait. Et bien, tu sais qui se tapait le plus de mecs ? McGoogle ! Elle avait même une liaison avec le chat d'Argus Thésard… avant que la pauvre bête soit paralysée par le basiluc. Il avait raconté au chat que ses chevilles étaient trop grosses, et… Bref… Qu'est-ce que je disais ? demanda Barry.

— Aucune idée, répondit Lon, sincère.

— Ah oui, la carte. Je m'en suis servi pour filer à Piliédbar. J'avais manqué le premier voyage, et je voulais vraiment, vraiment y aller… les autres en revenaient avec des kits de contrefaçon et des tas de trucs cool… Certains s'étaient même fait faire de la chirurgie esthétique magique. Mais le mieux, avec la carte – et ça, J.-G. ne pouvait vraiment pas le mettre dans le bouquin – c'était les autocollants repositionnables. L'un d'entre eux représentait un petit champignon nucléaire… tu le posais sur la carte à l'endroit voulu, et paf, une petite explosion atomique. Pour de vrai. Il y avait aussi des autocollants avec des écrans de fumée, des flaques d'huiles, et un qui représentait une pluie de grenouilles… mais celui-là, je l'ai donné à une fille… Cette carte nous a sortis de pas mal de difficultés…

Des souvenirs traversaient l'esprit de Barry. Il se revoyait courir comme un dératé dans les couloirs après une connerie quelconque, collant et décollant les autocollants sur la carte pendant que les cadavres de ses poursuivants s'écroulaient derrière lui comme des poupées de chiffon… « Bombe ! Bombe ! Flaque d'huile ! Fumée ! Grenouilles ! Bombe ! »

Essuyant une larme d'émotion, Barry continua à tourner les pages.

— Ah, le professeur Rupin. Tu ne t'en souviens sans doute pas… tu étais à l'infirmerie pendant qu'on te remplaçait le cerveau… mais Rupin était une truite-garou.

— C'est quoi, une truite-garou ? demanda Lon.

— C'est comme un loup-garou, mais avec une truite. Rupin m'a dit qu'il avait sans doute été mordu – si on peut appeler ça « mordu » – pendant une pêche à la mouche en Écosse. Quand la lune était pleine, Rupin se transformait en truite. Ce qui est très dangereux.

— Pourquoi ?

— Dis-moi, pour un type qui est censé prendre des notes, tu poses beaucoup de questions, soupira Barry.

Il espérait que Lon n'oubliait rien, car lui n'allait pas s'en souvenir longtemps.

— Eh bien, c'est très dangereux pour la truite-garou, évidemment. À chaque pleine lune, Rupin devait se mettre dans le bain, avec les robinets ouverts… sinon, il se retrouvait par terre, sous sa forme de truite, à l'air libre…

et évidemment, il mourrait. Et si un malheureux innocent faisait la terrible erreur de se plonger dans le même bain, eh bien… eh bien… (Barry réfléchit.) Eh bien au pire, il se faisait heurter par une truite, conclut-il après un instant de réflexion.

— Oh, dit Lon. Je vois. Comment Rupin évitait-il la transformation ?

Au moins, il m'écoute, Dieu merci, pensa Barry.

— Il buvait une potion que Gogue avait préparée pour lui… et quand je dis « potion », je veux parler d'un bon vieux whisky pur malt. Être complètement pété était le seul moyen qu'avait Rupin de garder son ichthyanthropie sous contrôle… mais après vingt-cinq ans, sa santé a commencé à en souffrir. C'est pour ça qu'il avait toujours une sale tête… D'un autre côté, ce look un peu las a tendance à attirer les filles, ajouta Barry. Elles ne le lâchaient pas… sans compter celles qui voulaient le vider et le frire, bien sûr. (Il prit le tome suivant, un bouquin de proportions gargantuesques. J.-G. écrivait de manière exponentielle[43].) Ah, les choses se corsent. D'abord, le tournoi s'appelait « La Rencontre Quichecuite Advil/Ariel/Vivendi », ce qui est très différent du nom qu'elle lui a donné dans le bouquin… (Barry s'interrompit.) Ta main ne te fait pas mal, Lon ?

— Mal ? Pourquoi ?

— À force d'écrire, soupira Barry, essayant de dissimuler son exaspération.

Après tout, Lon était là pour lui rendre service.

— Si, dit Lon.

43. … les lecteurs de *Barry Trotter et la Parodie Ebontée* savent pourquoi. C'est à cause des techniques spéciales de persuasion de son éditeur, Golio Junior. Je me demande si on aurait eu la suite d'Andromaque si on avait appliqué des électrodes sur les parties intimes de Racine, par exemple. « Allez, Mozart !! Tu as un requiem à finir, et y'a une batterie qui t'attend si tu ne te presses pas !! »

— Bon, ça ira pour aujourd'hui, dit Barry. Donne-moi le bloc-notes. Je te le rendrai demain.

— D'accord, Barry, dit Lon, lui donnant le carnet.

Il remit le crayon dans le trou de son crâne, puis partit en courant, chassant les mouches.

Barry erra un peu dans la bibliothèque, tomba sur deux adolescents en pleine action, une scène de racket et un concours de tir, mais il ne vit personne travailler. Enfin, dans la dernière rangée au fond de la Section Interdite, il découvrit Ermine. Elle était assise à une table recouverte de grimoires incantatoires poussiéreux. La table protestait avec véhémence, et Ermine lui donnait des coups de pieds réguliers pour la faire taire.

— Parfois, les objets enchantés, ça bourre, soupira-t-elle.

— Exploiteurs capitalistes ! protesta la table.

— Ferme ton plateau ! (Ermine se tourna vers Barry et demanda :) Alors ? Ça s'est passé comment ?

— Pas mal, je crois, répondit Barry.

Ermine tendit la main, et Barry lui donna le bloc-notes. Ermine le feuilleta… et Barry comprit, au regard de sa femme, que quelque chose n'allait pas.

— Quoi ? demanda Barry, reprenant le carnet.

Il regarda. Sur la première page, de l'écriture large et maladroite de Lon, se trouvait inscrite la phrase : « Le travail c'est la santé, ne rien faire c'est la conserver », répétée une bonne centaine de fois. Parfois, la phrase sinuait sur le papier, dessinant les contours d'un réverbère, ou d'un os… mais les mots étaient toujours les mêmes.

— Je n'y crois pas, souffla Barry. Tout ce travail pour rien !

— On dirait que tu t'es fait avoir par plus chien que toi, dit Ermine avec une grimace.

Barry, furieux, ne répondit pas.

— J'ai rencontré le professeur étranger… Tu sais, dit Ermine. Celui qui a l'air bizarre. Il était derrière l'étagère, il cherchait de la documentation…

— Ne me dis pas que c'était par hasard, dit Barry. Vous aviez arrangé le rendez-vous, hein ? Et prenant la voix d'un annonceur publicitaire, il ajouta : « Ce moment d'adultère vous est offert par Viagra. »

Ermine lui donna un léger coup de poing.

— Ça va pas ? Je cherchais à « Antidote ». En tout cas, il avait dans ses mains une pile de livres sur Atlanta.

— Pourquoi Atlanta ? demanda Barry.

— Peut-être que c'est un de ces types qui sont…

Ermine chercha la suite.

— Passionné la guerre civile américaine ? proposa Barry.

— Non.

— Obsédé par Martin Luther King ?

— Non. Écoute… Laisse tomber, ça n'a aucune importance. Le vrai problème, c'est que je n'ai toujours pas trouvé de thérapie adaptée à ton cas.

— Rien ? demanda Barry, se sentant trahi.

— Rien de médical. Mais j'ai eu une idée, ajouta-t-elle. Lis ça.

Ermine passa une série de livres à Barry. Il lut le titre du premier :

— *La Magie des marchés boursiers : le guide du sorcier investisseur.* (Barry regarda les autres ouvrages.) *Assurance pour la réincarnation ? Comment gérer ses pactes (financiers) avec le diable ?*

— C'est un truc de grand-mère, dit Ermine. Tu as sûrement entendu les gens dire : « La vraie jeunesse, c'est dans la tête. » Eh bien, peut-être que l'inverse marche aussi.

Si tu lis des livres de vieux, peut-être que le processus va s'inverser... Je t'ai fait une liste de phrases à répéter avant d'aller te coucher.

Elle lui tendit un parchemin et Barry l'ouvrit :

— « Les choses étaient bien mieux avant », lut-il tout haut.

— Plus fort, dit Ermine. Plus on le dit fort, mieux ça marche.

— « LA MUSIQUE D'AUJOURD'HUI, C'EST DU BRUIT ! » cria Barry. (Puis il reprit, encore plus fort :) « DE NOS JOURS, LES FEMMES SONT HABILLÉES COMME DES PUTES !! » (Dans la bibliothèque, les étudiants commençaient à lever la tête, se demandant si leur directeur était devenu fou.) « CE JEU VIDÉO ME DONNE MAL AU CŒUR !! TOUTES CES CONNERIES VONT TE POURRIR LE CERVEAU ! » « BAISSE LE SON !! » (Pris par l'enthousiasme, Barry commença à hurler :) « LES JEUNES D'AUJOURD'HUI NE VALENT RIEN !! ILS SONT PARESSEUX ET OBSÉDÉS PAR LE SEXE !! ILS CROIENT QUE L'ARGENT TOMBE DU CIEL ET ILS NE SAVENT PAS APPRÉCIER LES SACRIFICES QUE LEURS PARENTS ONT FAIT POUR EUX !! »

Des huées s'élevèrent dans la bibliothèque, et Barry fut soudain aspergé d'une pluie de gommes et de boulettes de papier A4 froissé. À chaque fois qu'un missile arrivait, son interrobang pulsait.

— Je devrais vraiment me le faire enlever, se répéta-t-il pour la millième fois. (Il s'assit, se protégea le visage et souffla à Ermine :) Je me sens mieux, Erm. Je crois que ça marche.

Ermine leva la tête et posa sa main sur celle de Barry.

— Tu crois vraiment, mon chéri ? dit-elle tendrement. Alors, peut-être n'est-il pas trop tard...

CHAPITRE XII
L'âge, c'est dans la tête

Si on oubliait les nausées du début, et bien sûr, la mort qui l'attendait à la fin, rajeunir était plutôt agréable. La chevelure de Barry s'épaississait. Il lui semblait même voir ses rides se remplir quand il se brossait les dents, le matin, devant la glace, mais Ermine lui expliqua que c'était une illusion due à la faiblesse de l'éclairage[44] de Coudbar. Barry perdait son goût pour le Baileys, et ses pulsions sexuelles augmentaient, au grand délice d'Ermine, qui s'énervait un peu depuis quelques années. Barry était revenu au pic de sa puissance sexuelle, un endroit qu'Ermine avait atteint à l'âge de dix-sept ans, où elle avait planté la tente et dont elle n'était jamais partie depuis.

Dans sa jeunesse, Ermine aurait pu remplir le grand amphithéâtre de l'ONU avec ses conquêtes sexuelles… le

44. Un geste imprudent, et se raser à la lumière de la bougie risque de vous couper le souffle pour toujours… ha ha, quel humour. C'est pourquoi Céldèlbore, Grobid et les autres portent de belles barbes épaisses. Gogue en aurait une aussi, mais il manque de testostérone, et Ponce refuse de lui en passer.

nombre était assez élevé et la diversité culturelle respectée. Pourtant, une fois mariée, elle n'avait jamais été infidèle à Barry… si on oubliait quelques rêves un peu chauds mettant en scène un incube (voire six). Du coup, Ermine avait une sacrée énergie à sublimer : ce qu'elle avait fait en servant de mentor à Audrey, en organisant une croisade nationale pour obtenir des dédommagements financiers pour les elfes de service, en brodant tous les tissus qui lui passaient par les mains et en lançant une microentreprise de pompons pour décorer les baguettes.

Oui, Ermine avait toujours eu une énergie spectaculaire, et c'était cette énergie qu'elle concentrait maintenant, tout entière, pour sauver son mari. En échange, Barry devait se montrer prêt à la satisfaire deux à trois fois par jour. Si on oubliait le spectre de la mort qui planait sur le couple, c'était une nouvelle lune de miel.

Ermine passa la semaine suivante à fouiller la bibliothèque. Barry se sentait mieux, ce qui n'était pas bon signe. Pommefritte examina une série de documents et déclara :

— Je pense que vous avez maintenant à peu près quatorze ans.

— Qu'est-ce qui vous fait dire ça ?

Elle lui tendit les papiers.

— Parce qu'il n'y a qu'un gamin de quatorze ans qui voudrait jouer au « Quichecuite Extrême » ! Je ne signerai pas votre pétition.

— Très bien ! grogna Barry. De toute manière, je suis le directeur ! Je n'ai pas besoin de votre permission !! Le Quichecuite Extrême vivra !

Il sortit à grands pas, furieux, et faillit heurter Ermine.

— Barry ! s'écria-t-elle. Je t'ai cherché partout ! Je

crois que j'ai trouvé l'antidote !

— Vraiment ?

— Oui ! Il y a un endroit aux États-Unis – en Floride – appelée la Fontaine de la Décrépitude. Elle appartient aux mêmes investisseurs que la Fontaine de Jouvence… sauf que celle-là vous fait vieillir.

Du soleil et des nanas, Barry n'avait rien contre. Et n'oublions pas les bikinis.

— Très bien. On part quand ?

— Aujourd'hui ! s'écria Ermine. Le parc où se trouve la fontaine va fermer pour six semaines… la saison d'été vient de finir et celle d'hiver n'est pas encore commencée. (Elle l'entraîna dans le couloir.) Inutile de faire les bagages, nous ne resterons là-bas que quelques heures…

Une fois le décalage horaire calculé, ils réalisèrent qu'il fallait faire vite. L'évaporation serait trop lente, ainsi que la poudre. Aussi Ermine décida-t-elle de lancer un sort qu'elle appelait « le coup de Jeanne d'Arc ». De retour dans leurs appartements, elle conjura un feu dans la cheminée. Puis, s'agenouillant pour souffler sur le feu de violettes et de sarcelle, elle déclara :

— Ok, à mon signal, penche-toi et rentre dans le feu. Fais attention à bien t'y glisser tout entier. Sinon, tu risques de laisser un membre derrière toi.

Barry perdait son enthousiasme pour la Floride.

— Tu es sûr que c'est, euh, que ce n'est pas dangereux ? demanda-t-il.

Ermine le regarda, indignée.

— Tu crois que j'ai envie qu'on raconte que mon mari est mort brûlé parce que j'avais raté un sort ? Aie confiance en mon perfectionnisme, d'accord ? Maintenant… Allez !

Barry se laissa tomber dans les flammes, et se transforma presque aussitôt en fumée. Il y eut un instant d'obscurité totale, puis il réapparut au-dessus de la pipe d'un vieil homme.

— Berk ! dit l'homme en enlevant sa pipe et en la regardant comme si elle l'avait mordue.

— Non : je m'appelle Barry, dit celui-ci, époussetant les cendres de ses vêtements. L'homme lui jeta un coup d'œil puis prit la fuite, épouvanté.

La chaleur frappa immédiatement Barry : un changement appréciable après l'humidité étouffante de Coudbar. Quelques secondes plus tard, Ermine apparaissait au-dessus d'une femme. Elles tombèrent toutes les deux. La femme cracha et toussa. Ermine l'aida à se relever, puis boitilla vers Barry.

— Ça va ? demanda Barry. C'est un peu intime comme moyen de transport, non ?

— J'ai mal atterri, c'est tout, dit Ermine. Elle était en train d'inhaler. (Elle sortit sa brochure.) Bon, voyons si je ne me suis pas trompée. Nous devrions ne pas être très loin des fontaines…

Juste à côté se trouvait une échoppe vendant du maïs grillé, appelée « Épis de Génie ». Barry avait faim… en fait, depuis quelque temps, il avait toujours faim et il ne prenait pas un gramme. Il avait même dû percer de nouveaux trous dans sa ceinture, qui faisait maintenant deux fois le tour de sa taille.

— Ermine, ça t'ennuie si je grignote quelque chose ?

— Trouvons d'abord la Fontaine, Barry, dit-elle.

Il leur suffit d'une courte marche dans les rues miniatures de la fausse ville espagnole du parc à thème avant de tomber sur deux immenses fontaines, devant lesquelles se trouvaient deux non moins immenses files de touristes. Barry et Ermine entrèrent dans le labyrinthe de cordes.

— Il faut être âgé d'au moins douze ans pour avoir le droit de boire à cette fontaine, précisa Barry.

C'était d'ailleurs la moyenne d'âge des gens dans la queue. Voyant la foule qui les précédait, Barry se tourna vers Ermine :

— Ça t'ennuie si je retourne chercher du maïs ?

— J'ai peur que tu perdes ta place, dit Ermine.

— Ne t'inquiète pas… je te rejoindrai, c'est tout.

— Qui va à la chasse perd sa place, dit un môme sec et maigre d'environ douze ans, non loin derrière lui.

— Vraiment, mon gros ? dit Barry. C'est toi qui vas m'arrêter, peut-être ?

— Barry, souffla Ermine. Ne sois pas puéril.

— Ben oui, c'est moi, menaça le garçon. Je vais boire cette eau… après j'aurais dix-huit ans, je pèserai trente kilos de plus, et je t'en mettrai plein la gueule.

— Très bien, très bien. (Barry n'avait aucune envie de parier contre la biologie familiale du gamin.) P'tit con, murmura-t-il.

— J'ai entendu, dit le gamin. Tiens-toi prêt à te faire casser la tête dans… (Il regarda sa montre) environ quarante-sept minutes.

Ermine tenta de calmer les esprits… après tout, à Coudbar, elle jouait toujours le rôle de diplomate.

— Alors ? Pourquoi veux-tu boire à cette fontaine ? demanda-t-elle au garçon, qui était occupé à se percer un bouton.

— Je veux apprendre à conduire, dit-il, jetant le contenu du bouton sur Barry.

Barry l'attrapa par le col et le leva de terre.

— Sache, sale môme, que je peux faire des quarante-six ou quarante-sept minutes suivantes de ta vie une éternité de douleur !

— Je vous reconnais ! cria le garçon. Vous êtes le type des films ! Bilbao Bagage !

Le gamin se débattit et cria, et Ermine vit des gardes s'approcher.

— Lâche-le, Barry, ordonna-t-elle. Lâche-le tout de suite !

Barry obéit.

— Tu es exaspérante, parfois, Ermine, grommela-t-il, à toujours prendre le parti du plus faible…

— Ce n'est pas le moment de se faire jeter hors du parc, murmura-t-elle, tandis que le garçon donnait des coups de pieds dans le mollet de Barry. Fais-moi plaisir, ignore-le.

— D'accord, j'essaierai ! cria Barry, grimaçant à chaque impact.

— Vos – films – sont – nuls !! scandait le gamin à chaque coup de pied.

— *Corsicanbros*, murmura Barry, donnant un discret coup de baguette.

À chaque coup donné, c'était maintenant le garçon qui ressentait la douleur.

— Aïe ! Merde !

Le jeu étant soudain beaucoup moins amusant, le garçon arrêta.

La queue avançait lentement, et pour passer le temps, Barry et Ermine demandaient à ceux qu'ils voyaient pourquoi ils étaient venus boire à la fontaine. Les réponses étaient variées. Certains voulaient avancer l'âge de la retraite, mais la plupart désiraient simplement être majeurs pour pouvoir passer leur permis, acheter de la bière, se marier ou effectuer d'autres activités également dangereuses.

— Je n'avais jamais réalisé que tant de gamins étaient frustrés qu'on les empêche de voir les films interdits au moins de dix-huit ans, dit Ermine à une fille appelée Meredith.

— Je me fiche bien des films, dit-elle. Je veux simplement pouvoir voter.

Ermine lui sourit, reconnaissant une âme sœur.

Tarée, pensa Barry.

Enfin, ce fut au tour de Barry de boire. Pour des raisons d'hygiène évidente, on ne pouvait boire directement dans la fontaine : une petite femme en uniforme blanc ressemblant vaguement à celui d'une infirmière versait une louche d'eau dans un gobelet en plastique, qu'elle tendait au buveur. Celui-ci buvait le contenu, puis avançait en titubant jusqu'à un banc, pour laisser le changement s'effectuer. On pouvait garder le verre, que la brochure du parc appelait un « gobelet souvenir ». (Barry jeta le sien dans les buissons.)

Barry prit son gobelet et avala une gorgée. Le liquide était visqueux.

— Qu'est-ce que vous avez mis dans l'eau ? grogna-t-il.

— Du Magimucil, répondit la femme. (Barry la regarda sans comprendre, et elle expliqua :) Des fibres. Quand vous serez plus âgé, vous en aurez besoin.

Ermine se sentit heureuse de ne pas être obligée d'ingérer ce breuvage ; elle détestait les boissons dont la consistance se rapprochait du chewing-gum. Prenant doucement le bras de Barry, elle le fit asseoir. Non loin de là, des membres du personnel du parc faisaient avaler, à la petite cuillère, de l'eau de la fontaine de jouvence à un vieil homme ridé portant des vêtements de skate. Le gamin qui s'était disputé avec Barry avait fait une overdose.

Un des gardes vit Ermine observer la scène.

— On a des cas comme ça tous les jours, expliqua-t-il. Il a demandé à ses potes de faire la queue pour lui, et il en a ingéré quatre doses. Il voulait être assez mûr pour pouvoir casser la gueule à quelqu'un, paraît-il. Nous sommes intervenus juste à temps.

Ermine murmura quelques paroles de sympathie, puis se tourna vers son mari, qui passait son doigt sur les parois du verre pour attraper les dernières gouttes.

— C'est dégueulasse, commenta-t-il. Alors ? Tu vois du changement ?

— Rien d'apparent, dit Ermine.

Quinze minutes plus tard, elle partit chercher une nouvelle dose – la queue était bien plus petite maintenant que le parc ne laissait plus entrer de nouveaux visiteurs. Ensuite, Barry et Ermine attendirent une bonne heure, jusqu'à ce que le parc ferme.

Barry restait inchangé. Il piqua même le skate du vieil homme pour faire quelques figures, ce qui n'était pas bon signe.

Déçus, ils s'évaporèrent et passèrent le reste de la soirée à traverser l'Atlantique.

À Coudbar, une tâche désagréable les attendait : punir Nigel. Celui-ci avait jeté son familier sur une fille qui dormait à poings fermés en classe des Notions. La réaction exubérante (sinon complètement hystérique) de l'élève avait fait sombrer le cours dans le chaos, et le remplaçant, déjà dépassé, avait décidé de faire un exemple. Sans réaliser que Nigel était le fils des directeurs.

Nigel entra, très fier de lui. Quand elle comprit ce qu'il avait fait, sa mère resta stupéfaite.

— C'est papa qui m'a donné l'idée, annonça Nigel en souriant.

Sa mère se tourna vers Barry comme un tank chinois vers un étudiant rebelle.

— C'est vrai ?

Barry louvoya.

— Disons que, peut-être, j'ai, d'une certaine manière, encouragé Nigel à voir le potentiel comique d'un certain genre de situation… Tu lui as lancé la pieuvre sur la tête ? ajouta-t-il en se tournant vers son fils. Et elle a fait une crise d'hystérie parce qu'elle avait été attaquée par le kraken en traversant le lac[45] ?

Nigel hocha la tête. Le père et le fils faisaient des efforts surhumains pour ne pas rire. Ermine s'en aperçut, mais elle ne partageait pas leur amusement. Elle prit un bâton de saule, et les deux sourires disparurent – qui allait se prendre la correction ?

Elle tendit le bâton à Barry.

— C'est toi qui lui as donné l'idée, c'est toi qui le punis, gros malin, dit Ermine. Six coups. Non, huit. Un pour chacun des tentacules de Chesterfield.

La pieuvre en question ne put trouver le courage de regarder. Elle lâcha de l'encre et le sac accroché à la taille de Nigel devint noir.

Ermine prit ses clés et son sac.

— Et moi, je m'en vais, dit-elle. Je ne peux pas assister à ça.

Jetant un dernier coup d'œil aux deux hommes de sa vie, elle estima que leurs niveaux de maturité étaient presque équivalent… le seul problème était que l'un d'entre eux était un sorcier de grande puissance. Pour sa santé mentale – et peut-être pour la survie de l'humanité – Ermine devait guérir son mari, et vite.

— Nous sommes passés près du désastre, dit Barry à son fils après le départ d'Ermine. J'ai cru qu'elle allait rester là pour me surveiller.

45. On raconte que le kraken voulait la faire jouer dans un porno manga, mais rien n'est prouvé.

— Moi aussi, dit Nigel. Tu ne vas pas me battre, hein ?

— Non, dit Barry, faisant disparaître la cane. J'ai pensé à une punition plus utile. Tu peux me ranger mes CD par ordre alphabétique ? Je ne trouve plus mon deuxième album de Neuf Quatre.

Plus tard dans la soirée, pour couvrir les rythmes explosifs et les harmonies dissonantes de *Dans ta face Manu*, le hit des Neuf Quatre, Ermine cria une nouvelle idée géniale.

— Barry, que dirais-tu de te baigner dans le sang de cent très vieilles femmes ?

— Je dirais : « Ça va pas ? » Ermine, tu es le Mozart des idées dégueulasses.

— Se baigner dans le sang de cent vierges est un remède millénaire, utilisé par les magiciens des deux sexes pour rester jeune. J'ai entendu dire que c'était très revigorant.

— Et puis, vomir de dégoût fait travailler les abdominaux, dit Barry.

— D'après ce livre, ajouta Ermine, le sang du bain serait aussi un très bon exfoliant. Écoute, tu ne perds rien à essayer. Regarde Coco Charnelle, comme elle vieillit bien.

Barry jeta un coup d'œil au livre. Sur la couverture souriait une vieille femme frétillante au cou fripé.

— Écoute, Barry, reprit Ermine, tu n'as pas vraiment le choix.

— Très bien, essayons, dit Barry.

Ou il acceptait, ou il mourait, avec comme dernier son pour l'accompagner dans l'au-delà le « Je te l'avais bien dit !! » suraiguë de sa femme.

Ermine fit aussitôt mettre des écriteaux autour de l'école, expliquant qu'il y avait une collecte de sang à

Coudbar et que des donneuses de plus de quatre-vingt cinq ans étaient demandées. Elles ne furent pas nombreuses à se présenter, mais enfin, avec l'aide de Pommefritte, de bonbons et de briques de jus de pomme, Barry et Ermine réussirent à remplir l'équivalent d'un quart de baignoire. Ils pensèrent d'abord verser le sang dans celle de leur appartement, mais l'hémoglobine risquait de boucher les canalisations en coagulant. Finalement, ils empruntèrent un chaudron de buanderie aux elfes de service.

Avant de se plonger dans le liquide rougeâtre, Barry avait avalé presque une bouteille entière de l'eau-de-vie maison de Grobid… c'était la seule manière dont il pouvait imaginer affronter cette épreuve.

— J'peux mettre un maillot ? réussit-il à articuler, l'alcool lui empâtant la voix.

— Non, répondit Ermine.

— Et si j'me mets d'bout dedans ?

— Non, le livre dit qu'il faut s'y immerger, expliqua sa femme.

— Qu-quoi ? balbutia Barry, qui saisit le livre. Où ça dit ça ? J'veux voir moi. Moi-même.

— Tu dois vraiment avoir trop bu, dit Ermine en récupérant le livre sans mal. C'est la première fois que tu parles comme Grobid. Allez, au bain ! ajouta-t-elle avec enthousiasme.

Barry se déshabilla, puis jeta un coup d'œil dans le chaudron. Après une profonde inspiration, il y plongea le pied. La sensation était bizarre… le liquide était glissant, mais il commençait déjà à coaguler.

— Ne pense pas à ce que c'est vraiment, dit Ermine. Moins tu réfléchis, mieux c'est.

— C'est ma ph'losophie, dit Barry, s'asseyant. Aaah ! C'est o' rrible !

— Vas-y, asperge-toi, commenta Ermine.

Et soudain, Barry réalisa ce qu'il était en train de faire. Son estomac se souleva. Il bondit hors du chaudron et courut aux toilettes.

— Fais attention… commença Ermine, mais il était déjà trop tard… Barry avait mis plein de sang sur le tapis. Il allait falloir qu'elle utilise un Magi-Détachant.

Le bruit résonnait dans la petite salle de bain, et Ermine avait l'impression que la bande entière des Choristes était venue vomir en chœur chez elle. Quand la dernière chanson fut terminée, elle frappa à la porte et demanda :

— Tu te sens plus vieux ?

— Non, dit faiblement Barry. En fait, je crois que j'ai perdu une dent de sagesse.

Et le chœur recommença à chanter.

Le lendemain de l'échec de la thérapie sanguine, Ermine annonça à Barry qu'elle avait une nouvelle idée.

— Je ne sais pas à combien de tes idées je vais pouvoir survivre, dit Barry, frottant son estomac encore douloureux. (Depuis le bain, il n'avait réussi qu'à avaler de l'eau et du pain sec.) Il ne s'agit pas de manger quelque chose, au moins ?

— Non, ne t'inquiète pas, dit Ermine. Je veux simplement te faire rencontrer quelqu'un.

Ce quelqu'un était le comte Eddie Fowler, représentant du syndicat local des vampires. Eddie était coiffeur : les vampires ont besoin de se faire couper les cheveux comme tout le monde, mais aucun Glandu ne veut travailler la nuit. Aussi Eddie gagnait-il très bien sa vie.

Barry et Eddie se retrouvèrent pour déjeuner vers minuit *Chez Vlad*, un café de Piliédbar dont la clientèle était composée de morts-vivants. L'endroit était surprenant.

La décoration était typique des cafés branchés : briques apparentes, lumière tamisée et bois blond, mais sur les banquettes se serraient des êtres fort peu ragoûtants… des vampires, des zombis, des momies et le reste. Tant qu'à être mort, autant s'éclater *Chez Vlad* (et laisser des morceaux derrière vous) c'était le proverbe du coin.

— Je suis tellement heureux de vous rencontrer ! dit Eddie à Barry. Mon fils a lu tous vos livres. Enfin, sauf la parodie. Il l'a trouvée nulle.

Le sourire de Barry se figea quelque peu.

— Vous pouvez me les dédicacer ? (Eddie posa une pile de livres de poche sur la table. À quelques pas de là, une momie se mirait dans la glace de son poudrier en réajustant ses bandelettes.) « Pour Chris », ce serait génial. Comme je vous disais, il adore, mais il espère toujours que vous allez mourir à la fin. Pour devenir vampire comme nous, voyez ? Il va être fou quand je vais lui raconter que nous avons mangé ensemble. Alors ? C'est vrai que vous pensez à nous rejoindre ? Vous voulez un café ?

— Non merci, dit Barry, qui prenait des notes.

Il venait de voir la serveuse, une zombie, perdre une partie de la chair pourrissante de son bras dans une tasse de café-crème.

— Ce n'est pas que je veuille devenir vampire…, expliqua Barry. C'est que je suis malade, enfin, je pense que c'est une maladie, à moins que quelqu'un m'ait maudit, ce qui est également possible… Bref, je n'arrête pas de rajeunir…

— Pigé. Et vous pensez…

— En fait, c'est une idée de ma femme.

— Et votre femme pense que si vous devenez vampire, le processus s'interrompra, dit le comte. (Eddie prit une gorgée de son verre – cinquante pour cent sang complet, cinquante pour cent B+, pas de plaquettes, avec une dose de plasma ajoutée.) Puis il leva les yeux vers Barry avec une moue sceptique. Et dire que j'ai payé plus de quatre gallions pour ce truc, dit-il. Surtout quand je pourrais avoir la même chose « sur pied »... Au fait, merci d'avoir intégré des élèves glandus dans l'école... très bonne initiative. Sans vouloir vous offenser, je dois avouer que j'ai toujours trouvé que les sorciers avaient un goût bizarre.

— Pas de problème, dit Barry.

— Je veux dire, on aime ce à quoi on est habitué petit, forcément... (Eddie nettoya l'ongle de son petit doigt sur un croc.) Je ne sais pas si vous arrêterez de rajeunir. Personne ne peut le prévoir, et si quelqu'un vous promet que oui, il le fait pour la prime... (Eddie baissa un peu la voix pour expliquer :) Nous touchons une prime pour chaque personne transformée en vampire. Le mauvais côté de la chose, c'est qu'un mec une fois vampirisé est dans nos pattes pour l'éternité... et les gens étant tous énervants, on a de moins en moins de sang nouveau. (Eddie sourit à sa propre blague, aussi nulle soit-elle, et Barry fit de même, par politesse.) Le ministère de La Non-existencité est obligé de nous inciter à créer de nouveaux vampires, ou la race s'éteindrait. Je vous donne un exemple : la semaine dernière, un ami à moi est allé faire renouveler son permis de conduire. Il fait la queue, il remplit les papiers, il récupère son permis, il ressort... en plein soleil ! « Je ne pensais pas que ce serait si long... » furent ses derniers mots. (Eddie rit de bon cœur.) Quel fils de chauve-souris mongolienne. Vous êtes sûr que vous ne voulez pas un petit cookie à l'os ?

Barry secoua la tête.

— Enfin bon, tout ça pour dire que si c'était vous, je ferais ça pour la gloire. Je ferais don de la prime à une fondation contre la leucémie, ou un truc comme ça.

— Alors, le métier de vampire, c'est comme dans les films ? demanda Barry. On dort le jour, on arpente la ville la nuit et on mord les gens ?

— Pour sûr, mais c'est pas tout, dit Eddie. C'est pas comme un boulot, comme un truc qu'on peut laisser tomber quand on veut. C'est un choix de vie. Qui détermine votre personnalité.

— Je vois, dit Barry. J'aurais besoin de changer ma garde-robe ?

— Ça, c'est sûr. Mais c'est pas une histoire. Les capes, on les trouve à pas cher, et on peut toujours récupérer des trucs de seconde main… quand on sait recoudre les trous de pieux. Bref, les frais sont très réduits, si on déduit l'âme, bien entendu. (Eddie fit une pause, puis ajouta :) Je peux vous demander le nom de votre parfum ? Il est délicieux.

— Je, euh, ah oui, dit Barry, réalisant soudain l'origine de l'odeur. « Des femmes anciennes[46] », dit-il, improvisant. (De toute manière, le comte n'était pas du genre à parler français.) La question que je voulais surtout poser, c'est : « Êtes-vous heureux ? »

— Pas moins que les autres crétins de ce café, dit Eddie, désignant les clients.

Ce qui ne rassura pas Barry. Les gémissements et les lamentations résonnaient dans l'établissement. Pourtant les zombis semblaient bien plus toniques que dans les films d'horreur : finalement, ils n'avaient besoin que d'un peu de caféine. Deux d'entre eux jouaient aux échecs à quelques tables de là.

— Tu as perdu un doigt, dit un des joueurs, le ramassant et le tendant à son adversaire.

— N'essaye pas de me déconcentrer, dit le deuxième zombie, souriant en mettant son doigt dans la poche d'une

46. NdT : en français dans le texte.

veste d'uniforme de Coudbar, tachée et pourrie par les années.

— Écoutez, Barry, dit le comte, cherchant quelque chose dans la poche arrière de son pantalon, prenez votre temps pour décider. Tenez… vous lirez ça.

Il tendit une brochure à Barry. « Vous voulez devenir vampire ? » disait le titre, au-dessus d'un dessin représentant une famille vampire pâle mais heureuse pourchassant un groupe de nonnes terrifiées. Les vêtements des vampires montraient que la brochure n'avait pas été révisée depuis les années soixante-dix. *Pas mal*, pensa Barry. *Ça leur évite de parler du Sida.*

— Oui, prenez votre temps, répéta le comte. C'est ça l'avantage d'être vampire : si vous êtes prudent, vous avez l'éternité devant vous.

— Merci, dit Barry. Et merci d'avoir accepté de me rencontrer, dit-il en se levant avant de serrer la main d'Eddie.

— Mon numéro est inscrit derrière, dit Eddie. Ne m'appelez pas en journée, forcément… Mais j'espère avoir de vos nouvelles bientôt.

Plutôt sympa, ce type, pensa Barry une fois Eddie envolé. Puis il remarqua qu'une adolescente pleurait à la table d'à côté.

Barry n'était pas d'un naturel curieux, mais le look de la fille était tellement déjanté – une goth qui n'avait pas dépassé les quinze ans quand elle était devenue zombie – qu'il ne put se retenir d'approcher. Peut-être était-ce les fourmis sortant de son crâne explosé qui la rendaient si attendrissante.

— Qu'est-ce qui ne va pas ? demanda Barry.

— Tout, gémit la fille. J'étais étudiante à Coudbar. L'été dernier, mon petit ami m'a quitté, alors j'ai décidé de me suicider…

— C'était la faute du directeur Malaufoie, c'est ça ? Il était si mauvais directeur que ça vous a poussée au suicide ?

— Non, je viens de vous dire que c'était à cause de mon petit ami, protesta la fille. Nous parlions toujours de la mort, et de sa noire séduction, alors j'ai cru que si j'étais morte, il me reviendrait…

Barry essayait encore de comprendre la logique de l'idée que la fille avait déjà reprise :

— Mais après mon suicide, une comète est passée trop près de la Terre et m'a transformée en zombie. Putain de RADIATIONS ! cria-t-elle, tapant du poing sur la table et faisant sauter la tasse. (Une tête de momie sursauta et tomba.) Qu'est ce que je vais faire maintenant ? Je suis encore moins appréciée qu'avant. Tous mes anciens amis se sauvent quand j'arrive. Et je ne peux même plus me tirer une balle… Je suis coincée comme ça pour toujours ! dit-elle en sanglotant. Vous croyez que Stephen et moi allons nous remettre ensemble ? Il a toujours aimé les femmes à la peau pâle…

— Euh… peut-être. Je connais quelqu'un qui a un trou dans la tête, et tout le monde l'apprécie.

La fille bondit sur l'occasion.

— Je pourrais devenir sa petite amie ? demanda-t-elle.

— Hélas, non. Pas si vous ne sentez pas le hamburger.

— Bon, tant pis, soupira-t-elle.

— Et ce type, là, qui joue aux échecs ? demanda Barry, montrant le zombie à la veste de Coudbar. Il ne vous plaît pas ?

— Ah, berk, dit la fille. Vous avez vu ? Il est tout pourri.

Avant que Barry puisse répondre que quand on était zombie, il fallait peut-être ne pas se montrer trop difficile, il remarqua un groupe d'extraterrestres qui tapaient sur l'épaule des clients et les entraînaient à l'extérieur.

— Hé !! cria Barry. Et moi !! Vous m'oubliez toujours, bande de salopards !!

Un des extraterrestres lui jeta un coup d'œil et secoua la tête. D'autres le montrèrent du doigt et rirent, ce qui n'était pas un mince exploit vu la petitesse de leur bouche. Quand ils kidnappèrent même la goth/zombie, Barry s'évapora sans laisser de pourboire.

Ermine attendait sans leur chambre. Barry lui raconta sa conversation avec Eddie, puis montra la brochure. Ils la lirent ensemble.

— La mutuelle est excellente, fit remarquer Ermine.

— Oui, mais regarde les alinéas : les bénéfices ne sont pas acquis aux dépendants mortels.

— Mince. La phrase est ambiguë exprès, j'imagine.

— Les frais d'enterrement sont pris en charge, commenta Barry. Et on a des réductions sur les cercueils.

— « Nous achetons en gros et c'est vous qui y gagnez !! », lut Ermine.

— C'est tentant. Hé, regarde, les chèques-vacances…

— Oui, mais la plage la nuit, c'est moyen, dit Ermine. Écoute, Barry, je ne suis pas convaincue. Il y a tant d'éléments en jeu…

— Pense aux réductions sur le cinéma et les transports en commun ! dit Barry. Au bout de quelques siècles, ça finit par chiffrer. Si tu le fais avec moi, je suis prêt à essayer.

— Et les enfants ?

— Avoir des parents vampires ? Nigel va adorer. Il nous trouvera moins ennuyeux.

— Je ne sais pas, réfléchit Ermine. Ce n'est pas une période facile pour Nigel. Je crois qu'il nous en voudrait.

— Tu as peut-être raison, soupira Barry. Je ne sais pas s'il apprécierait que nous soyons plus cool que lui…

— Ce n'est pas ce que je voulais dire, dit Ermine. (Décidément, elle en avait assez. Cet épisode de « Au secours, mon mari est un ado ! » commençait à la lasser.) En même temps, qui ne risque rien n'a rien.

— Vrai, dit Barry. Et puis, il est bon de savoir que j'ai plusieurs options… (Il éteignit la lumière, et Ermine se blottit contre lui.) J'aime quand nous sommes comme ça, l'un contre l'autre, commenta Barry.

Ermine se mit sur un coude pour qu'il la voie.

— Je préfère l'un dans l'autre.

Une fois la séance terminée – elle dura un certain temps, car Barry avait oublié le secret de certaines positions – Barry regarda le plafond, se demandant quel âge il avait maintenant. Ermine s'était endormie sur son épaule, et il avait ainsi un échantillon de la future haleine matinale de sa femme – son parfum du jour, pour ainsi dire. Dans le silence de la nuit, quelqu'un péta. Barry ricana, puis réalisa qu'il avait un peu mal au nez.

— Hé, Ermine, j'ai quelque chose au visage ? demanda-t-il.

— Juste un bouton, dit-elle, et les époux se figèrent.

L'Acné de Feu était de retour. Barry rajeunissait plus vite chaque jour.

CHAPITRE XIII
Une bonne et une mauvaise nouvelle

Le lendemain matin, au réveil, Barry découvrit un nouvel et inquiétant symptôme. En se vidant la vessie, il baissa les yeux et vit que la plupart de ses poils pubiens étaient tombés. Quand il montra la zone glabre à Ermine, celle-ci hurla.

— J'ai quand même l'âge légal, je te promets ! dit Barry. Je me sens très légal !

Ermine calmée, Barry ajouta :

— Et tu vois, ce qu'on dit est vrai. Sans poils, tout paraît plus gros.

S'il ne reste que peu de temps, pensa Barry, *je devrais le passer auprès de mon fils.*

Il s'habilla donc, ce qui lui prit un certain temps. Ses robes de magicien étaient maintenant trop grandes, et il fut forcé d'emprunter les vêtements d'un étudiant de septième année qui s'était enfui avec un succube. Une fois prêt, il descendit d'un pas tranquille les escaliers qui menaient à la Grande Salle pour rejoindre Nigel et ses copains.

Nigel était plongé dans un « livre dont vous êtes le héros » appelé *Norman Normal et la malédiction de l'examen annuel de la prostate.*

— Salut Nigel. Ça t'ennuie si je m'assois là ? demanda Barry.

— Salut, papa. C'est quoi, un examen de la prostate ? répondit Nigel.

— Un instrument de torture glandu, dit Barry.

— Oh. Et pourquoi les Glandus inventent des trucs comme ça ?

— Je ne sais pas, dit Barry. Ils ne peuvent pas s'en empêcher, j'imagine. Ce sont des sauvages.

— Au fait, dit Nigel, tu as appris la bonne nouvelle ? Je veux dire, la mauvaise ?

— Non, quoi ? demanda Barry.

— Tu te souviens de mon compagnon de chambre ? Celui dont je t'ai parlé… qui portait une cape, et qui voulait rencontrer Valdemarne ?

— Il était vampire ? demanda Barry.

— Non. Par contre, il est devenu fou, et il s'est jeté du haut de la tour de Frittondpor. Ça, c'est la mauvaise nouvelle.

— Quelle est la bonne ? demanda Barry.

— Quand un étudiant se suicide, tous ses compagnons de chambre ont la note maximale à tous leurs examens du trimestre, dit Nigel.

— Excellent !! s'écria Barry, ravi. Ça veut dire que tu n'as plus besoin de réviser !

— Exactement, dit Nigel.

— Alors tu ne penses pas que je devrais te donner *mon* éducation à la place ?

— Si, bien sûr, dit Nigel, un peu inquiet.

Son père agissait de manière bizarre ces derniers temps.

— Nous commencerons après le petit déjeuner, dit Barry. Nous aurons fini bien avant que tu doives te préparer pour le match de Quichecuite. (Il murmura à Nigel.) Tout le monde a reçu les tuyaux en plomb que j'ai commandés par chouette porteuse ?

— Oui, confirma Nigel. Un des joueurs a même reçu le tuyau sur la tête... mais il devrait être rétabli pour le match.

Barry, ravi, passa la main dans les cheveux de son fils et le décoiffa. D'habitude, Nigel détestait ça, mais il était de si bonne humeur aujourd'hui qu'au lieu de râler, il fit la même chose à son père.

— Hé, papa, tes cheveux ont poussé ! commenta-t-il. Ça te va bien.

— Merci, dit Barry, forçant un sourire.

Nigel se replongea dans son bouquin. Le petit déjeuner du samedi, servi dans la Grande Salle, était un moment de détente ; les élèves faisaient la grasse matinée et les elfes de service ne travaillaient pas ce jour-là. On avait donc le choix entre des céréales froides, des toasts, ou de la nourriture conjurée de la veille. Barry, sorcier expert, pouvait toujours invoquer ses plats préférés, et c'est ce qu'il fit. (Une habitante d'Amiens vit son omelette disparaître devant ses yeux et décida que son traitement médical lui donnait des hallucinations ; un habitant d'Omsk vit son jus d'orange s'évanouir dans l'air et retourna se coucher.) Quant aux toasts et aux céréales, Barry alla les chercher au buffet. Le grille-pain de la Grande Salle s'étant enfui avec le professeur Interruptus, les elfes avaient demandé à la salamandre de se porter volontaire pour le travail. Résultat, le pain était bien grillé, mais le lézard laissait des traces de pattes sur la mie. Barry appréciait aussi le lait magnétique, qui s'accrochait au bol métallique et ne pouvait se renverser.

Nigel donna un coup de cuillère dégoûté dans ses céréales, qui gémissaient.

— S'ils peuvent téléporter un magicien sur la lune…

— Une fois, j'ai fait ça à Rato pendant son sommeil…, dit Barry en souriant.

— … Pourquoi est-ce qu'ils ne peuvent pas inventer des céréales qui restent craquantes ? continua Nigel. Et qui a eu l'idée débile de donner une conscience aux corn-flakes ? Passez-moi l'inventeur, c'est lui que je préférerais bouffer…

— D'accord, Nigel, mais regarde ! dit Barry, et il retourna le bol.

— Ouais, eh bien je ne suis pas sûr que tout ça soit très bon pour la santé, dit Nigel. Le lait a un goût de boîte de conserve.

Junior passa, portant un plateau.

— Salut, Nigel. Bonjour, monsieur Trotter. Je peux m'asseoir à côté de vous ?

— Bien sûr, dit Barry.

— Merci.

Barry tourna sa cuillère dans son bol de céréales ; Nigel avait raison, elles étaient molles.

— Alors, Junior, comment va ton père… je veux dire, comment va Lee ?

— Très bien, répondit Junior. Il travaille à Chemises Anonymes, et recommence à participer aux matchs du Tournoi des Abominations.

Le TdA était la ligue professionnelle Quichecuite réunissant les losers virés de toutes les autres ligues. Comme le suggérait son nom, le jeu y était mauvais et les scandales perpétuels. Le père de Junior avait été arrêté quelques années auparavant pour s'être montré nu devant un groupe d'étudiants glandus de septième année (c'était à un salon scientifique ; il s'était fait passer pour un élément de l'exposition, un modèle hydraulique). Grâce à sa célébrité, Don Jardin s'en était tiré avec des travaux d'intérêt public. Bizarrement, après quelques répercussions négatives, l'incident avait plutôt été bénéfique pour sa carrière : les fans lui envoyaient des photos d'eux-mêmes déguisés en expériences scientifiques pornos.

— Parfait, parfait, dit Barry. Nigel m'a dit la bonne nouvelle, je veux dire, pour vos notes. Des Croque-Cervelle, je suppose ?

— Vous avez entendu parler des Croque-Cervelle ? dit Junior, impressionné. Seulement trente noises, vous vous rendez compte ? C'est le meilleur investissement que j'aie jamais fait !

— Vous n'êtes peut-être pas au courant, jeune homme, mais je n'étais pas vraiment un élève modèle, dit Barry. D'ailleurs, je compte expliquer certains de mes trucs à Nigel, aujourd'hui, après le petit déjeuner. Tu veux venir avec nous au parc, tout à l'heure, Junior ? ajouta Barry, puis il prit un air dramatique de conspirateur. Il ne faudrait pas que les secrets de mes tours s'ébruitent, tu comprends…

Le visage de Junior s'illumina.

— Ce serait génial, monsieur Trotter.

— Appelle-moi Barry, dit celui-ci en souriant.

Le parc à thème, situé sur une île au milieu du lac, était en pleine construction. Quand les investisseurs avaient contacté J.-G. Rollins pour les premières négociations, elle avait appelé le projet « une obscénité scandaleuse, un moyen éhonté et vulgaire d'arracher encore quelques gallions à mes fans ».

— N'est-ce pas ? C'est pas génial ? avait répondu Ridicule, ravi.

J.-G. n'était pas de cet avis, et pour faire avancer leur projet sans son accord, les associés avaient cherché une solution. Et ils avaient trouvé : une idée courageuse mais risquée. « Coudbar : vivez l'expérience ! » n'était pas basé sur les personnages adorés, censurés, et définitivement copyrightés de J.G., mais sur les véritables humains dont les romans s'étaient inspirés. Or, comme vous le savez, ces « vrais » humains avaient, selon les cas, des caractères allant de « légèrement imparfaits » à « complètement répugnants ».

« Coudbar : vivez l'expérience ! » devait initialement ouvrir en juin, mais à cause d'une certaine tension sociale, (les nains qui construisaient le parc avaient été offensés par les restrictions de taille dans les attractions et s'étaient mis en grève jusqu'à ce qu'elles soient levées) l'inauguration avait été retardée de six mois. Malaufoie attendait beaucoup de monde pour Noël. Secrètement, les gens doutaient du succès d'un roller coster en plein frimas hivernal, mais personne n'avait eu le courage d'aller le dire en face au principal intéressé. « C'est en se trompant qu'on apprend le métier », pensaient-ils tous, et Barry avec eux.

— Regarde ! Voilà le roller coster ! dit Nigel, montrant une des courbes gigantesque de l'attraction appelée « La Libido sauvage d'Ermine ».

Sa mère n'avait guère apprécié l'hommage.

— C'est de l'histoire ancienne, avait-elle protesté. Je ne comprends pas pourquoi tout le monde s'attarde tant sur les moments rebelles et libertaires de ma jeunesse…

— *Salope*, avait chuchoté Barry, dissimulant le mot sous une soudaine quinte de toux.

Ermine avait pris un quartier d'orange dans l'assiette de Nigel et l'avait lancé à son mari.

— Pourquoi ne l'ont-ils pas appelé « La Quête de Connaissance de Soi d'Ermine », je te le demande ?

— Je ne mange pas un fruit qui a touché la tête de papa, avait protesté Nigel, et la conversation était passée sur d'autres sujets.

Et voilà... la carrière sexuelle de sa mère s'étalait maintenant devant Nigel, en bois de mauvaise qualité et en acier prérouillé. (Forcément. Malaufoie était du genre à économiser sur la matière première.)

— Regarde, ils ont presque fini « Les Chopes Tournantes de Grobid », dit Junior. Je crois qu'on est censé s'asseoir là-dedans jusqu'à ce qu'on, heu, conjure son petit déjeuner.

— Jusqu'à ce qu'on *quoi* ? demanda Barry.

— Vous savez bien, monsieur Trotter... Conjurer ses cookies, cracher dans le chaudron, revoir le repas de Merlin, dit Junior en mimant un malheureux en train de vomir.

Barry haussa les épaules. Il avait tellement vomi récemment qu'il se considérait comme un maître de cet art, aussi mineur soit-il. Junior avait du potentiel, mais il lui restait encore beaucoup à apprendre.

Les garçons firent le tour du parc, cherchant des bêtises à faire et des insectes à torturer. Autour d'eux, les nains creusaient et soudaient, peignaient et pavaient. Barry serait mort plutôt que de mettre les pieds dans certaines attractions, La Caverne de l'Ambiguïté Sexuelle de Madame Ponce, par exemple... Et pourtant, malgré lui, il attendait avec impatience de voir le parc terminé, dans toute sa gloire éclatante, mortelle et de mauvais goût.

Puis il se souvint que le jour venu, il aurait depuis longtemps cessé d'exister.

Devait-il parler à Nigel de sa mort proche ? Ermine et Barry n'arrivaient pas à prendre une décision sur ce point. Ils ne voulaient pas traumatiser leur fils... mais Nigel n'avait-il pas le droit de savoir ? Avait-il remarqué quelque chose ? Remarquerait-il quelque chose, quand la fin serait proche ? Parler était si difficile…

Un tentacule tenant une ardoise Veleda sortit du lac. Le Kraken.

— Koman va ? avait-il écrit sur l'ardoise.

Le feutre était rose, la couleur favorite de la créature marine.

— Oh, super, dit Barry. Heu, en fait non, ajouta-t-il.

L'ardoise disparut sous les vagues, puis réémergea, avec marqué :

— ?

— J'ai un truc. Une espèce de malédiction. La Jeunastasia. Elle me fait rajeunir…

— Et c'est pa bon ? Pourquoi ?

— Parce que si je n'arrête pas le processus, j'atteindrai l'âge zéro et je mourrai.

— O. (L'ardoise réémergea.) Do-mage pour toi.

— Hé ! s'écria Barry, vexé. Je vois que tu prends mon problème au sérieux ! Va te faire tentaculer !

— Je plaisante, dit le Kraken. Ta fam. Sait ?

— Ma femme, oui, dit Barry. Mais pas mon fils. Tu penses que je devrais lui parler ?

L'ardoise disparut, puis réapparut au bout de quelques instants.

— Absolument.

Finalement, l'orthographe du Kraken n'était pas si mauvaise.

— Merci du conseil. Je vais parler à Nigel.

L'ardoise réapparut.

— De rien. Tu peux me jeter l'autre enfant, s'il te plaît ?

— Non, c'est l'ami de Nigel, dit Barry en riant. Mais tu auras sûrement à manger après le match de Quichecuite.

— Ciao, mon pote, dit l'ardoise. (Le Kraken essayait d'être cool.) PS : Chesterfield est mon neveu.

Il disparut.

Barry appela Nigel, qui s'amusait à lancer des pierres aux ouvriers travaillant dans une fosse.

— Nigel, viens là.

— Ouais ! Trop bien ! Je viens d'en atteindre un en pleine tête ! dit Nigel en faisant une petite danse.

— Félicita… Je veux dire, non, c'est mal, dit Barry.

La discipline n'avait jamais été son fort, et devenir chaque jour plus immature n'aidait pas, forcément.

— Nigel, il faut que nous parlions. J'ai quelque chose à t'expliquer.

— Papa, je suis au courant. Je sais quel est le rôle des fées dans notre système reproductif. J'ai tout vu sur ValuVision. Il y avait une sorcière avec deux énormes…

— Non, Nigel, ce n'est pas de ça que je veux te parler, coupa Barry. Je voulais te dire… que… que Chesterfield était le neveu du Kraken, et que celui-ci te dit bonjour.

— C'est tout ? Je peux retourner jeter des pierres ?

— Non, attends, soupira Barry. Il y a… il y a quelque chose d'autre…

Barry se tut, et observa son fils en silence.

— Hum, papa, tu te décides ? Avant que nous mourions tous de vieillesse ?

Barry laissa échapper un rire sarcastique.

— J'aimerais bien.

Nigel sortit une petite loupe de sa poche et commença à regarder ce qui l'entourait.

— Jolie acné, papa.

— Tu ne me facilites pas les choses, Nigel.

— Aïe ! Mince ! dit Nigel, se frottant les yeux. J'ai

regardé les étincelles du soudeur avec ma loupe ! Tu crois que je vais devenir aveugle ?

— Non.

— Mais si jamais je devenais aveugle, est-ce que je pourrais avoir un gros chien qui…

Barry l'interrompit.

— Nigel, je suis sous l'influence d'un sort, ou de quelque chose qui me fait rajeunir, déclara-t-il d'un coup.

Son fils le regarda :

— Mais tu pourras quand même m'apprendre à conduire ?

— Oui, si nous ne perdons pas de temps.

— Je pourrais demander à maman, mais elle ne sait même pas se servir d'un DVD, continua Nigel, avant de s'interrompre. Comment ça, « si nous ne perdons pas de temps » ? Qu'est-ce que ça veut dire ?

— Ça veut dire que je vais mourir, dit Barry. Je n'ai sans doute plus longtemps à vivre…

Nigel explosa.

— Cette espèce de saloperie de magie !! Cette putain de magie de merde !! (Nigel n'était pas très créatif dans ses insultes, mais ce qui lui manquait en talent, il le rattrapait en intensité.) Je t'ai DIT que la magie était dangereuse ! Je te l'ai RÉPÉTÉ ! « Ne fais pas de sort !! Tu es accro aux sorts !! » Pourquoi tu peux pas être normal, comme papi et mamie ?

— Ce ne sont pas mes grands-parents, Nigel, dit Barry. Je n'ai pas choisi d'être magicien… je suis né comme ça, à cent pour cent magique…

— Tu es à cent pour cent crétin, c'est tout ! hurla Nigel, le visage cramoisi. (Il compta sur ses doigts.) Tes parents ? Morts ! Céldèlbore ! Disparu !! Valdemarne !! Grave taré !! « Oncle » Sérieux : poursuivi par le ministère du

Revenu Astral ! Tu ne comprends pas, papa ? La magie détruit la vie de tous ceux qui y touchent !!

Barry ouvrit la bouche pour se défendre, puis la referma.

— Et qu'est-ce que tu as fichu, encore, pour te retrouver dans cette situation ? continua son fils. Tu le sais, au moins ? À moins que quelqu'un t'ait lancé quelque chose sans prévenir, pour que maman et moi n'ayons plus qu'à te regarder mourir…

— C'est à peu près ça, soupira Barry.

— Super ! On ne sait même pas qui est le connard qui a fait ça !! Parfait !! cria Nigel. Je vais aller voir maman ! Je n'ai plus envie de te parler, merci !! (Il partit en trombe, dans la direction du pont et de l'école, mais pas avant d'ajouter :) Merci d'avoir foutu mon année scolaire en l'air, baguette molle !

Junior s'approcha de Barry.

— Qu'est qu'il a, Nigel ?

— Rien, Junior.

— Alors vous êtes une de ces familles où les enfants peuvent insulter les parents et ne pas se prendre de baffe ?

— Pas vraiment, dit Barry. C'est un cas exceptionnel. (Il préférait ne rien dire ; Nigel parlerait à Junior, s'il le désirait.) Hé, Junior, est-ce que ton père… Est-ce que Lee t'a raconté la fois où lui et moi avons jeté des ballons de pisse sur Vincent Crabe ?

Les mots « ballons de pisse » galvanisèrent l'attention de Junior.

— Vous n'avez pas fait ça !

Barry et Junior reprirent tous deux le chemin de l'école.

— Je te jure, dit Barry. C'était pendant la Coupe du monde. (Si Barry avait eu une maturité normale, il aurait sans doute évité de tout raconter à Junior, vu son âge. Mais rien ne le retenait maintenant et il divulgua les détails les plus sordides.) … bref, Crabe a finalement compris que c'était nous les responsables, et il m'a enfermé dans un urinoir masculin…

— Quelqu'un t'a aidé à en sortir ? demanda Junior.

— Non, ils étaient trop morts de rire, les salauds ! dit Barry. Crabe a fait semblant de me « pêcher » avec son balai ! Et – tiens-toi bien – ton père a joué au présentateur pour commenter la situation…

Barry se mit à rire. Ces souvenirs lui manqueraient, quand il serait mort.

Junior rit à son tour.

— Nigel a toujours dit que vous étiez supercool, monsieur Trotter.

— C'est vrai ? dit Barry, tout heureux.

CHAPITRE XIV

La fin d'une très courte ère

Bien que les joueurs de Frittondpor aient essayé de garder leur plan de génocide secret, il y avait eu assez de fuites pour que toute l'école décide d'assister au match. Le règne de Rato avait été dur pour les élèves qui n'étaient pas de Frèrepétar, et maintenant qu'un couple d'anciens de Frittondpor dirigeait l'école, beaucoup attendaient que souffle le vent de la vengeance.

Ils ne se doutaient pas de la force avec laquelle il allait tout balayer.

Madame Bipine, l'instructrice Quichecuite, avait reçu tellement de coups à la tête durant sa vie qu'elle avait l'intelligence d'un nain de jardin. Du coup, il avait été décidé que Barry, en tant que codirecteur, serait l'arbitre du match.

— Je vais retenir les partisans de Frèrepétar aussi longtemps que possible, avait dit Barry à l'équipe Frittondpor, dans les vestiaires. Mais à un moment ou à un autre, leur colère éclatera. Alors agissez vite !

Junior s'était installé dans les gradins, au rang le plus

haut, à côté d'Ermine.

— Je suis ravie que tu aies décidé de reprendre le flambeau, et de commenter les matchs, Don, dit celle-ci. Ton père doit être fier de toi.

— Il a dit qu'il me retirerait de l'école si je ne le faisais pas, expliqua Junior. Franchement, madame la directrice, j'ai la même opinion que vous. Je trouve que le Quichecuite est plus ennuyeux qu'un documentaire géopolitique sur Arte. Je préférerais nettement jouer au Tue-les-Glandus sur ma Game-Gique.

Ermine fronça les sourcils.

— Tue-les-Glandus ? Ce n'est pas un peu sanglant, comme jeu ? dit-elle.

L'agressivité qui régnait avant les matchs de Quichecuite la mettait toujours mal à l'aise.

— Si ! C'est génial !! commenta Junior, qui se concentra sur le terrain de jeu. Les deux équipes venaient d'apparaître. Un tir au pistolet annonça le début du match (et blessa Largederrière) … et le jeu commença.

— Les capitaines donnent les balles… Les joueurs de Frèrepétar obtiennent le Soiffe, commença Junior. Ils approchent du but, ils prennent de la vitesse…

Les spectateurs se figèrent, puis des rires éclatèrent parmi la foule.

— Oh non ! dit Don. On dirait que tous les joueurs Frèrepétar en première ligne viennent de se faire décapiter d'un coup !

— Ce n'est pas légal, quand même ! protesta Ermine.

— Mais si, absolument, mentit Don.

Lui aussi faisait partie de la conspiration. La directrice calmée, il reprit le commentaire :

— Et voici les médi-sorciers. Ne vous inquiétez pas, chers spectateurs, vous reverrez les têtes de vos joueurs préférés... dans des bocaux !! ajouta-t-il, et les trois quarts des spectateurs rirent.

— Voilà une blague de très mauvais goût, dit l'Imbécile Cramoisi.

— Si Gogue était là, il y aurait des points qui voleraient, dit Ridicule Malaufoie, furieux.

Après avoir rendu visite à Larvesque à l'infirmerie, il avait décidé de modifier son testament en faveur d'un autre clone.

Le jeu continua, et les Frèrepétar reprirent du poil de la bête. Même en infériorité numérique, les joueurs marquèrent trois buts avant que l'équipe de Frittondpor installe une barrière invisible de lances devant son but. Après que quelques Frèrepétar s'y furent empalés, l'Imbécile Cramoisi ne put plus y tenir. Il demanda une interruption de jeu, sauta de sa boîte et flotta vers Barry.

— Hé, arbitre ! Il y a faute ! cria-t-il.

— Je n'ai rien vu, dit Barry.

— Eux non plus !!! protesta le fantôme, brandissant le règlement. Regardez, c'est marqué là : « Douze (b) : toute équipe déployant des obstacles invisibles devant le but devra subir un nombre de penalties égal au nombre de joueurs tués ou rendus inaptes au jeu. »

— Non ? dit Barry, jouant la surprise. C'est vrai ? Faites voir. C'est la dernière édition ? Ça alors, je crois que vous avez raison... (Derrière le fantôme, le Connard de Frittondpor était en train de fixer une mine au balai d'un Frèrepétar. Barry siffla.) Trois penalties contre Frittondpor ! annonça-t-il.

Les joueurs Frèrepétar tirèrent, et marquèrent, trois fois. Puis la mine explosa, et un trou noir portable envoya leur gardien de but (et le Soiffe pour faire bonne mesure) dans une autre partie de la galaxie.

Les joueurs de Frittondpor explosèrent de joie : c'était le premier but qu'ils aient marqué de l'année.

— Il y a quelque chose de pas net dans ce match, dit Ermine, qui savait qui accuser. *Barry* !!!

— Quoi ? dit Barry. Désolé, chérie, je suis occupé. Nous discuterons après la partie, d'accord ?

Il ne restait qu'un seul joueur vivant chez Frèrepétar, et c'était leur AT-AT-rappeur, T. Granville Pus. Pus avait beau être seul, aucun joueur Frittondpor ne pouvait le battre à la course, et surtout pas leur AT-AT-Rappeur, Nigel. Pour tout dire, Nigel passait la majorité des matchs la tête à l'envers, accroché par les ongles au manche de son balai.

— … Ne t'inquiète pas, j'ai tout prévu, avait murmuré Barry à Nigel avant le match. Surtout, Nigel, n'attrape pas le Vit d'Or.

— Y'a pas de danger, dit Nigel en riant. (Il ne se faisait aucune illusion sur ses talents.) Mais pourquoi ?

— Je préfère ne pas t'expliquer, dit Barry. Tout ce que je dirais pourrait être retenu contre moi. Ne t'en approche pas, c'est tout.

Et voilà pourquoi, alors qu'obtenir le Vit d'Or était la seule chance qu'ait Frittondpor de gagner le match, Pus était, bizarrement, le seul joueur à essayer de l'attraper.

— Pus a trouvé le Vit d'Or… les Frittondpor sont loin, commentait Junior. Le Vit d'Or ne se laisse pas avoir si facilement, et Pus fonce à toute vitesse pour l'attraper…

La foule retenait son souffle. Ermine avait un mauvais pressentiment.

— Il l'a ! rugit Junior. L'équipe de Frèrepétar a…

Alors le terrain fut secoué par une épouvantable explosion. Pus fut réduit en morceaux sanguinolents. Mais quand la poussière retomba…

— Je l'ai !! s'écria Nigel.

Le hasard avait envoyé la main droite arrachée de Pus, dont les doigts crispés serraient encore le Vit d'Or, dans la direction de Nigel. Sans s'attarder à l'horreur du spectacle, Nigel avait bondi, et le morceau de chair et d'os avait atterri dans la main du fils de Barry !

— Et c'est la victoire pour Frittondpor !! cria Junior.

La foule devint folle. Des étudiants Frèrepétar fous de colère envahirent les zones ennemies du stade, frappant tous ceux qui s'interposaient, laissant aller leur rage. L'Imbécile Cramoisi avait saisi le crâne vide de Dick-Presque-Sans-Cervelle et essayait de le briser, tandis que celui-ci le frappait de manière régulière au visage avec son cervelet.

— Berk, dit Nigel, descendant tranquillement vers le sol.

Il laissa tomber la main sanguinolente, et fut aussitôt assailli par ses coéquipiers fous de bonheur. Pendant ce temps, les médi-sorciers s'affairaient pour retrouver les morceaux épars du pauvre Pus.

À son arrivée, Barry fut reçu moins cordialement.

— Et tu as trouvé ça drôle ? dit Ermine.

— Grave ! répondit Barry.

— Plusieurs morts chez les joueurs Frèrepétar… d'autres condamnés à passer le reste de leur existence dans des bocaux de saumure… tout ça à cause d'un pauvre match ?

— Erm, tu as vu le visage de Nigel ? dit Barry. Ce n'était pas un « pauvre match » pour lui. (Ermine s'adoucit un peu.) Et puis, ce sont des Frèrepétar, merde. Ils le méritent !

Ce qui rendit Ermine folle de rage.

— Voilà !! C'est *ça* le problème de cette école !! Voilà ce qui gâche tout, ce qui a toujours tout gâché !

— Tu es si belle quand les veines pulsent de colère sur ton front, dit Barry.

— Je m'en fous ! Regarde, cette vendetta débile entre toi et Valdemarne, par exemple, cria Ermine. C'est toujours la même chose !!! « Ma Maison est meilleure que ta Maison », toujours le même truc !! Et le nombre de morts et de blessés ne vous arrête pas !!

Barry la regarda sans comprendre. Après tout, il avait treize ans dans sa tête.

— Tu n'es vraiment pas fun, grommela-t-il. Des fois, tu es tellement prude, c'est pas possible…

Il ne fallait pas dire ça à Ermine.

— Prude ? *Prude* ? S'il y a une chose que je n'ai jamais été dans ma vie, c'est prude !! cria-t-elle. Mais tu le penses ? Eh ben ça tombe bien ! Parce que tu ne risques pas de m'approcher pendant au moins un mois, monsieur le héros de Quichecuite !

Elle s'éloigna, furieuse. Barry réalisa que tous les regards étaient tournés vers lui.

Oh non ! pensa-t-il. *Ils vont penser que c'est elle qui porte la culotte ! Vite, une réplique fulgurante !*

— Cause toujours, salope ! cria Barry, avant de rejoindre les joueurs de Frittondpor qui inondaient son fils de Dragonnade.

Ermine n'était pas la seule à trouver la victoire de Frittondpor franchement dérangeante. Deux jours plus tard, les deux époux reçurent un hibou de Ridicule Malaufoie, demandant leur démission immédiate.

« Les élèves sont notre principale source de revenu, disait la lettre. Vous ne pouvez pas vous amuser à les tuer comme ça. Même durant ses crises de mégalomanie, Dorco assassinait les étudiants un par un, en faisant passer les meurtres pour des accidents, ou en se débrouillant pour faire accuser d'autres élèves. Vos actions portent atteinte à la dignité de l'école et à ses plus nobles traditions. L'implication directe du directeur Trotter dans le massacre des joueurs de l'équipe Frèrepétar est scandaleusement déplacée… en plus, cette tuerie nous a coûté un max.

Étant donné votre conduire scandaleuse, nous avons demandé au professeur Grommellegrommelle de vous remplacer comme directeur par intérim. Notre décision est effective immédiatement. »

Portée par une rage froide, Ermine prit ses affaires et quitta le bureau. Barry et elle faisaient maintenant chambre à part… de toute manière, Barry passait ses nuits à jouer à la Game-Gique. (Il était accro à Tue-les-Glandus.[47])

Barry essaya une seule fois de s'introduire dans la chambre d'Ermine, mais Lon dormait sur le paillasson.

Le professeur Grommellegrommelle ne parut pas dépassé par l'écrasante responsabilité qui lui avait été confiée… au contraire, il accomplit ses tâches de directeur avec une aisance étonnante. La manière dont il présidait à la Haute Table, celle dont il faisait taire tous ceux qui le contestaient, dont il se curait les dents avec la branche mâchonnée de ses minces lunettes, dont il essuyait la sauce de son assiette avec sa longue barbe blanche avant de la sucer : tout rappelait Pludbus Céldèlbore, comme si Grommellegrommelle avait réussi à en invoquer l'esprit.

D'ailleurs, la première chose qu'Ermine dit à son mari après quarante-huit heures de silence fut :

47. « Papa ! Va te coucher ! » « Encore une minute, Nigel. Je finis de tuer les membres de l'ONU. »

— Je crois que Grommellegrommelle est en réalité Pludbus Céldèlbore.

Barry haussa les épaules.

— Arrête avec ça ! Je refuse de perdre le temps précieux qui me reste à écouter cette théorie stupide, dit-il avant de passer sous la table pour jouer à cache-cache avec Lon.

Ermine tenta d'argumenter, mais seuls des cris de joie et des grognements lui répondirent.

— Barry à Lon, dit Barry en faisant semblant d'avoir un talkie-walkie. *Crrrr crrrr.* Barry à Lon. Ermine est une grosse nulle. Terminé.

Lon rigola.

— Ouais ! *Crrrrr.* Ermine est…

— Dit « Roger », abruti !

— Roger, abruti !

— Non ! cria Barry. Oh, laisse tomber.

Mais malgré les preuves apparentes du contraire, Barry avait peut-être raison… Car Grommellegrommelle fit un soir une annonce qui n'aurait pas été du goût de Céldèlbore. Céldèlbore pensait que la magie était un talent, comme savoir se toucher le nez avec la langue : on pouvait le travailler, mais pas l'augmenter, ni le quantifier. D'après Céldèlbore, « la magie, on l'avait ou on ne l'avait pas ». Céldèlbore n'aurait jamais accepté de faire passer à tous les élèves de l'école un test standardisé.

C'est pourtant ce que Grommellegrommelle annonça.

Il fit son discours derrière la protection d'une barrière invisible.

— Ce test, pour lequel il ne sert à rien de réviser, aura lieu samedi, dans deux jours. Il vous prendra environ une heure. Nous avons choisi un samedi justement pour que vous ne manquiez aucun de vos cours habituels…

Pour fêter la nouvelle, les élèves lancèrent une volée de nourriture... que la barrière invisible de Grommellegrommelle détourna sur Barry.

— Hé ! Attention ! dit celui-ci, quand les premiers missiles l'atteignirent.

Il prit le panier à pain et riposta.

Grommellegrommelle continua son discours.

— C'est un grand honneur pour Coudbar d'avoir été choisi pour inaugurer ce test. Il est important que vous y mettiez tout votre cœur. Le tournoi de Quichecuite ayant été annulé après les, heu, incidents du dernier match...

Pourquoi est-ce que tous les directeurs s'amusent à me jeter des regards noirs pendant leurs discours ? pensa Barry, avant de lancer un nouveau bout de pain.

— ... la Maison avec le meilleur score gagnera la Coupe des Maisons.

Eh bien, il faut croire que je m'étais trompée, pensa Ermine, faisant tourner d'un geste las ses brocolis sur son assiette dorée.

Mais Ermine était une éternelle étudiante.

Je me demande si je devrais passer ce test, moi aussi, pensa-t-elle. *Juste pour prouver de quoi je suis encore capable...*

CHAPITRE XV
L'Attaque des Livres Tueurs

Le lendemain, Ermine était de retour à la bibliothèque… bloquée dans ses recherches, et sérieusement déprimée. Pour la première fois, la réponse qu'il lui fallait n'était pas dans les livres… À moins que ce soit elle qui ne réussisse pas à la trouver. L'idée était insupportable. Depuis qu'Ermine n'était plus directrice, elle passait ses journées à chercher un remède pour Barry. Elle en voulait à son mari, elle lui en voulait à mort, et elle n'allait pas le laisser mourir avant de s'être vengée. Oh oui… Ermine était de plus en plus décidée à sauver son époux, quitte à lui rendre la vie insupportable ensuite.

Pourtant, la Jeunastasia n'était pas un concept si complexe. Ermine savait jouer avec le temps depuis qu'elle était ado. Une fois, elle avait même gardé Paul McCartney tout un été avec elle, comme une sorte d'animal domestique. Pour lui, ce n'avait été qu'un rêve étrange, pour Ermine, le souvenir était inoubliable. Elle avait réduit Paul à une taille de huit centimètres, et il ne reprenait sa taille normale que mouillé. Une expérience qu'il est difficile de partager avec ses parents… « Ermine, peux-tu me dire pourquoi il y a Paul McCartney dans ton bain ? » De toute façon, la vérité avait fini par éclater : Ermine s'était fait piéger sous une averse d'été avec Paul dans sa poche. Son chemisier s'était déchiré et elle avait été arrêtée pour outrage aux bonnes mœurs. Son père était allé la chercher au commissariat : le retour en voiture avait été cauchemardesque, non, il était même une nouvelle définition du cauchemar.

Bref, Ermine Cringer connaissait le Temps. Elle connaissait ses raccourcis, ses impasses. Mais le sort jeté sur Barry était un mur de brique. Bien sûr, comment ne pas soupçonner Lord Valdemarne ? Mais il avait un alibi…

Peut-être qu'il n'y avait pas de coupable. Peut-être que c'était arrivé tout seul, pensa Ermine en feuilletant son centième, non, son deux centième grimoire. Peut-être qu'il n'y avait pas d'antidote. Peut-être que Barry avait déjà assez vécu, et que le destin se vengeait. Après tant de solutions qui n'avaient rien donné, d'idées prometteuses qui s'étaient révélées désastreuses, la graine du doute n'était pas seulement plantée : elle avait poussé, se transformant en Bosquets du Doute, qui étaient devenus des forêts, des labyrinthes, je suis sûr que ces trucs-là ont un vrai nom, mais bref, vous voyez ce que je veux dire. Quel que soit le nom, Ermine y errait, et je devrais peut-être m'acheter un dictionnaire, voire changer de métier.

— La bibliothèque fermera dans cinq minutes, annonça la voix désincarnée de Mme Ponce. Si vous désirez emprunter un livre, veuillez vous rendre tout de suite au bureau central. Tous les élèves utilisant un ouvrage de référence sont priés de le rapporter dès maintenant.

Ermine accéléra sa lecture, espérant, contre tout espoir, découvrir la solution dans les minutes qui lui restaient. Des élèves passèrent devant elle, riant et plaisantant.

— La Réversion de Roderick, grommela Ermine. Ça paraissait prometteur… mais ça ne marche que sur les chats… Quelle est l'utilité, vous pouvez me le dire… ? Un Débrouilleur Temporel, peut-être ?

— Ahem.

C'était Mme Ponce, debout devant Ermine, ses bras maigres pleins de livres.

Ermine sursauta.

— Oh, madame Ponce, vous m'avez fait peur ! J'étais si concentrée…

— Et puis-je vous savoir pourquoi, demanda Ponce, regardant le livre d'Ermine, vous étudiez *Le Manuel de Merlin* avec une telle intensité ? Vous n'allez pas me dire que vous vous êtes jamais trompée dans un sort !

Comme d'habitude, les vêtements de Mme Ponce étaient tristes et mal coupés. Elle n'utilisait que des tissus non acides.

Ermine préférait ne rien dire tant qu'elle n'était pas sûre de ce qui était arrivé à Barry.

— Oh je… je cherchais comment vieillir un vin en accéléré … pour un dîner, déclara-t-elle.

Ponce la regarda, choquée.

— Dieu du ciel, n'utilisez pas *Le Manuel de Merlin* pour ça ! Vous allez transformer votre vin en nitroglycérine !

Le titre complet du livre était : *Le Manuel de Merlin, pour Rattraper vos Erreurs Magiques Majeures.* Les élèves le surnommaient aussi le M4RE. Le livre était considéré comme un ouvrage de dernier recours, à n'utiliser que quand les circonstances étaient désespérées. Ses solutions étaient imprécises, difficilement praticables et d'une puissance immense. Bref, avec *Le Manuel de Merlin*, vous aviez des remèdes à tuer les patients.

— Je sais ce qu'il vous faut, dit Ponce. Vous avez lu

Le Sommeil éternel de Nutella ? C'est un manuel de poisons, mais il y a aussi une table de conversion derrière. Je vous le donnerai demain… Maintenant, nous fermons.

Ermine se leva.

— Très bien. Je vous rends ce livre ? demanda-t-elle en lui tendant le M4RE.

Mme Ponce secoua la tête.

— Non, je ne vais pas avoir le temps de le ranger. J'ai rendez-vous avec ce charmant professeur étranger pour le dîner… (*Depuis quand un passe-montagne couvert de nourriture séchée était-il considéré comme « charmant » ?* se demanda Ermine.) Posez-le sur la table, près de l'entrée.

— Entendu, madame Ponce, dit Ermine. Merci pour votre aide.

La bibliothécaire sourit, puis disparut dans une allée.

Ermine rassembla ses affaires et ramassa le *Manuel* : il était lourd, et semblait vibrer. Quand elle était ado, elle s'amusait à s'asseoir sur les livres, avec ses copines. Peut-être que le grimoire qui lui donnerait la solution avait été rangé dans la mauvaise étagère. Les élèves traitaient la bibliothèque comme des Vikings un village ennemi. Chaque soir, Mme Ponce lançait un sort de *Rangearus*, et les livres volaient à leur place. Mais à midi le lendemain, tout était de nouveau dans un chaos complet…

Ermine posa le livre sur la table. Peut-être que si elle regardait une dernière fois… Elle ouvrit un tiroir et feuilleta les cartes de référence.

Elles gloussèrent.

— Chut ! dit Ermine, qui continua à chercher.

Cette fois, elles rirent.

Ponce entendit et émergea de son allée.

— Bonne nuit, Ermine, dit-elle d'un ton agacé. Je vais fermer.

Elles avaient eu cette conversation plus d'une fois quand Ermine était élève.

— Désolée, madame Ponce. Je m'en vais, dit Ermine.

Elle reprenait son sac quand quelque chose sur le bureau de Mme Ponce accrocha son regard. Un registre, sur lequel était écrit « À l'usage des professeurs ». Ermine se souvenait de la vitesse à laquelle les notes de retard volaient à travers l'école quand un élève avait dépassé l'heure limite pour rendre son ouvrage. Si on bloquait la boîte aux lettres, les notes passaient par la cheminée, à travers le vasistas, sous la porte... le courrier magique n'était pas recyclable, et pour éviter les problèmes, les étudiants achetaient les livres dès qu'ils le pouvaient.

Le registre pouvait lui donner des idées de livres à consulter. À moins, bien sûr, qu'il ne révèle le nom du coupable qu'Ermine cherchait. Il *fallait* qu'elle voie ce qu'il y avait dedans.

Les lumières s'éteignirent au fond de la salle... Mme Ponce allait revenir d'une seconde à l'autre. Ermine prit appui fermement sur le comptoir en marbre, puis sauta de l'autre côté, atterrissant près de la haute chaise que Ponce utilisait pour surveiller ce qui se passait dans la bibliothèque. (L'altitude était parfaite ; Ponce était à son aise pour y foudroyer les élèves qui se masturbaient distraitement en lisant les livres.)

Ermine entendit Ponce siffloter (du Céline Dion ?) alors qu'elle filait à quatre pattes vers le bureau... Puis elle réalisa, horrifiée, que son sac à main était encore sur le comptoir. Ermine attrapa la courroie et le fit tomber sur le sol, espérant que la bibliothécaire n'avait rien vu. Puis elle se cacha sous le bureau.

Si Ponce la trouvait, alors... alors quoi ? Ermine ne pouvait plus être collée... mais dans les limites de la bibliothèque, Mme Ponce était toute-puissante, voire le Tout-Puissant. Ils apprenaient sûrement des tortures arcanes à l'école des bibliothécaires… comment lier les pouces, comment frapper les plantes des pieds à coups de marque-page, comment donner la mort par milliers de coupures papier…

Le sifflement se rapprocha. Les brasiers fluorescents s'éteignirent, un par un.

Par terre, sur le sol, la poussière de mille et un livres magiques chatouillait le nez d'Ermine. Elle renifla.

Le sifflotement s'arrêta.

— Il y a quelqu'un ? demanda Mme Ponce d'une voix forte. (Personne ne lui répondit.) Je vous rappelle que la consultation illégale est punie de castration…[48]

Ermine ne bougea pas. Quand sa respiration lui parut trop bruyante, elle arrêta de respirer.

Une éternité passa avant que Ponce reprenne sa marche et n'éteigne les brasiers principaux. Ermine entendit la porte de la bibliothèque s'ouvrir. Ponce avança sur le seuil, dans le couloir, puis dit : « *Rangearus* ! » d'une voix forte avant de fermer la porte.

Et brusquement, Ermine eut l'impression d'être piégée dans Tue-les-Glandus, le jeu vidéo. L'air s'était rempli de livres traversant la salle à grande vitesse. Certains se fermaient bruyamment avant d'atteindre les étagères, d'autres allaient si vite qu'ils s'ouvraient. Un homme pris au piège aurait été assommé, ou pire. Un livre de poche pouvait vous fracturer une côte, une édition

48. Cette punition peut paraître excessive… mais elle correspondait à la motivation première des élèves qui se laissaient enfermer dans la bibliothèque : rechercher les traces écrites des rumeurs sur le paquet de documents pornographiques secrets sauvé de l'incendie de la Grande Bibliothèque d'Alexandrie.

reliée cuir vous arracher un œil. Et un dictionnaire bien placé vous tuer.

En sécurité sous le bureau, Ermine leva la main et commença à tâter. Elle trouva un registre, mais un annuaire volant la frappa au coude au moment où elle le prenait. Il tomba. Bonne nouvelle : c'était celui qu'elle voulait. Mauvaise nouvelle : la couverture était maintenant pliée, juste au milieu. Ponce le remarquerait sûrement. Les sorcières n'étaient pas des Glandues.

Tant pis. Ermine n'avait rien d'autre à faire que de lire le registre, et d'étudier les emprunts.

Le professeur Interruptus passait son temps à améliorer sa technologie interne (logique pour un robot… mais avait-il vraiment besoin d'un rayon tracteur pelvien ?). Le professeur Pourave avait consulté des centaines de livres sur les plantes, des plus communes aux plus exotiques, mais comme tous les ouvrages appartenaient à la collection « Tout savoir sur les drogues douces », Ermine doutait que son intérêt ait été strictement académique. Rogue aimait les polars, pour des raisons maintenant évidentes, et Céldèlbore…

— Une seconde, dit Ermine, tout haut. *Céldèlbore* ?

Et pourtant c'était marqué, là, de l'écriture nette et maniaque de Ponce. *Pludbus Céldèlbore.* Le dernier emprunt datait de la veille !

Le cœur d'Ermine bondit dans sa poitrine : son intuition était la bonne, depuis le début ! Pludbasse Grommellegrommelle et Pludbus Céldèlbore étaient frères ! Rogue, le méchant ? N'importe quoi… Seul Barry pouvait avoir ce genre d'idée stupide.

Quels livres Céldèlbore avait-il empruntés ? Ermine ne vit aucun fil conducteur évident. *Comment survivre à une humiliation médiatique*, puis *Comment mettre en scène un combat réaliste*, et enfin *Disparaître pour les nuls.*

Alors…

Était-ce possible ? Pludbasse Grommellegrommelle et Pludbus Céldèlbore étaient-ils la même personne ? Tout cela avait une logique perverse, ni très sérieuse, ni très intelligente, bref parfaite pour ce livre !

Et Mme Ponce était au courant. Pourquoi gardait-elle le secret ? Une idée abominable et blasphématoire traversa l'esprit d'Ermine. Son sixième sens (celui qu'elle gardait pour vérifier la véracité des choses abominables et blasphématoires) lui disait qu'elle avait raison. Pour ne pas vomir sa barre chocolatée de l'après-midi, Ermine tourna la page.

Il y avait d'autres livres, commandés puis prêtés par des bibliothèques extérieures : *Comment conjurer de l'argent. Les Glandus nous aiment-ils vraiment ? Deux décades d'aveuglement sorcier. Le Sorcier résistant.* Tous ces ouvrages suggéraient une vie de cavale. *Comment se déguiser en étranger type. Comment trouver un pseudonyme pas vraiment convainquant…*

Décidément, j'ai toujours raison, pensa-t-elle tandis que les livres continuaient à voler et à siffler-au dessus de sa tête.

Le livre suivant s'appelait : *Téléportation de masse.* Qu'est-ce que Céldèlbore pouvait bien vouloir téléporter ? Ce pouvait être n'importe quoi… des prostituées thaïes, des lingots d'or, des céréales péruviennes… il n'y avait rien que ce vieux salaud ne puisse faire, ou que Valdemarne ne puisse contrer. Plus récemment, Céldèlbore avait consulté des guides touristiques : *Faites vos bagages pour Mu* ou *Les Plages nudistes de la Lémurie…* Quels ouvrages étudiait-il quand Ermine l'avait rencontré dans la Section Interdite ? Bien sûr ! Les livres n'étaient pas sur Atlanta, mais sur

Atlantis ! Puis venait un dernier ouvrage, à l'usage peu clair : *Biographie non autorisée du tristement célèbre Niccolo de Pollosmusca.*

Celui-là, elle ne voyait pas du tout de quoi il pouvait parler.

La liste s'arrêtait là. Ermine ignorait toujours d'où venait la Jeunastasia de Barry, mais tout cela avait un lien, forcément. Elle le sentait. Pourquoi Céldèlbore voulait-il tuer son mari ?

Utilisant un autre de ses sens spéciaux (Le huitième ? Le neuvième ?) Ermine eut l'intuition soudaine qu'elle devait sortir d'ici, et vite. Céldèlbore préparait quelque chose d'important et de dangereux. Mais les livres volaient toujours… tant pis. Elle aurait des bosses bibliographiques, elle se protégerait la tête et espérerait que tout irait bien.

Ermine lissa au mieux la couverture du registre, puis elle le reposa sur le comptoir. Enfin elle s'accroupit, et regarda juste au-dessus du marbre, prudente, espérant que la danse des grimoires allait bientôt s'interrompre. Au bout de quelques minutes, elle s'énervait déjà.

— Et puis merde ! dit-elle, se lançant dans le tourbillon de littérature.

Un manuel d'incantation rapide lui donna un méchant bleu, mais elle réussit à sortir entière de la bibliothèque.

Maintenant que Barry était très jeune, il aimait manger tôt avec les élèves : ensuite, il allait jouer à la Game-Gique avec eux, jusqu'à ce qu'ils le virent. Alors il allait à la *Grotte de Godenic* boire des bières et écouter le groupe du soir, des gamins se prenant pour des rockeurs, qui se donnaient un genre en frimant et en battant l'air. Au bout d'un moment, Barry attrapait un pauvre étudiant, le coinçait dans un coin de la cafétéria et lui expliquait pourquoi il était inutile d'étudier.

— Regarde-moi, je n'ai jamais travaillé, eh bien, je m'en suis pas mal tiré, non ? disait-il, en se penchant tout près de sa victime pour l'empoisonner de son haleine.

Les élèves acquiesçaient, ne serait-ce que pour pouvoir s'échapper. D'ailleurs, Barry avait sans doute une véritable influence : le taux de réussite de l'école baissait lentement depuis son arrivée sur le campus.

La plupart des nuits, l'ex-directeur ne rentrait dans sa chambre que vers quatre heures du matin, après avoir passé la nuit à discuter de problèmes existentiels avec des étudiants de septième année. De vrais problèmes, comme : « Accepter un job où on vous oblige à porter un pantalon veut-il dire qu'on a vendu son âme au grand capital ? ». Aussi, quand Ermine arriva dans la chambre de Barry pour lui annoncer ce qu'elle avait découvert, son mari n'était-il nulle part en vue.

Bien que sa découverte soit si brûlante qu'elle lui consumait presque le cerveau, Ermine fut contrainte de garder ce qu'elle savait pour elle, au moins temporairement.

— Nous confronterons Pludbus demain, pensa-t-elle. Oui, c'est ce que nous ferons, et nous le forcerons à nous avouer son plan, puis nous le menacerons de le livrer à la police s'il n'annule pas le sort qu'il a lancé contre Barry.

Ermine attendit son mari en vain, puis s'endormit.

Quand celui-ci rentra, il fut ravi de trouver Ermine dans ses draps, mais il était trop H.S. pour faire quoi que ce soit. Il se lança dans un long discours embrouillé, parlant de vol et de test. Ermine n'y comprit rien, de toute manière, elle était mariée depuis assez longtemps avec Barry pour savoir quand il fallait feindre le sommeil.

— Très bien, pensa-t-elle. Je lui parlerai au petit déjeuner.

Hélas, Mme Ponce se réveillait tôt… sa réputation aurait été compromise si un élève l'avait vue sortir du bureau du directeur dans ses habits de la veille. Aussi Ermine était-elle encore endormie quand les traces de son enquête furent découvertes…

… Quand l'aube se leva, un groupe d'oiseaux bleus maléfiques, au service du directeur, se posa près d'Ermine inconsciente.

Ils relevèrent les couvertures avec une douceur infinie, la soulevèrent et l'emportèrent.

CHAPITRE XVI

Sorc-X

Heureusement qu'Ermine n'avait pas compris ce que Barry avait raconté avant d'aller se coucher… sinon, elle aurait explosé. Ce que les deux mâles Trotter avaient fait était punissable d'expulsion. Ce qui ne leur aurait sans doute pas déplu – Barry aurait été ravi de ne plus recevoir les appels de fonds incessants de Coudbar, et Nigel aurait enfin eu une bonne raison d'arrêter.

Mais Ermine aurait eu le cœur brisé.

L'ordre régnait de nouveau dans l'école : depuis le retour du professeur Grommellegrommelle, on se serait cru revenu au bon vieux temps. Cela faisait plus d'une semaine que personne n'était mort, les leçons étaient données (même si elles n'étaient pas nécessairement apprises) et Coudbar fonctionnait de manière sereine et efficace. La construction du parc à thème avait même accéléré, et il semblait probable que : « Coudbar : Vivez l'expérience ! » ouvrirait à Noël comme prévu, voire même avec quelques heures d'avance.

Oui, on se serait cru au bon vieux temps. Il y avait

même Barry Trotter pour mettre un peu de chaos dans cette atmosphère trop parfaite. L'équipe Quichecuite de Frittondpor avait été dissoute après l'expérience Quichecuite Extrême… mais il y avait d'autres moyens de gagner des points pour la Coupe des Maison. On pouvait, par exemple, réunir de l'argent pour les œuvres de charité. (Frittondpor gérait la Maison des Potions, qui donnait des ingrédients gratuits aux sorcières trop pauvres pour se payer les produits nécessaires à leurs malédictions.) Et Gogue n'étant plus là pour mettre un frein à ses efforts, Barry était déterminé à faire gagner, une dernière fois, la Coupe à Frittondpor.

Barry avait donc sélectionné un groupe de garçons et de filles dotés d'une bonne dose de « joie de vivre »[49], puis il avait décidé de leur apprendre ce qu'il savait. Bien que plutôt respectueux des lois – il n'était pas assez puissant pour pouvoir les transgresser – Nigel fut enrôlé dans l'équipe, et il insista pour emmener Junior avec lui.

Barry enseigna à ses apprentis comment soutirer de l'or aux lutins, et à quels receleurs assez stupides il fallait ensuite vendre le butin. Il organisa un charmant petit racket consistant à faire payer les dragons du coin pour leur « protection ». Bientôt, les élèves de la bande commencèrent à trouver seuls des idées. Junior jeta un sort transformant des cachets d'aspirine en comprimés bleutés, que Nigel vendit au patron de *La Tête de Pute* sous le nom de « Viagra du sorcier ».

Barry fut très fier de son fils.

Même Grobid participait. Utilisant son lien légendaire avec les animaux (en fait, il se contentait de les laisser le mordre) il construisit un Zoo Mordant pour les enfants des

49. Traduction non politiquement correcte : c'étaient de mauvais éléments qui séchaient souvent les cours.

villages alentour. Ceux-ci venaient dans un petit enclos près de sa cabane, et laissaient les animaux leur planter les dents dedans. Les élèves de Barry utilisèrent aussi la passion de Grobid pour la distillation : le géant adorait expérimenter. Il essayait toujours de tirer des boissons effarantes de substances nouvelles. Il avait essayé de faire de la liqueur avec du dentifrice, et plus récemment avec des pâquerettes.

Grobid avait offert à Barry et à son gang plusieurs dizaines de litres de liqueur de pâquerette, que les élèves avaient vendu sur un petit stand, juste à la limite du territoire de Piliédbar (pour éviter de payer les impôts hallucinants de Valdemarne). À leur grande fierté, pas un seul client ayant avalé un gobelet du « péril jaune » n'avait réussi à faire plus de dix mètres avant de s'écrouler. Comme d'habitude, Grobid buvait cinquante pour cent de la marchandise, mais le profit généré par ce qui restait était bien suffisant pour acheter la Coupe des Maisons, et Barry et ses apprentis étaient donc ravis, ce soir-là, quand ils prirent un repos bien mérité dans la cafétéria.

— Hé merde ! dit Barry, concentré sur la partie de flipper qu'il faisait contre Nigel.

Le flipper avait les Glandus pour thème, et parfois dans la partie, une voix électronique lançait des remarques exotiques telles que : « Tu viens encore de donner naissance à un petit morveux ! », « Trouve un job ! » ou « Attention ! Sois prudent ! »

Barry suait et grognait, essayant de garder la balle… Quand Nigel était-il devenu si doué ? Il allait perdre la partie quand il leva la main droite et bougea l'index le long de la vitre, entraînant magiquement la balle vers une zone à haut score, appelée « M'en fiche, mon père, c'est le patron. »

Nigel laissa échapper un cri indigné.

— Tricheur ! hurla-t-il. Je t'ai vu ! Tu as triché ! Tu as utilisé la magie pour tricher !

— Même pas vrai, dit bêtement Barry.

— Je t'ai vu !! cria Nigel, qui n'avait pas l'intention de se laisser faire. Tu me dois un Cidre du Pirate !

— Très bien, très bien, grogna Barry, sortant l'argent de la poche du jean qu'il ne quittait plus. Je voulais simplement te montrer l'importance de la magie…

— C'est ça, dit Nigel, qui attrapa l'argent et partit au bar.

Un peu dépité d'avoir été pris sur le fait, Barry décida de se remonter le moral en préparant une nouvelle entourloupe. Autour de la table se trouvaient Junior, Barry, Nigel qui revenait avec son cidre, et un assortiment de gamins à la moralité peu reluisante. Lon était allongé à leurs pieds.

— Bien. Voler l'énoncé du test ne va pas être facile, expliqua Barry. En fait si, c'est peut-être évident mais tant pis : nous allons compliquer la tâche pour que la scène soit plus dramatique.

— Qu'est-ce que tu racontes ? demanda Nigel.

— Eh bien, je pourrais me contenter d'invoquer le document avec un *Vienla*, et hop, tout serait réglé, expliqua Barry. Le nouveau directeur est un malin, mais nous avons un avantage : il ne sait pas que je suis son ennemi. S'il a protégé le texte magiquement, il l'a fait en pensant à un élève normal… Pas à Barry Trotter, *le* Barry Trotter…

— Le Grand Anorak, dit Nigel, sarcastique.

Nigel et son père avaient maintenant une relation de copains. C'était bizarre, mais puisque Barry allait bientôt mourir, Nigel était obligé d'accepter la situation, et d'en profiter le plus possible.

— Qu'est-ce que vous pensez que le directeur a préparé, comme protection ? demanda Junior.

— Sans doute une « Barrière d'Âge », ou un truc équivalent, dit Barry.

— Comme ils font avec les magazines féminins ? Pour empêcher les plus jeunes de lire les encarts sexe ?

— Pareil, mais en plus puissant, expliqua Barry. Grommellegrommelle est un maître des Travaux Magiques Pratiques… et il doit avoir l'habitude de protéger ses magazines pornos, donc il sait ce qu'il fait. Quant à moi, je me targue de trouver le point faible de n'importe quel sort. Mais le processus risque de prendre du temps, aussi… (Barry prit une gorgée de son Ohbang ! Ina). Je propose une diversion. Une grosse. Un raid de culottes…

— Un raid de calottes ? intervint un élève qui n'existe que pour cette réplique vraiment débile.

— Non, non… Un raid de culottes… des culottes, des sous-vêtements, expliqua Barry. On fait le tour du bâtiment en volant les sous-vêtements des gens. C'est une vieille tradition glandue.

— On dirait plutôt une tradition de magicien, dit Nigel. « *Presto* ! Tu ne portes pas de culotte ! »

Junior réfléchit un moment.

— La diversion sera sûrement excellente… mais est-ce qu'on ne risque pas l'expulsion ?

Barry haussa les épaules.

— Expulsion, poil au con. Si je vous faisais la liste de toutes les conneries que j'ai faites quand j'étais élève…

— Oui, papa, mais nous ne sommes pas toi, dit Nigel. Nous n'avons pas de cicatrice, de destin, ou de revenus de droits dérivés. Nous ne sommes que des élèves normaux…

— Nigel, tu m'accompagnes, ordonna Barry. Nous irons tous les deux voler le test. Les autres, si vous vous faites prendre, je dirai que je vous ai manipulés. Et plus tard, j'effacerai magiquement toute trace de votre forfait sur vos dossiers.

Les élèves réfléchirent :

— D'accord, dirent-ils tous.

— Mouais, soupira Nigel, avec plus de prudence.

Il était le fils d'Ermine : il sentait la catastrophe arriver.

Le plan prit forme rapidement. Grâce à la carte du Mon-Routard, des parcours furent préparés, et des zones géographiques distribuées. Pour assurer le bon niveau d'euphorie magique, Barry institua un système de récompense : cinq noises pour un caleçon, trois pour une culotte, trois pour un soutien-gorge, cinq pour un string.

— Et sept pour une prise originale, ajouta Barry. Porte-jarretelles ou assimilé… Je serai le juge, et je tiendrai les comptes.

— Est-ce qu'on leur rendra leurs sous-vêtements après ? demanda Don.

— Est-ce qu'ils *voudront* leurs sous-vêtements, après que Lon aura joué avec ? soupira Nigel.

— Une fois les comptes faits, les sous-vêtements seront redistribués, décida Barry. Sauf aux Frèrepétar.

La Jeunastasia marchait à plein. Barry avait régressé jusqu'au stade tribal de l'élève, et la haine inter-Maison le portait comme une vague de dédain brûlant.

— Les sous-vêtements de professeur rapportent le double, dit-il. Le triple s'ils appartiennent à Gogue.

— Même à ce prix-là, je ne les toucherai pas, dit Junior.

L'équipe d'intervention allait agir de nuit, sous couvert d'obscurité… et après dîner, pour que la nourriture lourde et trop salée servie par les elfes de service ait assoupi tout le monde.

— Top de départ : deux heures du matin, dit Barry. Soyez prêts ! Et personne n'a le droit de suivre un HDM aujourd'hui…

— Un quoi ? demanda Junior.

— Un Horaire de Magicien, dit Nigel. Ça veut dire, être toujours en retard.

C'était une des expressions favorites de sa mère, qui détestait les retards.

— Synchronisez vos objets temporels ! dit Barry, qui vérifia la collection de cadrans solaires, de pendules et d'horloges à eau qui lui étaient présentés.

— Très bien… rendez-vous demain matin avant le test. Nous ferons les comptes et nous distribuerons l'argent du butin ! Bonne chance ! Et bonne chasse !

Tard cette nuit-là, alors que leurs amis partaient chasser le soutien-gorge en faisant le plus de bruit possible, Barry et Nigel partagèrent une activité père et fils très spéciale : le vol.

— Aïe ! Tu me marches sur le pied, espèce de crétin !

— Rien ne rapproche plus un père et un fils qu'une cape d'invisibilité, hein, Nigel ? dit Barry.

Nigel se préparait à expliquer à son père où il pouvait se fourrer sa cape quand ils arrivèrent à la porte du bureau du directeur.

Barry sortit son Saligoscope, qui resta silencieux. Le bureau était vide.

— Cool ! chuchota Nigel. Le Saligoscope ! C'est moi qui te l'ai offert !

— Chut, dit Barry. Qui sait quel sort tordu Grommellegrommelle a préparé pour protéger le test…

— Et alors ? C'est en écoutant à la porte qu'on en saura plus ? dit Nigel, sarcastique.

Le gamin avait raison, écouter aux portes était inutile, mais Barry n'allait pas lui faire la satisfaction de l'avouer.

— Très bien. Puisque tu es si malin, entre le premier, grogna-t-il.

Vous allez dire que ce n'est pas très paternel de faire passer son fils (un fils qui, rappelons-le, n'a aucun pouvoir magique) d'abord quand on entre dans le sanctuaire d'un puissant magicien, surtout avec l'intention de le cambrioler. Mais Barry avait des circonstances atténuantes : il avait maintenant l'âge de Nigel. En vérité, il aurait même oublié que Nigel était son fils s'il ne l'avait pas écrit sur la paume de sa main gauche : « Le garçon avec les lunettes et les oreilles sales est ton fils Nigel. »

— Très bien, j'y vais, soupira Nigel.

Il approcha la main de la poignée de porte avec une lenteur de cobra. Puis il fit semblant de la saisir plusieurs fois, feintant, jusqu'à ce que son père exaspéré lui dise :

— Ouvre cette foutue porte !

Nigel toucha la poignée, et…

… il ne se passa rien.

Il poussa la porte, et…

… il ne se passa rien.

Nigel chercha l'interrupteur. Barry lui donna une claque sur la main.

— Il est peut-être piégé, dit-il.

Scrutant le bureau obscur, ils virent un faible carré de lumière briller autour du bureau. Là, au milieu, se trouvait une simple feuille de parchemin.

— J'ai ouvert la porte, alors toi tu traverses le bureau et tu vas prendre le sort, dit Nigel froidement.

Il était encore énervé de la conversation qu'il avait eue avec son père au parc à thème. Quand on entend « Hé, fiston, j'ai attrapé un sort et je vais mourir », ça a tendance à vous assombrir la journée.

Ils enlevèrent la cape, et Barry entra.

— Allons-y, Nigel. Il n'y a aucun danger, dit-il au hasard.

Il traversa la pièce à grands pas… puis vit une ligne dorée dessinée par terre, autour du bureau.

— Ah, voilà. La Barrière d'Âge, dit Barry. Ça a dû lui prendre un sacré bout de temps de faire le tour du bureau en léchant par terre comme ça. Et pour rien, parce que ce vieux crétin de Grommellegrommelle ne se doutait pas que le grand Barry T…

Tout en parlant, Barry posa le pied sur la ligne… et se prit un choc terrible. La voix de Grommellegrommelle s'éleva dans l'obscurité.

— Ha ! Trotter, loser !! Essaye encore !

Barry essaya de nouveau de passer, et se prit un choc encore plus violent.

— Fils de pute enchantée ! dit Barry.

Le rire du directeur résonna dans l'obscurité.

— Allez, Barry ! Le test est juste là !! Viens ici, monsieur le magicien, viens ici ! répéta la voix tentatrice.

Barry recula jusqu'à la porte pour prendre de l'élan. Il rebondit sur la barrière magique, mais cette fois la décharge d'énergie fut si violente qu'il perdit conscience un instant. Le rire de Grommellegrommelle monta dans les aigus. Barry connaissait ce rire ; il l'avait entendu avant. Mais ce n'était pas possible, *il* était mort…

— Papa, je peux essayer ? demanda Nigel.

— Non, Nigel, c'est trop dangereux, dit Barry, l'orgueil surnageant dans son esprit engourdi par la douleur. *Aaaaah* !!

Criant pour se donner du courage, Barry se lança une fois de plus vers la barrière.

— Tu n'as jamais su t'arrêter, Trotter loser, dit la voix. Je t'en prie, continue. Chaque instant de cette scène est enregistré pour la postérité. Je rirai encore de toi des années après ta mort !

Barry recula, choqué, tremblant, la bave coulant sur ses lèvres. Son fils approcha de la ligne dorée.

— Ça ne coûte rien d'essayer, dit Nigel.

Il fit un pas… et traversa la ligne.

— Papa ! J'y suis ! cria-t-il.

— Vaaaaa… va i… va p'rendre le tess…, balbutia Barry, qui s'écroula, inconscient.

Nigel attrapa le morceau du parchemin et l'étudia.

— Papa, on ne dirait pas un test ! dit-il. (Il lut tout haut :) « Cher Glandu ! Félicitations, vous venez d'acheter Sorc-X, le premier et le meilleur exterminateur de sorciers du marché ! Les sorciers peuvent le lancer, mais pas y échapper ! Ou Sorc-X débarrasse votre maison des sorciers, ou nous vous remboursons… c'est notre garantie ! Pour utiliser Sorc-X, placez ce parchemin dans les endroits où les sorciers ont l'habitude de se cacher : sous les lits, dans les placards, dans la cave ou dans le grenier… et attendez. Les magiciens ne verront sur ce parchemin qu'un test, une série d'énigmes ridiculement faciles à résoudre… promettant à tous ceux qui auront plus de soixante-quinze pour cent de bonnes réponses de les transporter dans le monde-vacances merveilleux d'Atlantis. Mais en vérité, dès qu'ils auront réussi le test, ils seront réduits en cendres !! Rions tous ensemble ! HA HA HA HA HA !! Et le temps qu'ils réalisent que quelque chose ne va pas, il sera trop tard, bien trop tard… N'oubliez pas que nous vendons aussi Swift-Cendres, un excellent produit de nettoyage pour garder votre maison étincelante après l'extermination… »

— Papa ! Réveille-toi ! dit Nigel, retraversant la barrière et s'agenouillant près de Barry.

Nigel commença à le secouer.

— Hein ? Quoi ? Qu'est-ce qu'il y a ?

Barry se réveilla. On chantait dans sa tête, sans doute la Lambada.

— Réveille-toi, papa, dit Nigel. Ce sort est louche.

— Louche ? répéta Barry.

Des bruits résonnaient dans le couloir, dehors : des rires, des cris, et la voix furieuse de Grommellegrommelle.

— Il faut partir ! souffla-t-il, tandis qu'il revenait lentement à la réalité.

— Mais papa ! protesta Nigel. Lis ce test !

— D'abord, il faut sortir d'ici, dit Barry, qui les enveloppa maladroitement de sa cape.

Ils quittèrent la pièce et fermèrent la porte du bureau derrière eux. Juste à temps : Grommellegrommelle remontait le couloir avec une corne à la main, criant :

— L'élève qui a volé mon caleçon ferait mieux de le remettre en place *tout de suite* !

Grommellegrommelle entra dans son bureau et disparut. Barry crut qu'il allait découvrir le vol et donner l'alarme, mais rien ne se passa. Le directeur se contenta de ressortir, un étrange sourire sur son visage. Puis il claqua la porte et cette fois, il la ferma à clé.

Pendant qu'ils revenaient à la chambre de Barry, Nigel supplia son père de lire le sort.

— Je vais le lire, fiston, je te promets, dit Barry. Mais ma tête me fait si mal…

— Tu ne me crois pas ? demanda Nigel.

— Je crois à la douleur qui me vrille le crâne, dit Barry, ouvrant la porte de sa chambre et entrant à l'intérieur.

— Mais tu dois le lire ! dit Nigel. Le test est un sort ! Le test est un piège !

— Le test est un qui, quoi, où ? bafouilla Barry.

— Un piège !! Un piège !! Un sort pour tuer les magiciens !! cria Nigel.

Ses parents ne l'écoutaient *jamais.*

— Bien sûr, mon chéri, bien sûr, dit Barry, poussant son fils (qui faisait maintenant à peu près la même taille et le même poids que lui) dehors. Demain, dit-il. Demain matin, à l'aube, je le lis, promis.

— Demain, c'est le test !! hurla Nigel. Il sera TROP TARD !

Barry frémit.

— Nigel, s'il te plaît, parle moins fort. La barrière m'a fait un mal de chien. J'ai une migraine horrible et mes yeux voient flou, dit-il avant de pousser pour de bon le garçon dans le couloir.

— Très bien. Promets que tu le diras à maman dès que tu te réveilles, dit Nigel.

— Oui, bien sûr, promis, dit Barry, commençant à fermer la porte. Elle est là. Attends… *elle est là* !

— Super ! dit Nigel qui en profita pour se glisser de nouveau dans la pièce. Pourquoi est-ce que toi et maman faites chambre à part, en ce moment ?

— Heu, eh bien… On dirait que ce n'est plus le cas… Tout cela est très confus…, dit Barry. Je t'expliquerai quand tu seras plus vieux, Nigel.

— Plus vieux ? Je suis déjà plus vieux que toi, protesta Nigel, vexé.

Barry vira son fils, ferma la porte, et s'écroula dans le lit près de sa femme. Il n'éteignit pas la lumière, et dormit tard le lendemain matin.

CHAPITRE XVII
Le bébé à barbe

Obéissant à leur maître, les oiseaux bleus sataniques emportèrent Ermine et la déposèrent, avec une douceur infinie, dans la nacelle de la montgolfière. Puis ils dansèrent et plongèrent autour d'elle, criant et becquetant ses vêtements, jusqu'à ce qu'elle soit ligotée comme une momie dans ses propres habits.

Quand la lumière du matin lui fit ouvrir les paupières, Ermine regarda autour d'elle, complètement désorientée.

— Bonjour, madame l'espionne, dit le directeur, lâchant son télescope.

Ils étaient dans une montgolfière d'observation qui flottait au-dessus de l'école, ancrée à la tour nord.

— Où… ?

— Je viens ici tous les matins étudier les environs, dit Grommellegrommelle, tandis que son costume d'astronome ridicule (il portait même l'écharpe assortie) flottait dans le vent. C'est important pour un directeur de tout savoir. Peut-être que si vous et votre mari aviez prêté attention à ce qui se passait dans l'école au lieu de fouiner partout, vous seriez encore directrice aujourd'hui... (Grommellegrommelle rit.) Oh, et puis non. Je sais très bien que ce n'est pas vrai. J'aurais trouvé un autre moyen de me débarrasser de vous.

Grommellegrommelle claqua des doigts, et Ermine et lui se retrouvèrent dans le bureau du directeur. Il claqua de nouveau des doigts, et un quartier de citron apparut dans sa main. Grommellegrommelle le pressa dans la tasse de thé qui l'attendait sur son bureau. Puis il prit une gorgée à travers l'ouverture de son passe-montagne raide de nourriture séchée.

— Non, non, vous ne rêvez pas, dit-il, anticipant la question d'Ermine. Et j'ai bien peur qu'il ne soit plus temps de dormir.

Il murmura quelque chose en latin, puis fit quelques pas de modern jazz. Enfin, il frappa fortement dans ses mains et un tuba apparut dans ses bras.

Il s'assit sur un tabouret du bureau et commença à jouer.

— L'entraînement, voilà comment on devient musicien, dit-il. Je n'en ai pas pour longtemps.

Et Ermine dut rester immobile pendant qu'il massacrait le thème de *Quand on arrive en ville*, de Starmania.

— C'est ma « chanson du méchant », expliqua-il. Il n'y a pas mieux pour donner du punch. Aujourd'hui est un grand jour, et je suis un peu excité...

Le bureau était redevenu tel qu'il était quand Barry et Ermine étaient élèves : sombre, chaotique, puant la décadence gériatrique, étouffé par des étagères remplies à craquer de livres et de curiosités diverses. Des parchemins étaient posés dans une tête de mort en cristal, sur la table. Même le phénix sur son perchoir était à moitié endormi, comme avant.

Ermine réalisa alors qu'elle ne pouvait pas bouger un muscle. Cette réalisation fut suivie immédiatement de l'envie, toute matinale, d'hydrater la porcelaine.

— Il faut que j'aille faire pipi, déclara-t-elle doucement.

— Quoi ? demanda le directeur.

— Je dois faire pipi, Pludbus. Détache-moi, laisse-moi aller aux toilettes, et je promets de me relaisser attacher ensuite.

— Pludbus ? Qui est ce Pludbus à qui vous faites allusion ? Je ne connais personne de ce nom. Quant à l'autre problème…

Il fit un geste, et dans la vessie d'Ermine, la pression disparut.[50] Des membres de l'équipe de Frèrepétar, qui se remettaient lentement à l'infirmerie, mouillèrent soudain leurs lits.

— Excellent ! dit une élève infirmière, applaudissant.

Toujours immobilisée, Ermine dit :

— Merci. Maintenant, ça suffit la comédie, Pludbus. La plupart des lecteurs avaient deviné qui vous étiez il y a une bonne centaine de pages. Le directeur de collection avait trouvé dès la page cent vingt. Enlevez votre masque, Céldèlbore. Je sais que c'est vous.

Le directeur hésita un instant.

— Oh, et puis zut, dit-il enfin, et il retira son passe-montagne. Ermine frémit : jamais elle n'avait vu quelqu'un d'aussi mal coiffé.

---

50. Ce sort, extrêmement utile – nous avons vu Barry en utiliser une variante sur les joueurs de l'équipe Frèrepétar – avait été créé par Amos le Semicontinent pour son usage personnel, lors des longs voyages en voiture. Ce sort a aussi permis aux matchs de Quichecuite de s'éterniser pendant des heures, des jours, voire des semaines.

Grommellegrommelle ne remarqua rien, trop occupé à se gratter la barbe. Des volutes de saleté et de poussière en sortaient.

— Aïe, ça fait mal ! dit-il.

Il alla dans un cabinet de toilette et en ressortit avec de la Biafine. Il en étala une épaisse couche sur ses joues et sur son menton, rendant son apparence encore plus épouvantable.

— Ma peau est allergique à la chaleur… vous n'imaginez pas comment c'est désagréable, dit-il, brillant de crème. Heureusement qu'après aujourd'hui, je n'aurai plus à porter ce truc…

— Après aujourd'hui ? Qu'est-ce qui arrive aujourd'hui ? Pourquoi êtes-vous si excité ? s'inquiéta Ermine.

— Eh bien, aujourd'hui, il y a le test, bien sûr. Nous allons tester un programme pilote… et nous allons voler ! dit-il, ricanant à sa propre blague. Oh, je suis vraiment trop drôle !

Ermine décida de jouer cartes sur table.

— Pludbus, vous pouvez parler. Je sais tout… le combat en direct, votre disparition, le déguisement… J'ai tout compris à la bibliothèque. (Puis elle ajouta, suivant son intuition :) Pourquoi avez-vous lancé un sort sur Barry ? S'il meurt, ce sera un assassinat…

— Et une bénédiction, dit Céldèlbore. Le monde magique est devenu fou depuis que votre mari s'est échappé du ventre de sa mère…

— Qui vous a poussé à faire ça ? Valdemarne ? Il vous laissera pourrir en prison, vous savez. L'argent, c'est tout ce qui lui importe.

— Tandis que vous, le luxe, vous vous en fichez, mademoiselle Cringer ? dit Céldèlbore.

Il ferma les yeux et Ermine eut l'étrange expérience

d'entendre sa propre voix sortir du corps d'une autre personne. « On dit que les Dragonettes Renaud sont des véhicules extrêmement fiables. Il m'en faut une, Barry… Si j'insiste, c'est pour des raisons de sécurité… »

Céldèlbore reprit sa véritable voix, et fixa Ermine d'un regard désapprobateur.

— Ces minidragons sont énormes, ils sentent mauvais, et ils sont catastrophiques pour l'environnement… puisqu'ils le brûlent, partout où ils vont. Quant à la sécurité… J'imagine que les pauvres sorciers sur leurs balais-éponges ne vont pas se sentir très en sécurité en volant près de vous… (Céldèlbore sentit qu'il avait touché un point sensible.) Alors, vous voyez, vous aussi, vous êtes loin d'être désintéressée…

Ermine sursauta, mais pas de colère : des oiseaux bleus lui marchaient sur la tête.

— Vous pouvez inverser le sort ? Rendre à Barry son âge normal ?

— Non, dit Céldèlbore.

— Comment ça, non ?

— Je ne peux pas l'inverser, parce que le sort n'est pas réversible. Je sais, dans *Les Conseils pratiques d'Ermine*, vous dites : « Ne jamais lancer un sort que vous ne pouvez pas annuler »… Eh bien, tant pis. J'avais besoin de vous occuper tous les deux, et quand j'ai entendu votre mari faire ses commentaires absurdes sur la beauté de la jeunesse au dîner, je me suis dit qu'une petite crise de Jeunastasia serait un châtiment approprié… Et puis, vu l'omelette ambitieuse que je prépare, il faut bien qu'il y ait quelques œufs de cassés. (Grommellegrommelle regarda Ermine, se frottant les mains, euphorique.) Je peux vous raconter mon plan ? Dans le livre, c'est le moment où le grand méchant explique son plan, non ?

— Un grand méchant, vous ? Un pauvre type, plutôt…

(Ermine tenta de bouger ses mains et ses pieds.) Je vous en prie, allez-y, parlez. De toute manière, je suis coincée.

Un oiseau bleu se posa sur l'épaule de Céldèlbore.

— C'est vrai, mes serviteurs sont très efficaces, dit-il en caressant la tête de l'oiseau. Et mortels.

Ermine ne put s'empêcher de rire.

— Riez autant que vous voulez ! Qui est ligotée sur une chaise, madame l'intellectuelle ? C'est VOUS ! Et qui va devenir maître du monde des sorciers une fois que nous aurons tous été transportés dans le nouveau royaume d'Atlantis ? C'est PAS VOUS !

Une pause.

— Vous voulez que je pose la question, c'est ça ? demanda Ermine.

— Oui.

— Alors, qui va devenir maître du monde des sorciers ?

— *MOI* ! s'écria Céldèlbore. Moi, Pludbus Céldèlbore, je conduirai les magiciens hors du monde boueux et sanglant des Glandus vers un meilleur, un nouveau monde ! Un monde où nous vivrons en paix, un monde où nous serons loin de ces crétins au cerveau de pois cassé, de ces imbéciles sans magie, antimagie !

Le rire triomphant qui suivit ce discours se transforma en toux.

— Pludbus, vous faites un grand méchant catastrophique, dit Ermine. Il faut avoir « le truc », et vous, vous ne l'avez pas.

— Vraiment ? On dirait que le sort lancé à Barry vous a pourtant donné du fil à retordre, dit Céldèlbore, touchant Ermine droit au cœur. *Le Magazine du sorcier pratique*, juillet 1973… *Les Bons Trucs de Maurice le Maudissant.* J'ai utilisé la photo que Colon a prise de vous dans le train. Il a été ravi de me la donner… Franchement, il vous déteste.

— C'est réciproque, dit Ermine. Pourquoi est-ce que vous faites ça, Pludbus ? Vous avez toujours vécu en paix avec les Glandus...

Les yeux de Céldèlbore étincelèrent.

— En paix ? Vous avez une étrange définition du mot. Mais après tout, vous avez grandi dans leur monde... Les Glandus aiment se battre, et nous autres magiciens devons suivre. Honnêtement, vous en avez quelque chose à faire, vous, des lignes invisibles des frontières ? Ou que le facteur porte un uniforme rouge ou bleu ?

— Vous êtes injuste, dit Ermine. Certaines guerres glandues sont inévitables.

— Très bien. Qu'ils se les gardent, alors.

— Mais c'est vous qui avez tué le magicien de la Farce Grommellegrommelle en 1945, continua Ermine, pressant le vieux schnock de questions.

— Il ne faut pas croire tout ce qui est écrit au dos des cartes à collectionner, dit Céldèlbore avec un reniflement méprisant. Heinz Grommellegrommelle est un ami très cher... Il est vivant, en bonne santé, et il est d'accord à cent pour cent avec mon projet... du moins avec ce qu'il en sait.

Ermine lutta pour défaire ses liens. Céldèlbore sourit en la voyant s'acharner pour rien.

— Vous êtes jeune, et il faut pardonner aux jeunes leur idéalisme... à condition que personne n'en meure. J'ai vécu beaucoup plus longtemps que vous, et ça fait des dizaines d'années que je m'intéresse à ce sujet. Les bonnes guerres sont aussi rares que les vierges à Coudbar...

Ermine le regarda, offensée.

— Le sexe est une activité naturelle et saine, commença-t-elle.

Céldèlbore fit un geste de la main et le silence tomba dans la pièce.

— Vous avez eu tout le livre pour donner votre opinion. Maintenant, c'est mon tour. (Céldèlbore joua avec le Saligoscope que Barry avait oublié dans le bureau, et qui sonnait comme un malade.) Mon histoire d'Atlantis doit vous paraître sortie du néant, mais croyez-moi, ça fait des années que j'y travaille. C'est amusant, d'ailleurs, que vous ayez parlé de Heinz… C'est grâce à lui que tout ça a commencé.

» Je suis né en 1840. Pendant les soixante-quinze années suivantes, le pays glandu dans lequel je vivais est resté en paix. J'étais un jeune homme bourré de talent – comme vous, Ermine – et j'appréciais le calme. Que la paix règne était très pratique pour moi. Quand un pays glandu est en guerre, tous les magiciens font leurs valises et déménagent vers des endroits plus sûrs. Ce n'est pas toujours drôle, mais ça fait des millénaires que ça marche…

Céldèlbore commença à tordre des ballons pour faire des animaux, une habitude nerveuse chez lui.

— Puis les guerres glandues sont devenues internationales… déménager ne servait plus à rien. Bien sûr, un magicien peut survivre à presque tout ce que les Glandus peuvent inventer, mais qui a envie de vivre dans ces conditions ? La chute de l'Empire austro-hongrois, tout le monde s'en fiche, mais quand ça fait monter le prix du chaudron…

» Une fois la Grande – et Guerre commencée – les Glandus l'ont toujours appelée comme ça, alors qu'honnêtement, son intérêt était plutôt petit – les autorités du monde magique se sont réunies à Stonehenge pour trouver une solution. Certains d'entre nous voulaient déjà se séparer du monde des Glandus à l'époque… et rétrospectivement, c'est ce que nous aurions dû faire. Mais j'étais comme vous,

Ermine, jeune et idéaliste… j'ai convaincu mes collègues de rester. De « s'intégrer sans s'impliquer ».

Céldèlbore posa la girafe qu'il venait de fabriquer, et commença un autre animal.

— J'ai décidé que les magiciens vivant dans des pays en guerre devraient prêter d'abord allégeance aux autres magiciens, et pas aux gouvernements glandus qui avaient clairement sombré dans la folie. La voie magique, c'est de suivre sa propre lumière, pas celle d'un crétin qui se prend pour un chef. C'est pour ça que Lord Valdemarne est si dangereux…

Le ballon que Céldèlbore préparait explosa.

— Mince, dit-il avant d'en commencer un autre. Certains d'entre nous, les plus jeunes, nous sommes insinués dans les différentes armées, simplement pour avoir quelque chose à faire. Nous nous considérions comme des observateurs impartiaux, et nous nous débrouillions toujours pour ne blesser personne. Je suis devenu un pro des Charmes Mémoires, je les lançais plus vite que mon ombre… comme les Tordeurs de Balles, ou les Opossums Rieurs. Si je me prenais d'affection pour quelqu'un, je lui proposais de lui lancer un Opossum Rieur, pour que tout le monde le croie mort… Puis je le téléportais dans un endroit sympa, pour qu'il y vive jusqu'à la fin de la guerre. De son côté, Grommellegrommelle faisait la même chose chez les Allemands. Nous échangions régulièrement des hiboux, en armure, bien sûr…

» Après deux mois, le futur devint clair. Rien ne se réglerait, et beaucoup de gens mourraient… des Glandus, bien sûr, mais aussi quelques sorciers, et le monde serait pire qu'avant. Mais à l'époque j'avais plus de foi dans la décence et la bonté de la Glanduderie[51] qu'aujourd'hui…

51. NdT : Si. Maintenant, ça existe. Puisque c'est imprimé.

» Grommellegrommelle était de mon avis. Il m'a écrit pour me dire que s'il y avait une trêve, les Glandus ne pourraient que réaliser l'idiotie de la guerre et qu'ils arrêteraient de s'entretuer. Après tout, personne ne veut mourir, non ? Grommellegrommelle et moi avons alors élaboré un plan. D'abord, s'arranger pour être envoyés au même endroit. Ensuite, à une heure préétablie, nous allions agiter le drapeau blanc dans nos tranchées respectives et sortir. Puis nous nous serrerions la main, nous échangerions des cigarettes, nous ferions peut-être même une petite valse amicale. Les autres soldats nous verraient, ils s'arrêteraient de se battre, ils riraient, et la paix serait lancée… Puis, elle s'étendrait partout. Logique, non ?

» Nous avons réussi : la trêve de Noël, c'est le nom qui lui a été donné, à l'époque. Ça n'a pas été facile. Un sniper m'a tiré au moins dix fois dessus avant de s'arrêter, malgré mes cris : « Allô la Terre ! C'est un drapeau blanc ! Tu es aveugle ou quoi ? » Grommellegrommelle a reçu une grenade. Ça, c'est très glandu : établir des règles pour les transgresser ensuite. En magie, c'est la première chose qu'on apprend : nous sommes tous régis par les mêmes lois…

» Bref, nous aurions dû comprendre… Oui, il y a eu une brève période de paix, mais dès le Nouvel An la guerre avait repris. J'étais effondré. On aurait dit que les Glandus *voulaient* s'entretuer. Grommellegrommelle et moi étions malades de dégoût. Comme la plupart des magiciens de notre âge, nous avons changé d'avis et décidé de mettre autant de distance que possible entre nous et ces fous assoiffés de sang. Hélas, nous n'étions pas majoritaires : les mariages mixtes gâchent tout, et nous avons dû faire des compromis. Nous avons décidé de vivre parmi les Glandus, mais en secret…

» Et voilà comment s'est déroulée la majeure partie de ma vie. La solution était loin d'être idéale, mais elle fonctionnait. Le secret a aussi créé de nombreux emplois : ceux du ministère de la Magicité, par exemple. Cachés du monde extérieur, les magiciens vivaient heureux. J'aime à croire que les Glandus aussi bénéficiaient de cet arrangement. Après tout, une fois le petit déjeuner conjuré et le chaudron nettoyé, nous autres sorciers devons trouver à nous occuper. La plupart des grands artistes, des grands penseurs de ce monde sont des sorciers. Je veux dire, Andy Warhol, honnêtement… sans magie, vous l'expliquez comment, sa réussite ? À chaque fois qu'il vendait une boîte de soupe des millions de dollars, je me disais : ils vont s'en apercevoir ! Mais non. Tous les grands, de Stephen King à Stephen Hawking… tous des magiciens.

» Puis est arrivé votre fichu mari, Ermine. Il y a eu les livres… et les films, et les jouets, et le déodorant, et le reste… C'était fini, notre couverture ne valait plus rien, et il était impossible de revenir en arrière. Dès qu'il a compris que ça pouvait lui rapporter, Valdemarne a commencé à vendre nos secrets aux Glandus… Il sait bien, pourtant, que c'est dangereux. Il connaît les Glandus. Vivre parmi eux l'a perverti, il a pris certaines de leurs pires caractéristiques… l'avidité, par exemple. Valdemarne a toujours aimé l'argent, même à l'école, mais les Glandus ne l'ont pas arrangé…

» Quand j'étais à Coudbar, je vivais dans ma bulle, en prétendant que les Glandus n'existaient pas. Mais dès que j'ai commencé à les refréquenter, j'ai vite compris qu'ils allaient inventer quelque chose pour se tuer tous… et qu'ils nous tueraient avec. Avec un imperméable assez épais, je survivrai peut-être à une apocalypse nucléaire, mais c'est une expérience que je préfère ne pas tenter…

Céldèlbore termina l'animal qu'il fabriquait, une sorte de chien doté d'une trompe d'éléphant.

— Merci d'avoir été si patiente, Ermine, dit-il. J'ai presque fini. Quand Barry a échoué à arrêter le film, et que le raz-de-marée a vraiment frappé, j'ai cherché un moyen de séparer pour toujours les sorciers des Glandus… même si le processus devait être douloureux. Alors, un miracle est arrivé. J'ai reçu un sort par la poste… d'une agence glandue, vous imaginez ? Ce sort, dont je ne connaissais pas l'existence, est capable de transporter tous les magiciens et les magiciennes du monde à Atlantis. Un sort de ce genre a déjà été utilisé, il y a longtemps. Mon arrière arrière arrière arrière arrière arrière grand-père était resté sur Terre… et le vôtre aussi, Ermine. C'est sans doute d'eux que nous avons hérité de ce satané idéalisme…

» Mon devoir était clair. Je devais emmener tous les magiciens et les magiciennes de ce monde en vacances… des vacances éternelles. Je devais les arracher à ces Glandus abominables, ennuyeux, rapaces, et crétins…

Céldèlbore prit une gorgée de thé.

— Bien sûr, ils ont inventé le thé, ajouta-t-il. J'adore le thé. Bref… Pour fonctionner, le sort a besoin de beaucoup de puissance. Il doit être lancé en groupe… ce qui veut dire qu'il me fallait déplacer beaucoup de sorciers, et le faire discrètement. Or si les types du ministère s'apercevaient de ce que je prépare, ils auraient une Patraque. J'imagine qu'ils me feraient tuer… Vous comprenez : ils n'auraient plus de raison d'exister. Plus d'emplois. La bureaucratie, voilà une autre chose dont nous avons hérité des Glandus…

» Je n'ai trouvé la solution qu'il y a quelques semaines : faire passer le sort pour un test standardisé, que tous les élèves de l'école lanceraient en même temps. Toute cette puissance magique juvénile rassemblée ferait largement l'affaire… et le temps que quelqu'un comprenne ce qui se passe, il serait trop tard.

» Et voilà, conclut Céldèlbore. Désolé pour le monologue. (Il agita la main.) Vous pouvez parler, maintenant.

Céldèlbore avait délivré Ermine. Ses vêtements s'assouplirent, sa gorge se relâcha. Elle laissa échapper un soupir et vérifia qu'elle pouvait bouger.

— Vous lancez des sorts si étroits, dit-elle, reprenant sa respiration. Bon, maintenant que vous m'avez expliqué vos plans maléfiques, vous allez me tuer, j'imagine ?

— Non, je vais vous laisser partir, dit Céldèlbore. Maintenant que j'ai tout expliqué, vous avez compris que mes plans, justement, n'avaient rien de maléfique. Vivre et laisser vivre, c'est ma devise… à condition de vivre ailleurs, c'est tout.

— Moi, je dis que c'est maléfique ! s'écria Ermine. Transporter une race entière de gens sans leur accord…

— Ma décision est un brin paternaliste, il est vrai. Mais c'est pour leur bien, dit Céldèlbore. Atlantis est un endroit merveilleux… Vous avez vu la brochure ? (Il fouilla dans ses vêtements et agita le prospectus, ravi.) Des bungalows sur la plage ! Petit déjeuner *et* dîner compris !

Ermine secoua la tête.

— Et vous ne trouvez pas bizarre que nos ancêtres partis là-bas ne soient pas venus nous rendre visite sur Terre ? Je veux dire, pas une seule fois ?

— Ils font tout pour oublier qu'ils ont vécu dans cette dimension pourrie, expliqua Céldèlbore.

— Et si nous nous retrouvons coincés dans un dépôt de bus interdimensionnel, ou pire ? (Ermine fit une pause, puis repartit à l'attaque.) Vous n'avez pas testé ce sort… forcément, puisque vous êtes encore là ! Vous allez risquer nos vies avec un sort non testé, que vous avez reçu par *courrier* ! Céldèlbore, j'ai toujours su que vous étiez stupide et prétentieux, mais là…

— Stupide et prétentieux, vraiment ? (Céldèlbore se redressa.) Je ne suis peut-être pas célèbre, ma fille, mais je suis un des meilleurs sorciers que vous ayez jamais rencontré. Vous avez vu le truc que je sais faire avec un journal et une cruche d'eau ? Stupide et prétentieux… Je suis né avec cette barbe… (Il tira dessus pour donner plus d'emphase). Si ce n'est pas un puissant signe de magie, ça ! Ma mère a failli s'étouffer quand elle l'a vue, mais elle savait que j'étais destiné à la grandeur…

— Gardez votre destinée pour vous, dit Ermine. Et ne touchez pas aux destinées des autres !

— Si nous restons, les Glandus vont trouver un moyen de nous tuer… nous brûlerons dans une guerre nucléaire, nous serons noyés par les eaux montantes du réchauffement de la planète… Ils nous gèleront, ils nous infecteront, ils nous extermineront avec une de ces horreurs qu'ils sont seuls capables d'inventer… Au moins, en partant, nous prenons le contrôle de notre propre existence !

— Pludbus, Pludbus, plaida Ermine… Pourquoi ne pas rester ? Pourquoi ne pas rester, et éduquer les Glandus ? Les améliorer par notre exemple… Leur apprendre à ne pas être aussi stupides, aussi avides, aussi violents, aussi… glandeurs !!

— Désolé, Ermine. Tout cela fait partie de leur nature profonde. Cela fait cent cinquante ans que j'essaye de les changer… c'est impossible, c'est tout. (Céldèlbore paraissait épuisé.) Il va falloir me faire confiance. (Il regarda son objet temporel.) De toute manière, le sort est lancé, et nous ne pouvons plus rien faire pour l'arrêter. Je suppose que vous voudrez passer quelques coups de téléphone avant de partir… Nous disparaissons par ordre alphabétique, vous savez. Et le *C* de Cringer n'est pas très loin sur la liste...

— Des coups de téléphone ?

— À vos parents. Et j'imagine que vous allez vouloir parler à votre fils...

— Mon fils ! cria Ermine. Quoi, mon fils ?

— Nigel est un Glandu, dit Céldèlbore. Il devra rester en arrière.

— Je dois arrêter ce sort ! cria Ermine, qui bondit vers la porte.

— Ermine, vous réagissez sous le coup de l'émotion...

Ermine pointa sa baguette vers Céldèlbore.

— Encore un mot, et je vous hydrate à mort, vieux croûton !

Elle sortit du bureau en courant.

— Oh, vous m'y faites penser... N'oubliez pas de prendre de l'écran solaire ! cria Céldèlbore tandis qu'elle s'éloignait. Dans une utopie, les lendemains chantent mais le soleil brûle ! Oh, je suis vraiment hilarant, dit-il en gloussant, puis il commença à faire ses bagages.

CHAPITRE XVIII

Voyage voyage

Ermine courut du bureau de Céldèlbore à la tour de Frittondpor, cherchant Nigel. Les couloirs étaient vides, les étudiants étaient en train de passer le test. Puis, dans la salle commune, elle trouva Barry, Nigel et Junior, leur valise à la main. Les Trotter réunis parlèrent tous à la fois :

— Erm ! J'ai volé le test hier, et en fait, c'est un voyage à…

— Céldèlbore vient de m'enlever ; il m'a parlé de son sort, il faut…

— Maman ! Papa pense que je suis fou, mais c'est lui qui est fou, parce que le test en fait, c'est un voyage et le voyage c'est un piège et il faut l'arrêter !

Barry, qui portait des lunettes noires aux verres teintés de zinc, interrompit son fils.

— Le test est un sort, expliqua-t-il. Il va nous…

— … transporter à Atlantis, termina Ermine.

Barry ouvrit la bouche, ébahi.

— Comment le sais-tu ? demanda-t-il, ébahi. Tu as volé l'énoncé, toi aussi, ma petite fouine ?

— Je viens d'avoir une longue conversation… ou plutôt, je viens d'écouter longuement le directeur Céldèlbore.

— Tu veux dire le directeur Grommellegrommelle ? demanda Nigel.

— Ils ne font qu'un, expliqua Ermine.

Barry ouvrit de nouveau la bouche, ébahi pour la deuxième fois. Sa langue commençait à sécher.

— Comment… ?

— Je n'ai pas le temps de t'expliquer, chéri, dit Ermine. J'ai besoin de voir une copie du test. Tu as la tienne ?

— Tiens, dit Barry, donnant le document à sa femme. Tu sais ce que j'ai pensé quand je l'ai lu ? Allez vous faire foutre, pauvres extraterrestres ! Vous pouvez garder vos planètes minables ! Barry Trotter part à Atlantis !

Barry leva le poing fièrement en signe de victoire complète.

— Vraiment ? dit Ermine, qui ne l'écoutait pas. (Elle passa la feuille à Nigel.) Nigel, qu'en penses-tu ?

Le garçon expliqua à sa mère ce qu'il avait lu la veille.

— Je vois, dit celle-ci. Comment se fait-il qu'il n'y ait que toi qui aies vu cette partie du texte ?

— Parce que je suis un Glandu, annonça Nigel, pas gêné pour un sou.

Ermine le serra dans ses bras.

— Tu as raison, mon chéri. Et nous avons eu tort de vouloir te transformer en magicien. Je le réalise maintenant…

Et après avoir, en trois phrases bourrées d'émotion, résolu une des principales intrigues du livre, Ermine demanda :

— Il y a autre chose d'écrit ?

— Seulement : « si vous trouvez ce document, veuillez le renvoyer à Niccolo di Pollomusca ».

Nigel rendit le test à sa mère.

— Barry, tu te souviens de qui est Niccolo di Pollomusca ? demanda Ermine.

— Celui qui m'a vendu la fausse patte de singe ?

— Non, dit Ermine. On a entendu parler de lui en cours d'Histoire de la Magie…

— Ils ont annulé ce cours, expliqua Nigel. Il a été remplacé par : « Savoir Cibler les Glandus en Marketing ».

— Que Malaufoie rôtisse en enfer, grommela Barry.

— Concentre-toi, Barry, dit Ermine. « Niccolo le Peu Fiable », cela te dit quelque chose ?

— Non.

— « Niccolo l'Agaçant » ?

— Non.

— « Niccolo aux Choix Peu Heureux » ? « Niccolo le Pas Assez Médicamenté » ? « Niccolo l'Auto-Destructeur » ?

— Ah, le dernier me rappelle un truc, commenta Barry.

— Ce sont des surnoms du même homme, imbécile, expliqua Ermine. Ce sort est l'œuvre de Niccolo di Pollomusca, alias « Niccolo des Vraiment Mauvaises Idées », alias Nicholas Henratty.

— Nick Henratty ! s'écria Nigel. Papa, c'est l'homme de la Branche Spéciale !! Jamais je ne reboirai un Coca de ma vie !

— Il faut empêcher les autres de passer le test, dit Ermine.

— Il a déjà commencé, expliqua Nigel.

— Alors il faut l'interrompre, et espérer qu'il ne sera pas trop tard…

Ermine remonta ses manches – elle portait encore ses affaires de la veille, et ne se sentait pas très propre.

— Vous aurez besoin de vos baguettes. Et je veux un petit café bien noir.

Un quart d'heure plus tard, les Trotter (plus Junior) formaient un cercle. Le test était posé au milieu, entouré de bougies. (Nigel les avait volées dans les affaires de Byron.) Barry, Ermine, Junior et Nigel se prirent les mains et commencèrent leur incantation :

Saint Pierre, saint Paul et saint Thomas d'Aquin
Vos disciples et vos lamas, siouplait pas de baratin,
Et vous les Imams, et vous les révérends,
Faites venir à vous la montagne… c'est le moment !

Du pouvoir œcuménique nous pressons le citron
Nous et tous les rabbins le Bouddha invoquons
Nous chantons tous les chants, à tous nous prions :
De Céldèlbore faites rater le test ! Qu'ils passent tous pour des cons !

Ils chantèrent pendant de longues minutes. Parfois, Barry prenait une voix très aiguë, pour alléger l'atmosphère, mais Ermine lui écrasait le pied pour qu'il arrête. Une fois la chanson terminée, la pièce parut très calme. Un long silence suivit, enfin brisé par Nigel.

— Il ne s'est rien passé, dit-il d'un ton morne.

— Ce n'est pas vrai, protesta Barry. Une bougie s'est éteinte.

— Désolé. Je postillonne, expliqua Junior.

Un élève de première année nommé Algy entra par le portrait.

— Salut, tout le monde. Qu'est-ce que vous fabriquez ?

— Tu as passé le test ? demanda aussitôt Ermine. Il continue ?

— Autant que je le sache, dit Algy. J'ai terminé avant les autres… vous auriez dû essayer, c'était vraiment pas compliqué. (Algy remonta les escaliers vers sa chambre.) On se voit au déjeuner ! ajouta-t-il.

Nigel se mit à pleurer.

— Papa ! Maman ! Je ne veux pas vous perdre !

Ermine le serra dans ses bras et se mit à pleurer aussi.

— Tu iras vivre chez papi et mamie, mon chéri. Barry et moi trouverons le moyen de revenir, je te le promets.

— Mais vous allez être tout cramés ! dit Nigel, qui sanglotait maintenant.

— Chut, chut, dit Ermine, bien moins calme qu'elle en avait l'air. Si quelqu'un peut vaincre ce sort, c'est ton père et moi. Enfin, au moins moi.

— Alors, on fait quoi maintenant ? dit Barry, un peu offensé.

Ermine jeta un coup d'œil à sa montre. Il était midi.

— Allons déjeuner, dit-elle, s'essuyant le nez. Nigel, nous sommes dans une SM.[52]

Quand ils arrivèrent à la Grande Salle, les élèves qui avaient fini le test en avance se préparaient déjà à manger.

— Bande de frimeurs, dit Nigel.

— Tu vois pourquoi personne n'aime les monsieur et madame Je-sais-tout ? dit Barry à sa femme. Parce qu'ils causent des apocalypses ! Des apocalypsi ! Je ne sais pas comment ce mot s'écrit au pluriel !

Ils s'assirent et commencèrent à manger. Soudain, du coin de l'œil, Ermine vit un flash.

Junior fit tomber sa fourchette, qui résonna sur le sol.

— Ce gamin, là… Je le regardais, et il a disparu !

Un petit tas de poussière encore fumant se trouvait à la place où, un instant plus tôt, se tenait Reg Adams.

— À bientôt, Reg ! cria quelqu'un. Rendez-vous sur la plage !

52. SM : Sacrée Merde. De l'argot de la famille Trotter.

Junior et les Trotters regardèrent avec horreur tandis qu'un nouvel éclair illuminait la pièce, puis un autre, puis un autre, puis plusieurs à la fois. De nouveaux élèves disparaissaient... les elfes de service, aussi.

— Quel est le nom de famille de ce garçon ? chuchota Ermine après un éclair.

— Benson, je crois.

La foule avait fini par comprendre que les disparitions se faisaient par ordre alphabétique. Les élèves se mirent à scander les noms à chaque nouvelle disparition :

— Boodles !

— Burton !

— Carson !

— Church !

— Ça y est, Céldèlbore est parti, dit Barry, applaudissant, ravi.

— Dommage que nous n'ayons pas plus longtemps pour nous en réjouir, soupira Ermine.

— Rabat-joie.

— Barry, si nous nous en tirons vivants, j'aurais trois mots à te dire, souffla Ermine.

— « Partons en vacances » ?

— C'est sûr, mais aussi : « enseignement par correspondance », expliqua sa femme. Cet endroit rend les gens fous !

— Cooper !

— Cotytto ![53]

Je n'en ai plus pour longtemps, pensa Ermine. Nigel passa sa main dans la sienne.

C'est alors qu'un élève furibard – un grand, qui

53. Un peu « étranger », comme patronyme, pour Coudbar, non ? La fille racontait qu'avant, elle s'appelait « Smith », et que ses parents avaient changé de nom en arrivant en Angleterre.

s'était déjà mis en maillot de bain pour le départ – entra dans la salle en courant.

— Quelqu'un a abîmé le sort ! cria-t-il. Il ne marche plus ! Les stylos sont devenus fous et ont commencé à cocher les cases tout seuls !

Il agitait un papier.

— Fais voir ! dit un élève, lui arrachant le document.

Le document passa de table en table, sous les exclamations. Enfin il arriva à la table de Barry. Et en effet, les cases avaient été cochées pour former :

01	● ● ● ● ●	25	● b c d e	49	● b c d ●	73	● ● ● ● ●	97	● ● ● d e	121	● ● ● ● e	145	● b c d ●	169	● ● ● ● ●
02	● b c d ●	26	● b c d e	50	● b c d ●	74	● b c d e	98	● b c ● e	122	● b c d ●	146	● b c d ●	170	● b c d e
03	● b c d ●	27	● b c d e	51	● b c d ●	75	● b c d e	99	● b c d ●	123	● b c d ●	147	● b c d ●	171	● b c d e
04	● ● ● ● ●	28	● b c d e	52	● b c d ●	76	● ● ● ● ●	100	● b c d ●	124	● ● ● ● e	148	● b c d ●	172	● ● ● ● ●
05	● b c d e	29	● b c d e	53	● b c d ●	77	a b c d ●	101	● b c d ●	125	● b c d ●	149	● b c d ●	173	a b c d ●
06	● b c d e	30	● b c d e	54	● b c d ●	78	a b c d ●	102	● b c ● e	126	● b c d ●	150	● b c d ●	174	a b c d ●
07	● b c d e	31	● ● ● ● ●	55	● ● ● ● ●	79	● ● ● ● ●	103	● ● ● d e	127	● ● ● ● e	151	● ● ● ● ●	175	● ● ● ● ●
08	a b c d e	32	a b c d e	56	a b c d e	80	a b c d e	104	a b c d e	128	a b c d e	152	a b c d e	176	a b c d e
09	● b c d e	33	a ● c d e	57	a b ● d e	81	a b c d e	105	● ● ● d e	129	a b ● d e	153	● b c d ●	177	● ● ● ● ●
10	● b c d e	34	● b c d e	58	a ● c ● e	82	a b c d e	106	● b c ● e	130	a ● c ● e	154	● ● c d ●	178	● b c d e
11	● b c d e	35	a b c d e	59	● b c d ●	83	a b c d e	107	● b c d ●	131	● b c d ●	155	● b ● d ●	179	● b c d e
12	● b c d e	36	a b c d e	60	● ● ● ● ●	84	a b c d e	108	● b c d ●	132	● ● ● ● ●	156	● b c ● ●	180	● ● ● ● ●
13	● b c d e	37	a b c d e	61	● b c d ●	85	a b c d e	109	● b c d ●	133	● b c d ●	157	● b c d ●	181	a b c d ●
14	● b c d e	38	a b c d e	62	● b c d ●	86	a b c d e	110	● b c ● e	134	● b c d ●	158	● b c d ●	182	a b c d ●
15	● ● ● ● ●	39	a b c d e	63	● b c d ●	87	a b c d e	110	● ● ● d e	135	● b c d ●	159	● b c d ●	183	● ● ● ● ●
16	a b c d e	40	a b c d e	64	a b c d e	88	a b c d e	112	a b c d e	136	a b c d e	160	a b c d e	184	a b c d e
17	● b c d e	41	● ● ● ● ●	65	a b c d e	89	● ● ● ● ●	113	● b c d ●	137	● b c d e	161	a b c d e	185	a b c d e
18	● b c d e	42	● b c d e	66	a b c d e	90	● b c d e	114	● b c d ●	138	● b c d e	162	a b c d e	186	a b c d e
19	● b c d e	43	● b c d e	67	a b c d e	91	● b c d e	115	● b c d ●	139	● b c d e	163	a b c d e	187	a b c d e
20	● b c d e	44	● ● ● ● ●	68	a b c d e	92	● b c d e	116	● b c d ●	140	● b c d e	164	a b c d e	188	a b c d e
21	● b c d e	45	● b c d e	69	a b c d e	93	● b c d e	117	● b c d ●	141	● b c d e	165	a b c d e	189	a b c d e
22	● b c d e	46	● b c d e	70	a b c d e	94	● b c d e	118	● b c d ●	142	● b c d e	166	a b c d e	190	a b c d e
23	● ● ● ● ●	47	● ● ● ● ●	71	a b c d e	95	● ● ● ● ●	119	● ● ● ● ●	143	● ● ● ● ●	167	a b c d e	191	a b c d e
24	a b c d e	48	a b c d e	72	a b c d e	96	a b c d e	120	a b c d e	144	a b c d e	168	a b c d e	192	a b c d e

Mais les disparitions continuaient… les elfes de service, qui n'y comprenaient rien, continuaient à nettoyer, balayant les cendres dans des sacs-poubelle. Enfin les flashs de lumière parurent ralentir… mais le contresort lancé par Ermine avait-il été envoyé à temps ?

— Cozzens !

— Cranagh !

— Creighton !

Ermine se prépara.

— Nigel, va t'asseoir près de ton père ! (Elle ferma les yeux.) Je t'aime ! réussit-elle à prononcer, la gorge serrée…

… et rien ne se passa.

Quelques minutes plus tard, il était clair que le sort ne faisait plus effet. Les élèves commencèrent à huer. Leurs vacances avaient été annulées, et la foule savait, d'instinct, que Barry Trotter était mêlé au désastre.

— J'ai dépensé tout mon argent de poche à acheter une planche de loch-surf ! cria un des gamins.

— Barry Trotter est un connard !! beugla un autre, et ses compagnons reprirent le slogan en chœur.

Puis la nourriture commença à voler. Comme d'habitude.

— Hé, toi, dit une fille porcine nommée Penny Cthulu en attrapant Junior. Rends-moi ma culotte !

— *Shockadelica*, murmura Barry, et la fille reçut l'équivalent d'une décharge électrique dans l'épaule. (La fille tomba, puis s'évanouit.) Nous ferions mieux de sortir d'ici, dit-il en entraînant Ermine, qui était occupée à couvrir Nigel (et parfois Junior) de baisers.

Avant de fermer la porte, Barry fit un doigt à la foule. Une pluie de purée et de légumes pourris partit vers lui… trop tard.

— Vous trois, finissez les valises, dit Barry. J'ai deux mots à dire à quelqu'un.

CHAPITRE XIX

De la banalité du mal (ou de celle de ce livre)

Barry tapa la branche spéciale et descendit les escaliers quatre à quatre. Il bondit devant la réceptionniste et la neutralisa avec une malédiction cruciverbiste : elle chercherait « oiseau qui ne vole pas », en trois lettres jusqu'à ce que le sort soit levé. Quelques secondes plus tard, Barry était dans le bureau d'Henratty.

— *Ouverturaporta* ! gronda-t-il de sa voix aiguë d'enfant de onze ans, baguette levée.

La porte du bureau d'Henratty pivota doucement. Barry fut stupéfait de voir que les piles de papiers étaient encore plus hautes qu'avant. Henratty était en partie dissimulé par l'avalanche de documents qui débordaient de sa corbeille à courrier. Il était au téléphone.

— Oh. Désolé, Joan, dit-il en voyant Barry. Je te rappellerai plus tard. Écoute : je lègue tout aux enfants, d'accord ?

On parla à l'autre bout de la ligne.

— Écris-le pour ne pas l'oublier. Non, tu n'as pas le temps de chercher un stylo. Tout revient aux enfants. (Des protestations retentirent.) D'accord, un peu à toi aussi. Et puis, il y a une série de magazines pornos dans la cabane à outils ; il ne faut pas que notre petit Mike tombe dessus. Tu peux les détruire, s'il te plaît ? Bien sûr, oui, tu peux les vendre sur eBêêêê si tu penses que ça te rapportera quelque chose. Oui. Je t'expliquerai plus tard. Peut-être. Bon, je dois y aller.

La voix continua à parler.

— Non, je t'assure. Je dois vraiment te laisser. Il y a un garçon debout devant la porte de mon bureau, il va me tuer, au sens littéral du terme.

De nouvelles protestations.

— Bien sûr que non, il ne compte pas plus pour moi que toi. À ton avis, qu'est-ce que je préférerais ? Mourir, ou discuter avec toi ? Oui, même si c'est pour parler de ta famille. Je préfère parler de ta famille que mourir.

Henratty fit un geste d'excuse à Barry, puis eut un sourire désolé, tandis que celui-ci lui faisait signe de se dépêcher.

— D'accord, chérie… D'accord, mon amour… Je raccroche maintenant… Je… Vraiment, je dois… Au re… Oui. Oui. Bien sûr. Au revoir ! Au revoir !! conclut enfin Henratty. Désolé, dit-il. Ma femme est… bavarde. Il fut un temps où je trouvais ça mignon. Barry, vous avez perdu du poids depuis notre dernière rencontre…

— Et des centimètres, dit Barry, qui n'était pas d'humeur à plaisanter. Et des années. N'entrons pas dans les détails.

— Laissez-moi deviner, soupira Henratty. Le sort n'a pas marché, c'est ça ? Forcément… s'il avait fonctionné, vous seriez retourné à la poussière, et dans un sac-poubelle, à l'heure qu'il est. Enfin, tant pis.

Henratty fit le tour du bureau, se planta devant Barry et se retourna, lui présentant ses fesses.

— Qu'est-ce que vous fabriquez ? grogna Barry.

Il était difficile de prendre une voix menaçante avec des cordes vocales à peine pubères, mais Barry fit de son mieux.

— Eh bien, j'imagine que vous êtes venu me punir, dit Henratty. Vous avez gagné, j'ai perdu. Alors paf, paf, paf, six coups de baguette, et on ne retient pas les coups…

— Vous êtes complètement… (*Ce type est aussi taré qu'un magicien*, pensa Barry.) Non ! Virez vos fesses de là ! Je suis venu vous demander pourquoi vous aviez fait tout ça… Pour satisfaire la curiosité du lecteur, entendons-nous bien. Moi, je m'en fiche. Je ne veux qu'une chose, vous tuer.

— Pourquoi j'ai fait ça ? Quelle importance ? dit Henratty en riant. De toute manière, vous ne tuez jamais personne. Vous n'imaginez pas comment vous m'auriez simplifié la tâche en tuant Lord Valdemarne, au moins une fois, quoi ! Mais non, mais non, vous préférerez jouer à Gandhi…

Henratty revint à son bureau et continua son petit discours.

— Bien sûr, je parle des magiciens. Avec les Glandus, les vrais Glandus, sans une seule once de magie, vous devenez Al Capone. Ça s'appelle de l'injustice, ça, cher monsieur. Et autant vous dire que ce n'est pas beau à voir.

Soudain, Henratty prit un objet sur son bureau et le lança sur Barry. C'était une enclume en mousse, « à presser pour se déstresser ». Elle rebondit sur la poitrine de Barry, sans dégâts.

— Moi qui comptais en profiter pour m'enfuir. Tant pis.

— Asseyez-vous, dit Barry. Et mettez vos mains sur le bureau, que je puisse les voir.

Henratty obéit.

— Maintenant, expliquez-moi, Henratty... Qu'est-ce que vous prépariez ? Et n'essayez pas de vous transformer en animal ?

— En animal ?

— Hen[54] et rat... Si vous croyez que je n'ai pas compris...

— Bien sûûûûûr... dit Henratty, qui pensait clairement que Barry avait pété un plomb.

— Et ce n'est pas votre vrai nom ! dit Barry d'un ton victorieux. Vous vous appelez Niccolo di Pollomusca, alias « Niccolo des Vraiment Mauvaises Idées », alias « Niccolo le Pas Assez Médicamenté ».

— Quel talent, dit Henratty d'un ton sarcastique. Maintenant je comprends pourquoi Valdemarne a tant de mal à vous éliminer...

Barry le prit, bien sûr, pour argent comptant.

— Pourquoi vouliez-vous détruire tous les sorciers de ce monde ? demanda-t-il. Si vous voulez vous suicider, faites-le, mais n'emmenez pas les autres avec vous !

— Je ne suis pas un sorcier, Grand Imbécile de Scion, dit Henratty, s'arrachant un bout d'ongle avec les dents et l'étudiant avant de le jeter. Je ne suis qu'un type normal. J'ai mangé un bout du brownie philosophal en 1533, et je suis vivant depuis...

Barry fronça les sourcils.

— Alors pourquoi détestez-vous les sorciers ?

— Vous avez trouvé les cinq cents dernières années agréables, vous, peut-être ? Vous devriez réviser votre histoire. Depuis que les magiciens sont mêlés aux Glandus, la vie est un enfer. Je me suis dit, autant essayer sans eux...

54. NdT : « hen » veut toujours dire « poule », en anglais. Ne dites pas que ce livre n'est pas éducatif.

— C'est ridicule ! protesta Barry.

— Céldèlbore était du même avis. Ce qui fait six cent trente ans d'expérience contre l'opinion de quelqu'un qui n'a plus l'âge de voter, de conduire, et qui est trop petit pour être admis à la plupart des attractions de son propre parc à thème…

— Céldèlbore ne compte pas ! Il est… il était complètement fou !

— Peut-être, mais ne lui faites pas porter la responsabilité de cette histoire. C'est moi qui lui ai envoyé le sort, sachant très bien qu'il ne pourrait pas résister.

Niccolo posa ses pieds sur le bureau.

— Ce n'était pas un plan machiavélique de ma part. Ma grand-mère avait trouvé un drôle de coffre dans son grenier. Il ne lui appartenait pas – je pense qu'un sorcier local avait dû le téléporter là avant de l'oublier. Votre cerveau est poreux, à vous autres… Bref, le coffre brillait un peu, il lui arrivait même de rire, alors ma grand-mère me l'a envoyé…

» Nous l'avons ouvert. Il était bourré de parchemins. La plupart très banals… Comment ouvrir des jarres, des incantations pour remplir les feuilles d'impôts, etc. Mais il y avait aussi un très vieux parchemin. Je l'ai envoyé à Céldèlbore – c'est un de nos contacts – pour plaisanter. C'est quand je me suis aperçu qu'il ne pouvait lire qu'une partie du texte que l'idée m'a pris. Pourquoi ne pas le laisser faire ?

Niccolo posa ses pieds sur le sol et se pencha sur son bureau, plantant ses coudes dans la cascade de documents. Il fit craquer ses doigts en parlant.

— Barry, je déteste mon boulot. Il était prévu pour cinq employés, mais il y a eu des réductions d'effectifs. Maintenant, c'est à moi de tout faire, et tu vois comme je suis débordé… Je me suis dit que si le sort ne fonctionnait qu'en partie… s'il tuait un sorcier sur cinq en Angleterre, par exemple, je pourrais peut-être rattraper le temps perdu… S'il ne marchait rien qu'un tout petit peu, je pourrais peut-être prendre de l'avance sur mon travail. Et si tous les magiciens du monde disparaissaient, je pourrais prendre ma retraite ! (Henratty fit un geste amical.) Vous voyez, il n'y a pas de quoi se vexer. Ce n'était pas personnel.

Barry se retenait de l'étrangler sur place.

— Vous étiez prêt à exterminer une race entière, simplement parce que vous ne supportez pas votre boulot ?

— Et vous, vous condamnez une race entière à vivre dans la confusion et la misère, simplement parce que vous ne voulez pas travailler ? (Niccolo se tut un moment, pour laisser Barry réfléchir.) Pourquoi acheter quelque chose quand vous pouvez le conjurer ? Que les Glandus se fatiguent à le fabriquer, ou les elfes de service ! Bref… Ne commençons pas à parler de la moralité de la magie. Nous n'arriverons jamais à être d'accord. Ce dont j'étais sûr, c'est que tant qu'il y aurait des sorciers en train de se balader dans le monde, semant le chaos derrière eux, je serais ici, coincé dans mon bureau, au lieu d'être avec mes enfants ou en train de me faire bronzer la bedaine à Ibiza. Et en plus, techniquement, ce serait Céldèlbore le coupable. Moi, je ne me serais mêlé de rien…

Barry le regarda, surpris.

— C'est tout ? Vous n'aviez pas d'autres motivations ? Vous ne vouliez pas devenir maître du monde ?

— Non. Comme job, ce serait encore pire. Je voulais seulement prendre ma retraite, soupira Henratty. Vous voulez que j'agrémente cette phrase d'un gloussement maléfique ?

— Ce serait la moindre des choses ! s'écria Barry, indigné. Nous sommes au dénouement ! C'est là que tout se révèle ! Un génocide comme technique de réduction du travail administratif… Oui, c'est un peu décevant, voyez-vous !

— Je ne sais pas. C'est peut-être une saine leçon : finalement, la vie est très ennuyeuse. Et puis, vous n'avez pas vu mon appartement à zone temporelle partagée. La plage est magnifique. Vous auriez fait la même chose que moi…

— C'est ça, dit Barry. (Il leva sa baguette.) Vos dernières paroles ?

— Oui, j'ai une idée, dit Niccolo. (Il hésita.) En fait non. Cinq cents ans pour trouver une réplique finale… et je suis à sec. C'est assez gênant.

— *Jimbenson* ! dit Barry d'un ton ferme avant d'agiter sa baguette.

Niccolo s'affaissa, sans vraiment changer de position, et laissa échapper d'étranges sons étouffés. Barry imita un bec de canard avec ses doigts, l'ouvrit et le referma.

— … vous m'avez fait ? bafouilla Henratty.

— C'est un des sorts interdits, expliqua Barry. Rarement utilisé, pas très impressionnant, mais très efficace pour muppeter[55] quelqu'un.

Niccolo tenta de répondre, mais si Barry n'ouvrait et ne refermait pas ses doigts, il ne pouvait pas faire fonctionner sa bouche.

— Oui, c'est vraiment un chouette petit sort, continua Barry. C'est grâce à lui que j'ai eu ma première expérience sexuelle. Maintenant, ramassez cette fourchette en plastique, là, sur votre bureau (Niccolo avait commandé un curry pour le déjeuner). Et hop ! dit Barry en mimant le geste de se poignarder la poitrine.

La fourchette se cassa avec un petit « snap ».

— Hum, fit Barry.

55. NdT : De « muppet », bien sûr.

Il obligea Niccolo à fouiller son bureau, cherchant quelque chose de pointu. Niccolo faisait de nouveau des sons étranges. Barry le laissa parler.

— ... pour comprendre. Vous n'imaginez pas comme c'est exaspérant de passer son temps à nettoyer les bêtises des magiciens ! La BM superluxe d'un motard disparaît alors qu'il était dessus... qui doit raconter un énorme mensonge à ses héritiers ? Pas le sorcier ! Lui, il est en train de draguer les petites frauleins sur le périph ! Je n'ai pas pris un jour de vacances depuis que le premier roman de J.-G. Rollins a déboulé dans les supermarchés...

Barry obligea la bouche d'Henratty à se refermer. Puis il l'obligea à fouiller son bureau. Une agrafeuse ? Non. Une agrafe ? Non. Peut-être en la dépliant, et en frappant l'œil exactement au bon angle... Ah. Enfin. Un coupe-papier. Parfait. Il atteindrait le cœur.

Barry obligea Niccolo à se lever et ménagea une pause, pour faire monter l'intensité dramatique... Puis il commit une erreur : il permit à Niccolo de parler une dernière fois.

Le Glandu pleurait.

— ... pas juste ! Vous avez laissé partir tous les autres ! C'est ça, monsieur le magicien le plus célèbre du monde, allez-y, tuez le pauvre Glandu. Sous le fallacieux prétexte qu'il a essayé de vous éliminer, vous et toute votre famille...

— ... et mes amis, ne les oublions pas. D'ailleurs, techniquement, c'est vous le coupable. Moi, je ne me serai mêlé de rien.

— Oh, quelle délicieuse ironie ! Mes propres mots se retournent contre moi ! Barry, je t'en prie... Aie pitié. Je t'en supplie. Je ne recommencerai jamais.

De toutes ses aventures, Barry avait retenu une chose : dès qu'il réfléchissait, il avait des ennuis. Pourtant, il recommença. Il se souvint de ce qu'Ermine lui avait raconté... Comment Céldèlbore avait perdu foi dans la bonté des Glandus... Ce qu'Ermine lui avait répondu. C'était bien d'Ermine, ça. « Soyons gentils avec les gens sans raison valable. » Mais maintenant que Barry y réfléchissait... Pourquoi pas ? Ce type n'était pas vraiment un Valdemarne...

— Oh, et puis zut, dit Barry.

Il fit un X avec sa baguette.

— *Deletus*, dit-il.

Niccolo fut délivré ; il tomba au sol comme une poupée de chiffon. Puis il se releva avec difficulté, glissant sur une pile d'ordres de travail.

— Ouf, dit-il. Merci. Je ne sais pas si vous avez déjà été victime de ce sort, mais c'est terrible. On dirait que quelqu'un vous agite sa main dans le cul.

Barry se retourna et marcha vers la porte.

— Ne recommencez jamais. (Il agita sa baguette.) Au fait, j'ai transformé le reste de la semaine en premier mai. Que des jours de congé.

— Non ! cria Niccolo. Vous ne pouvez pas ! L'économie glandue...

Le regard de Barry était étonnamment dur pour un garçon de onze ans. Niccolo se tut.

— Vous avez raison, vous avez raison. Bon, je prends tout de suite un billet pour Ibiza.

Dehors, alors que le soleil dorait les feuilles d'automne, Barry se demanda s'il avait eu raison. Bien sûr, ce salopard de Niccolo méritait d'être ouvert comme une vieille lettre, mais... Mais tout le monde a droit à une seconde chance, non ?

Barry souffla sur la fumée qui sortait de sa baguette, la remit dans son holster, et fit signe au bus magique.

Épilogue
Un an plus tard

Le week-end de visite parentale venait de se terminer à Saint-Balthazar, une école magnifique et très agréable, célèbre dans toute la Grande-Bretagne pour être « l'Eton[56] des dentistes ». Après avoir été transféré au milieu de l'année scolaire – ce qui n'est permis que dans de très rares cas – Nigel Trotter avait rattrapé son retard sans difficulté. Puis il était devenu, en deuxième année, un élève brillant. Le professeur Maxillère, le directeur, l'appelait « notre petit prodige ». Ermine étincelait d'orgueil. Et Barry aussi : après tout, Nigel avait plus que prouvé sa valeur. Il avait sauvé Coudbar, et sans doute le reste du monde magique. Quand on fait ça six semaines après la rentrée, clairement, l'école n'est plus au niveau. Nigel voulait être dentiste, aussi Saint-Balthazar était-il un choix évident.

Nigel et ses parents venaient de finir de déjeuner, et à Saint-Balthazar, tout repas était suivi d'un vigoureux brossage et curage de dents.

---

56. NdT : Eton est une des meilleures écoles de Grande-Bretagne. Un peu comme Louis-le-Grand ici, tout ça.

— J'ai rêvé, ou les beignets de crabe avaient un goût de fluor ? demanda Barry.

— Oh, ils en mettent dans toute la nourriture, expliqua Nigel. Au bout d'un moment, on ne le sent plus.

Le trio s'approcha de la nouvelle Dragonette Renaud d'Ermine : sa récompense pour avoir contré le plan maléfique de Céldèlbore.

— Hé, papa, demanda Nigel. Tu crois que tu vas grandir un jour ?

— Ça fait des années qu'on lui demande ça, dit Ermine en riant.

— Je veux dire, revenir à ton âge normal ? D'avant la Jeunastasia ?

— Peut-être. Je ne sais pas. Ils font des trucs merveilleux avec les hormones de croissance, de nos jours. Ils accroissent même les pénis avec des rouleaux à pâtisserie... De toute manière, il n'y a plus d'urgence. J'ai arrêté de rajeunir quand Céldèlbore a sauté le dragon.

Nigel fronça les sourcils.

— Quand il est mort, Nig. Faut que tu te câbles, mon vieux ! Que tu causes le jargon des sorciers d'aujourd'hui, quoi !

— Sauf que c'est toi qui l'inventes, commenta Ermine.

Barry l'ignora.

— C'est pratique d'être mineur. Du coup, les autres doivent se décarcasser pour toi.

Barry s'installa sur le siège du passager, dans la voiture : il était trop jeune pour conduire.

— Embrasse Fiona pour moi, et dis-lui merci pour la photo ! dit Nigel. Mes potes étaient tous très impressionnés quand elle a commencé à bouger.

Il leur fit un signe d'adieu et grimpa en courant la colline qui menait à l'école.

Une fois sur la route principale, Ermine demanda :

— Est-ce que tu regrettes Céldèlbore, parfois ? Maintenant qu'il est mort ?

Barry se mit à rire.

— Les anciens directeurs ne meurent jamais, Ermine, tu le sais. Ils reviennent en fantômes dans le tome suivant…

— Quand les poules auront des dents !! dit Ermine, et c'est ainsi que finit notre histoire.

FIN

Guide rapide des actes sexuels sordides qui *devaient* faire partie de ce livre, mais qui en ont été finalement censurés

Ce roman terminé, vous devez vous demander : « Où étaient les scènes de sexe ? On m'avait promis des scènes de sexe, bandes d'enculés ! » Et en effet, moi, l'auteur, je vous en avais promis. J'avais l'intention de faire de Barry Trotter un livre d'une telle puissance érotique qu'il vous en aurait resserré les sphincters. Puis, je me suis souvenu que mes grands-mères liraient peut-être cet ouvrage… et j'ai préféré éviter les ennuis.

Mais je suis un homme de parole, et pour vous le prouver, je vous donne ici la liste des scènes de sexe qui n'existent plus maintenant que sur mon disque dur. Saupoudrez-les au fil de l'histoire dès que vous aurez envie de bailler.

Protagonistes	**Commentaires**
Barry/Ermine	Du beau travail, surtout si on considère que ça fait un bail qu'ils sont mariés.
Lon/La jambe de Valdemarne	Si on fait châtrer les animaux de compagnie, c'est souvent pour de bonnes raisons.
Gogue/Un mocassin bien ciré	Indescriptible.
78 elfes de service	J'espère qu'ils ont lavé les ustensiles de cuisine, après.

Nigel/*Naïades nues*, le magazine, numéro d'octobre	« Mince. Je crois que je m'y suis mal pris ».
Vieilletige/Vérole	Des poids plume.
Grobid/Fistuletta	Que cet exemple vous serve de leçon : un verre ça va, trois : vous ne voulez pas voir ça.
Céldèlbore/Ponce	Des livres, des pétales de roses, des bougies romantiques, bref, des trucs de vieux.

Note de l'éditeur :

Quand un manuscrit atterrit sur le bureau d'un éditeur, une bonne partie du texte se fait censurer avant l'impression. Et croyez-moi, la censure n'a jamais été aussi justifiée que pour ce livre. Quand le manuscrit de M. Gerber, qui faisait 2800 pages, est arrivé dans les mains dégoûtées des membres de notre comité de lecture, nous avons naturellement pensé qu'il nous l'envoyait pour publication. Puis, après l'avoir lu, nous avons changé d'avis : peut-être M. Gerber voulait-il simplement laisser agoniser son ouvrage aux yeux de tous, comme les romains abandonnaient leurs bébés non désirés sur les trottoirs.

Quand M. Gerber nous a appelé pour réclamer son chèque (ha !) il a appelé son livre « un chef d'œuvre post-moderne». Nous, nous l'appelions plutôt « ce tas de pus ». Ce n'est qu'après des coupes énormes et une relecture intensive que cette désolante publication a enfin été possible.

Comme nous n'avons pas l'intention d'investir un euro de plus dans cet ouvrage, nous publions ici l'index qui avait été établi par M. Gerber pour la première version de son manuscrit. De nombreuses scènes, voire de nombreux personnages y sont mentionnés qui n'apparaissent pas dans la version finale du livre. Nous nous excusons pour le désagrément occasionné, sauf que nous disons ça pour rire, parce qu'en fait, nous n'en avons grave rien à foutre.

Achevé d'imprimer sur rotative
par l'imprimerie Darantiere à Dijon-Quetigny
en septembre 2005

Dépôt légal : septembre 2005
Numéro d'impression : 25-1112
4945-1

Imprimé en France